W0377914

Anthony Powell · Die Ziellosen

Anthony Powell

Die Ziellosen

Roman

Aus dem Englischen
von Heinz Feldmann

Elfenbein

Die Originalausgabe erschien 1931 unter dem Titel
»Afternoon Men« bei Duckworth, London.

Copyright © John Powell and Tristram Powell, 1952

*Der Verlag dankt Peter Baumgärtner
für seine großzügige Hilfe bei
der Realisierung dieses Buches.*

*Die Übersetzung dieses Buches
wurde mit freundlicher Unterstützung der
Brougier-Seisser-Cleve-Werhahn-Stiftung
ermöglicht.*

Erste Auflage 2021
© 2021 Elfenbein Verlag, Berlin
Einbandgestaltung: Oda Ruthe
Alle Rechte vorbehalten
Druck: Finidr, s.r.o.
Printed in Europe
ISBN 978-3-96160-054-0

»... als ob sie das Zauberhorn Astolphos hörten, jenes englischen Herzogs in Ariosts *Orlando Furioso,* das, wenn immer es erklang, die, die es hörten, verrückt machte und aus Furcht sich umbringen ließ... sie sind eine Gruppe von Wirrköpfen, Betrunkenen, Ziellosen.«

Robert Burton
Die Anatomie der Melancholie

TEIL I

Montage

I

»WANN nimmst du es ein?«, fragte Atwater.

Pringle sagte: »Man soll es nach jeder Mahlzeit einnehmen. Aber ich nehme es nur nach dem Frühstück und nach dem Abendessen ein. Ich finde, das genügt.«

Sie blieben unten, wo die Bar war. Im oberen Stockwerk spielte eine Band, aber der Tanz hatte noch nicht so recht begonnen, denn es war noch früh am Abend. Der Raum unten war niedrig. Die Bar nahm eine ganze Seite des Raumes ein, und es gab einige Tische und einige wenige Diwane. Die Fenster in der Wand gegenüber der Bar waren alle geöffnet, aber sie gingen auf einen Lichtschacht hinaus, so dass der Raum ziemlich stickig war und nach Ammoniak roch. Mehrere Bekannte von ihnen saßen an Tischen oder an der Bar, aber sie suchten sich einen Platz in der Ecke des Lokals und setzten sich. Pringle sagte:

»Wenn du diese Runde bezahlst und mir drei Shilling und neun Pence gibst, sind wir quitt.«

Atwater, der an den Brandy dachte, den sie während des Abendessens getrunken hatten, sagte nichts. Der Brandy war von erbärmlicher Qualität gewesen. Aber er gab Pringle eine halbe Krone und drei Pence. Sie redeten nicht miteinander, bis der Kellner am anderen Ende des Lokals die Bestellungen einer großen Gruppe aufgenommen hatte und zu ihnen herüber kam. Pringle sagte:

»Ich bleibe beim Brandy.«

»Doppelte?«, fragte der Kellner.

»Doppelte«, sagte Atwater.

Pringle sagte: »Was mich betrifft, so möchte ich nie wieder eine Frau sehen. Ich möchte mich gerne aufs Land zurückziehen und malen. Genauer gesagt, ich bin gerade in Verhandlungen über ein Haus auf dem Land.«

Atwater antwortete nicht. Er war in eine Zeitung vertieft, die jemand auf dem Tisch liegengelassen hatte. Er las den Comic und danach einen Artikel mit der Überschrift »Aristokratin in einer Auto-Tragödie«. Er war ein schmächtig aussehender junger Mann mit strohblondem Haar und ziemlich langen Beinen, der zweimal durch die Aufnahmeprüfung für das Außenministerium gefallen war. Er trug manchmal eine hellbraune Hornbrille zur Korrektur eines leichten Schielens, und durch Beziehungen hatte er kürzlich einen Job in einem Museum bekommen. Sein Vater war ein pensionierter Beamter, der in der Grafschaft Essex lebte, wo er zusammen mit seiner Frau eine Hühnerfarm betrieb.

»Wie lange gibt es diesen Club hier schon?«, fragte Pringle.

»Nicht lange. Jeder kommt hierher.«

»Wirklich?«

»Meistens.«

Sie hatten sich drei Jahre zuvor in Paris kennengelernt, wo Pringle an der Kunstakademie Colarossi zu lernen versucht hatte, seinen Zeichnungen kurzer Posen mehr Bedeutung zu geben, und Atwater bei einer Familie in Saint-Cloud lebte, wo, wie man annahm, es ihm schließlich doch noch gelingen mochte, Französisch sprechen zu lernen. Es war an einem Abend in der Bar »La Coupole« gewesen. Von Anfang an hatten sie eine gewisse gegenseitige Antipathie empfunden, aber an diesem Abend waren ihnen Landsleute im Vergleich eher als fast erträglich erschienen, als das in anderen Umgebungen der Fall gewesen sein mochte. Doch irgendwie hatte die Bekanntschaft fortbestanden, und sie gingen, lange nachdem sie den ursprünglichen Grund, ihre jeweiligen Capricen zu ertragen, vergessen hatten, ziemlich oft zusammen aus, wenn Pringle sich in London aufhielt. Pringle stammte aus einer fortschrittlichen Familie. Sein Vater, ein Geschäftsmann aus Nordirland, hatte 1911 einen Cézanne gekauft. Das war der Anfang gewesen. Dann hatte er sich von seiner Frau scheiden lassen. Später war er einem religiösen Wahn verfallen und hatte sich von einer

Hängebrücke gestürzt. Aber obwohl er seine Kinder während der religiösen Periode schlecht behandelt hatte, hatte er ihnen allen einiges Geld hinterlassen, und so bezog Pringle ein komfortables Einkommen – von dem sich zu trennen er allerdings auch immer nur wenig Bereitschaft zeigte. Seine Kindheit hatte ihn zu einem schmerzlich verklemmten Menschen gemacht, und er war ein von Natur aus schlechter Maler, aber eine schreckliche routinierte Oberflächenglattheit, die er sich in Paris angeeignet hatte, veranlasste die Leute gelegentlich dazu, seine Werke zu kaufen. Pringle war achtundzwanzig, und seine roten Haare, wegen denen er, als er jünger war, oft gehänselt wurde, gaben ihm ganz entschieden das Aussehen des traditionellen Judas. Jetzt trug er das blaue Hemd der französischen Arbeiter und Lackschuhe. Hin und wieder zuckte er nervös und fummelte an den Dingen auf dem Tisch herum.

»Das Ärgerliche an Frauen«, sagte er, »ist, dass man ihnen nicht trauen kann.« Es war erst vierzehn Tage her, dass Olga ihn für immer verlassen hatte, und obwohl er dadurch immens viel Geld sparte, entrüstete ihn der Gedanke daran immer noch.

»Sagen Sie ›stopp‹«, sagte der Kellner beim Einschenken.

»Stopp«, sagte Pringle. »Falls ich jetzt aufs Land zöge und dort malte, könnte ich wahrscheinlich im Frühling eine weitere kleine Ausstellung bekommen.«

Atwater bot ihm von seinen Zigaretten an, sah aber nicht von der Geschichte über den Unfall auf. Es handelte sich um die Frau eines Barons, sie war in einem Bentley auf der Straße nach Brighton unterwegs gewesen.

»Was ist deine Meinung?«

Atwater sann über den Cognac während des Dinners nach. Er sagte: »Ich würde das tun.«

»Hast du etwas von Undershaft gehört?«, fragte Pringle, das Thema wechselnd, denn er hatte den Plänen über die beabsichtigte Reorganisation seines Lebens praktisch nichts hinzuzufügen, und Atwater, der von ihnen schon während des Dinners gehört hatte, war offenkundig nicht bereit, in diesem

Augenblick eine aktive Rolle in ihrer erneuten, ausführlicheren Erörterung zu spielen.

»Er ist in New York.«

»Er spielt dort Klavier?«

»Er spielt dort Klavier.«

Atwater legte die Zeitung weg und schaute sich in dem Lokal um. Er sah, dass Harriet Twining an der Bar saß, neben einem Mann mit einem feisten Nacken. Sie trug ein Jackett und einen Rock und sah sehr blond und hinreißend aus. Sie hatte helles Haar und eine leicht dunkle Haut, so dass die Männer oft ganz verrückt wurden, wenn sie sie sahen, und ihr fast augenblicklich einen Heiratsantrag machten. Aber wenn es dann ernst wurde, heiratete sie nie jemanden, weil sie des jeweiligen Mannes, nachdem sie mit ihm zusammen gewesen war, müde war, oder weil der Mann sagte, er könne nicht mehr mithalten oder er habe einfach kein Geld mehr. Sie winkte Atwater zu, der oberflächlich mit ihr bekannt war, und kam zu ihnen herüber. Ohne Pringle zu beachten, sagte sie:

»Kommst du heute Abend zu der Party?«

Atwater sagte: »Ich kann nicht. Ich liege im Sterben. Wessen Party ist es?«

»Du musst kommen.«

»Ich bin nicht eingeladen.«

»Komm mit uns. Wir nehmen dich mit.«

»Wer ist ›wir‹?«

»Ich und mein fetter Freund.«

»Wer ist das, Harriet?«

»Sein Name ist Scheigan.«

»Wirklich?«

»Er ist ein amerikanischer Verleger.«

»Warum ist er hier?«

»Er wird mein Buch verlegen, wenn es fertig ist.«

»Nimmst du ihn mit zu der Party?«

»Ja. Er ist ganz versessen auf Partys. Er sagte, alle Iren seien so. Verrückt nach Vergnügungen.«

Sie ging zurück zu ihrem Hocker an der Bar. Atwater beobachtete sie. Sie schob ihre Schultern ein wenig vor und wiegte sich, auf Wirkung bedacht, leicht in den Hüften, aber nicht sehr. Der Mann mit dem feisten Nacken saß an der Bar, als ob er jeden Augenblick darüberklettern und dabei den Hocker als Stütze benutzen wolle. Er rauchte eine Zigarre. Atwater sagte:

»Kennst du sie nicht?«

»Für mich sehen sie alle gleich aus«, sagte Pringle. »Hat Undershaft dir denn geschrieben?«

»Er lebt mit einer Vietnamesin zusammen.«

»In New York?«

»Er sagt, sie sei ganz toll.«

»Ich kann nicht sagen, dass ich deinen Club besonders mag«, sagte Pringle. »Diese Hitze hier und noch so einiges.«

»Es ist heiß.«

»Und dann die Leute.«

»Also, das sind die üblichen Leute. Du kannst nicht erwarten, dass es andere sind, nur weil es den Club noch nicht lange gibt.«

»Ich mag den Laden nicht.«

»Dann führ mich irgendwo anders hin.«

»Nein«, sagte Pringle. »Wir trinken hier noch einen.«

»Lass uns irgendwo anders hingehen.«

»Nein. Hector ist gerade reingekommen.«

»Ich bestehe darauf, dass du mich irgendwo anders hinführst«, sagte Atwater. Aber Hector Barlow kam quer durch das Lokal zu ihnen herüber. Er wurde von einem anderen Mann begleitet.

»Wie geht es euch beiden?«, fragte er. Er war ein Maler, stämmig, mit hellen Augen und schwarzen Haaren, die in Stoppeln spitz und tief in seine Stirn hinein wuchsen. Er saugte an einer Pfeife und trug dicke, sackfarbene Kleidung. Atwater hatte ihn in Paris durch Pringle kennengelernt, der zusammen mit Barlow auf der Kunstakademie Slade gewesen war. Atwater sagte:

»Komm und setz dich zu uns.«

»Ihr habt nichts dagegen, dass mein Bruder sich auch zu euch setzt, oder?«, sagte Barlow. »Er ist in der Marine. Er ist auf Urlaub und geht morgen zurück.«

»Ja, ich gehe morgen zurück«, sagte der Bruder. Er ähnelte Barlow sehr, war nur sauberer und sah besser aus, und er hatte sein Haar gebürstet, das blond statt schwarz war. Er trug einen blauen, fast wie eine Uniform geschnittenen Anzug.

»Was möchtet ihr trinken?«, fragte Atwater. »Herr Ober, bringen Sie uns ein Antragsformular. Mr. Pringle will Clubmitglied werden.«

»Nein, nein«, sagte Pringle. »Nichts dergleichen.«

»Du musst. Ich kann nicht den ganzen Abend für euch alle bezahlen.«

»Ja, am besten ist, du wirst Mitglied, Raymond«, sagte Barlow. In gesellschaftlichen und intellektuellen Angelegenheiten erwies Pringle Barlows Meinungen eine gequälte Hochachtung, obwohl er stets sagte, er halte ihn für einen undisziplinierten Maler. Schließlich zeigte sich Pringle aber doch immer als der Überlegene, denn er pflegte Barlow Geld zu leihen und es dann zu einer ungelegenen Zeit wieder zurückzufordern. In Perioden jedoch, in denen es Barlow finanziell gutging, widersprach er allem, was Pringle sagte, und zwang ihn, Dinge zu tun, die dieser nicht mochte. Es war sein größter Triumph gewesen, Pringle dazu zu bewegen, eine teure Limousine zu kaufen; als er aber einmal über Weihnachten in Paris war, hatte Pringle sie verkauft und das minderwertige, ihm vertraute Fahrzeug wieder in Betrieb genommen. Nach Barlows Rückkehr hatte dessen schwindende Finanzkraft seinen Einfluss untergraben. Pringle hatte ihn dann während der schlechten Zeit, die folgte, über Wasser gehalten, aber es war ein Pfahl in Barlows Fleisch, dass Pringle nie eines seiner Bilder gekauft hatte. Dies war eine Karte, die zu spielen Barlows ganzes Durchsetzungsvermögen Pringle nie zu zwingen vermochte. Barlow setzte sich auf einen Stuhl neben Atwater. Atwater sagte:

»Wie ist es dir ergangen?«

»Schlecht«, sagte Barlow, »schlecht. Ich musste heute Morgen früh aufstehen.«

»Um die Botschafterin zu malen?

»Genau.«

»Warum sollte ich Mitglied in diesem Club werden?«, sagte Pringle.

Atwater sagte: »Es wird auf die Dauer billiger für dich.« Er sagte zu Barlows Bruder: »Sie kriegen Ihren Gin billig in der Marine, oder?«

»Ich nehme ihn mit zu so einer Art Party heute Abend«, sagte Barlow. »Gehst du auch? Es ist sein letzter Abend an Land und so weiter.«

»Nein.«

»Warum sollte ich Mitglied werden?«, sagte Pringle.

»Es wäre viel besser für dich«, sagte Barlow. »Wir alle möchten, dass du es wirst.«

»Ich nehme an, ich muss es dann wohl tun. William hat einen Brief von Undershaft bekommen, Er ist in New York, lebt mit einer Vietnamesin zusammen und spielt Klavier.«

»Verdient er Geld da?«

»Es geht ihm sehr gut, sagt er.«

Harriet Twining kam wieder von der Bar herüber. Sie sagte:

»Ich muss gelegentlich eine Pause von meinem Freund machen.«

»Bring ihn doch rüber zu uns«, sagte Atwater.

»Wer ist der neue schöne Mann?«, sagte sie, gerade laut genug, dass nur die anderen es hören konnten.

»Hectors Bruder. Er ist in der Marine.«

»Ein Seemann?«

»So etwas Ähnliches.«

»Bring ihn mit zu der Party.«

Atwater sagte: »Ich gehe nicht zu der Party. Ich gehe nach Hause und sterbe.«

»Gib mir einen Shilling«, sagte sie.

»Ich hab keinen Shilling.«

»Du hast ganz sicher einen.«

Atwater fand einen Shilling. Sie steckte ihn in einen Spielautomaten in der Nähe der Bar, zog kräftig an dem Hebel und schlug gegen die Glasscheibe der Vorderseite. Eine Reihe von Rollen mit Bildern von Früchten darauf drehte sich, und etwas Geld fiel in den Schlitz. Sie nahm es heraus und steckte es in ihre Handtasche. Atwater sagte:

»Gib mir meinen Shilling zurück.«

Sie gab ihm eine der Münzen.

»Das ist ein Franc.«

»O verdammt«, sagte sie. »Das sind dann vermutlich alles Francs.«

Sie fand einen Shilling und ging zurück zu ihrem Platz an der Bar. Der Mann mit dem feisten Nacken schob seinen Arm durch ihren. Barlows Bruder sagte:

»Das war eine verdammt hübsche Frau, mit der Sie gerade gesprochen haben.«

»Ich werde Sie ihr später vorstellen.«

»O gut, wirklich?«

»Leihen Sie ihr kein Geld.«

»Bring mir meinen Bruder nicht auf die schiefe Bahn«, sagte Barlow. »Er muss morgen zurück zur See. Sein Urlaub ist um.«

»Wie heißt sie?«, fragte der Bruder.

»Harriet Twining.«

»Sie ist eine gefährliche Frau«, sagte Barlow. »Du hältst dich besser von ihr fern.«

Sein Bruder lachte unsicher. Er schwitzte im Nacken. Das Lokal wurde jetzt sehr voll und zu heiß. Leute kamen herein und suchten nach Sitzplätzen und gingen dann wieder. Einige von denen, die keine Sitzplätze finden konnten, gingen nicht wieder, sondern standen herum und sprachen miteinander oder starrten einander an. Der Geruch von Ammoniak hatte sich nicht verloren, aber Zigarettenrauch hatte ihn im Laufe der Zeit weniger aufdringlich erscheinen lassen. Walter Brisket kam herein. Er sah ein wenig gereizt aus. Er hatte ein kleines, forschendes Gesicht. Er stand da mit einer Hand auf seiner Hüfte und sagte:

»Hallo, William.«

»Hallo.«

»Werde ich dich heute Abend auf der Party sehen?«

»Nein.«

»Wer ist der blonde Mann?«

»Hectors Bruder. Er ist in der Marine.«

»Ach ja, wirklich?«

»Er sagt es jedenfalls.«

»Wird er heute Abend zu der Party kommen?«

»Wir können ihn nicht daran hindern.«

»Ich höre, dass Undershaft in Boston ist und mit einer Farbigen zusammenlebt.«

»Er ist in New York. Ich hab einen Brief von ihm bekommen.«

»Ich werde so ätzend sein, wenn ich ihn sehe.«

»Warum?«

»Er und seine Frauen.«

Pringle sagte: »Der Geruch in diesem Club ist furchtbar.«

»Er ist schlimm.«

»Es riecht hier immer so«, sagte Barlow. »Ich hab einmal den Sekretär darüber befragt. Er sagte, das sei Absicht. Ich hab vergessen, warum.«

Pringle sagte: »Jetzt, wo ich Mitglied geworden bin, werde ich einen Brief schreiben und mich über den Club-Geruch beschweren.«

»Ihr kriegt euren Alkohol billig in der Marine, oder?«, sagte Brisket zu Barlows Bruder. Pringle lehnte sich zu Barlow hinüber.

»Wie geht es Sophy?«, fragte er.

»Nicht übel.«

»Nimmst du sie mit zu der Party heute Abend?«

Barlow sah Pringle langsam an. Er schätzte ab, ob er ausgehorcht wurde oder ob Pringle einfach nur taktlos war.

»Sie geht nicht gerne auf Partys«, sagte er.

Sein Bruder sagte: »Also, wie funktionieren diese Spielautomaten?«

»Ich werde es Ihnen zeigen«, sagte Brisket. »Aber ist es nicht schon Zeit, zu der Party zu gehen?« Er schob den Ärmel vom Jackett des Bruders zurück, so dass er dessen Armbanduhr sehen konnte. Harriet Twining kam von der Bar herüber. Sie sagte:

»Es ist bald Zeit, zur Party aufzubrechen. Dürfen wir uns zu euch setzen? Ihr müsst meinen amerikanischen Freund kennenlernen. Sein Vorname ist Marquis. Ist das nicht süß?«

Sie lächelte Barlows Bruder bezaubernd an.

»Bring deinen fetten Freund rüber« sagte Barlow. »Er kann auf meinem Knie sitzen. Oder Raymond überlässt ihm seinen Platz und setzt sich auf den Boden.«

Harriet winkte dem Mann mit dem feisten Nacken zu. Er kletterte von seinem Hocker herunter und kam zu ihnen.

»Das ist Mr. Scheigan«, sagte sie.

Sie stellte sie ihm vor. Sie fanden irgendwie einen Stuhl für Mr. Scheigan. Er hatte eine Glatze, schien sich aber gut zu halten. Er brachte eine Flasche Gin mit, aus der jemand bereits eine Menge getrunken hatte, und er setzte seine Füße beim Gehen schwer auf. Er sagte:

»Ich freue mich, Ihre Bekanntschaft zu machen, Mr. Atwater. Ich hoffe, Sie entschuldigen diese Flasche. Es ist reine Gewohnheit.«

»Vergessen Sie's. Wir besorgen gleich einige saubere Gläser.«

Mr. Scheigan setzte sich plötzlich, und sie schoben ihm noch gerade rechtzeitig einen Stuhl unter. Er musste etwa fünfzig sein und atmete ein wenig schwer. Er hatte ein blaues Kinn. Er sagte:

»Wir sind ja schließlich alle Menschen.«

Harriet sagte: »Ist es wahr, dass Undershaft in Amerika ist und mit einer Gelben zusammenlebt?«

Brisket fragte: »Das ist die eine Sache. Die andere ist, dass Susan Nunnery Gilbert verlassen hat.«

»Sie sieht so wunderbar aus.«

»Etwas ganz Besonderes.«

»Sie ist süß«, sagte Harriet. »Ich finde sie ganz toll. Meinst du nicht auch, dass sie süß ist, William?«

Atwater sagte: »Ich bin ihr noch nie begegnet.«

»Du musst sie schon gesehen haben.«

»Nein, ich hab sie noch nie gesehen.«

»Sicher doch.«

»Hab ich nicht.«

»Bitte«, sagte Barlows Bruder, »besucht jemand von Ihnen je den Nachtclub Forty-Three?«

»Ach«, sagte Mr. Scheigan, »keinen Klatsch bitte. Lassen Sie uns Spaß haben. Wir wollen uns amüsieren.«

»Erzähl ihm von deinem Museum«, sagte Harriet. »Er liebt Kultur. Wir sollten bald zur Party aufbrechen.«

Atwater sagte: »Wie gefällt es Ihnen in England, Mr. Scheigan?«

Mr. Scheigan sagte: »Verdammt auch, ich habe noch keine richtige Party gegeben, seitdem ich hier drüben bin. Ich habe eine kleine Wohnung in St. James's, und ihr guten Leute müsst bald alle kommen und eine Flasche Wein da mit mir trinken.«

Pringle, der Harriet aus nächster Nähe angeguckt und nur die letzten paar Wörter gehört hatte, sagte:

»Ist es eine Bottle-Party?«

»Am besten bringst du irgendeine Flasche mit«, sagte Barlow, »für den Fall, dass es da nichts zu trinken gibt.«

»Wird diese blonde Frau auf der Party sein?«, fragte der Bruder Atwater flüsternd. Barlow sagte:

»Ich würde eine Flasche Gin mitbringen, wenn ich du wäre. Du könntest sie hier kaufen.«

»Eine halbe Flasche sollte völlig ausreichen«, sagte Pringle. »Obwohl ich nicht einsehe, warum ich überhaupt etwas mitbringen soll, wo ich doch gar nicht zu der Party eingeladen bin.«

Mr. Scheigan sagte: »Ihr Briten wisst nicht, euch zu amüsieren. Ich möchte ein paar richtige Jungs kennenlernen. Ich möchte Spaß haben.«

»Auf der Party wird es einige davon geben«, sagte Atwater. »Da gibt es Spaß bis zur Schmerzgrenze. Ich wünschte fast, ich ginge auch.«

»Ich glaube, es ist Zeit aufzubrechen«, sagte Harriet.

»Nein, wir werden viel zu früh sein.«

»Lasst uns noch eine Runde trinken, ehe wir gehen. Das ist sicherer. Vielleicht gibt es da ja nichts.«

Mr. Scheigan schüttete die letzten Tropfen aus seiner Flasche in Harriets Glas. Dann ließ er die Flasche auf den Boden fallen. Sie machte eine Menge Lärm, zerbrach aber nicht, sondern rollte etwas weiter unter den Tisch, wo sie liegenblieb, da niemand sich die Mühe machte, sie aufzuheben, obwohl Mr. Scheigan wiederholt darum bat, dass jemand das tun solle, und sogar drohte, selbst aufzustehen. Mr. Scheigan lehnte sich über den Tisch zu Harriet hin. Er sagte:

»Ich muss sagen, du bist wirklich süß.«

»Pass auf«, sagte sie, »wirf den Tisch nicht um.«

Mr. Scheigan nahm wieder ihren Arm. Die Atmosphäre zeitigte langsam ihre Wirkung auf ihn. Er sagte:

»Baby, du bist nur ein kleines Kindchen, ja, das bist du.«

»Sei stille.«

»Baby …«

Atwater las wieder die Zeitung, die er am Anfang des Abends gefunden hatte, aber aus Höflichkeit hielt er sie gefaltet unter dem Tisch. Die Hitze in dem Raum war erdrückend. Barlow sagte:

»Wann ist deine Ausstellung, Raymond?«

»Donnerstag in einer Woche.«

»Vergiss nicht, mir eine Karte zu schicken«, sagte Brisket. »Ich kann es mir nicht leisten, eine Vernissage zu verpassen.«

»Also da haben wir es wieder«, sagte Mr. Scheigan. »Sie reden über Arbeit. Warum können wir nicht alle ein bisschen Spaß haben. Ich möchte irgendwo eine Party geben. Harriet hier möchte eine Party geben. Mr. Atwater möchte eine Party geben. Wir alle möchten eine Party geben. Und doch sitzen wir alle weiter in diesem gottverdammten Loch herum und sprechen über Arbeit. Ich möchte die richtige Clique treffen.«

»Das werden Sie auch«, sagte Barlow. »Sie werden die richtige Clique treffen, Mr. Scheigan. Das haben Sie verdient, nach all der Zeit, die wir in diesem Club verbracht haben.«

Während des allgemeinen Aufbruchs warf Mr. Scheigan zwei Gläser um und zerbrach sie. Aber er konnte noch ohne Schwierigkeiten laufen. Der Kellner sagte:

»Es ist noch eine Rechnung von Ihnen von vorgestern Abend offen, Mr. Barlow. Wollen Sie die jetzt bezahlen?«

»Ungern.«

»Der Sekretär sagte, er wäre Ihnen sehr verbunden, wenn Sie sich dazu entschließen würden.«

»Der einzige Vorschlag, den ich machen kann, ist, dass ich Ihnen einen Scheck ausstelle. Aber es wäre eine Verschwendung unserer beider Zeit.«

»Sie machen einem dauernd Schwierigkeiten in diesem Club«, sagte Brisket. »Sie gönnen dir keinen Augenblick Frieden.«

»Ich glaube nicht, dass man sie ermutigen sollte. Sagen Sie dem Sekretär, ich erledige das, wenn ich das nächste Mal hereinkomme.«

Der Kellner schüttelte missmutig den Kopf und ging weg.

»Also los, Jungs«, sagte Scheigan. »Ich möchte eine Party geben.«

Barlow sagte: »Ja, wir treffen die richtige Clique. Also los dann.«

»Hattest du einen Hut«, sagte Harriet.

»Ich?«, sagte Mr. Scheigan. »Einen Hut?«

»Kann jemand seinen Hut suchen.«

»Hier ist er, Miss«, sagte der Portier.

»Setzen Sie ihn ihm auf«, sagte Harriet. »Ich muss eben meine Nase pudern gehen.«

Sie traten auf die Straße hinaus, wo es noch sehr heiß war. Aber da sie aus dem Club kamen, schien ihnen die Luft frischer zu sein. Zwei Schlägertypen, den Mördern in einem der vielleicht fälschlicherweise Shakespeare zugeschriebenen Dramen ähnlich, lungerten draußen herum und pfiffen jeder ein Taxi heran. Atwater sagte:

»Ich denke immer noch, es wäre klüger, wenn ich nicht mitkäme.«

Sie warteten auf Harriet. Barlows Bruder sagte:

»Sagen Sie, ist es in Ordnung, dass wir keine Abendkleidung tragen?«

Harriet kam heraus.

»Hier ist die Adresse«, sagte sie. »Auf der Rückseite dieses Umschlags.«

Sie und Mr. Scheigan stiegen in eines der Taxis, die übrigen in das andere. Pringle wurde in einen Wortwechsel mit dem Zweiten Mörder darüber verwickelt, ob sich dieser eine Vergütung verdient habe, und wenn ja, ob drei Pence angemessen seien. Pringle zahlte auch für das Taxi, als sie ihr Ziel erreichten, aber es gelang ihm, genug von den anderen zurückzubekommen, um mit Vorteilen aus der gemeinsamen Transaktion hervorzugehen.

2

Die Party hatte bereits angefangen, als sie eintrafen; und es war, außer dass die Wohnung, in der sie stattfand, nicht groß genug war, um alle Leute, die sich entschieden hatten zu kommen, aufnehmen zu können, eine gute Party. Es handelte sich um eine nette Wohnung mit sehr modernen elektrischen Einrichtungen, aber sie war eben nicht groß genug und begann bereits, einen ziemlich mitgenommenen Eindruck zu machen. Einige der Gäste waren kostümiert und mehrere in Abendkleidung. Ein paar von denen in Abendkleidung standen mit erstaunten Gesichtern herum, und für den Gastgeber selbst, einen Mann im Frack und mit rotem Gesicht, waren Partys offenkundig etwas Ungewohntes. Aber seine Frau, die eigentliche Gastgeberin, wies ihn immer wieder an, mit jemandem zu sprechen oder Getränke herbeizuschaffen, so dass er keine Zeit hatte, einzuschreiten oder sich zu beschweren, wenn jemand etwas tat, das er nicht billigte. Seine Frau war hochgewachsen und in gewisser Weise eine ziemlich großartige Erscheinung. Sie war allerdings nicht dünn genug und hatte eine Nase, die ihr Äußeres beeinträchtigte. Sie trug ein sehr schönes Kleid. Barlows Bruder sagte:

»Ist das in Ordnung, dass wir hier hereinkommen?«

Barlow stellte ihn all den Leuten vor, die in der Nähe standen.

»Dies ist mein Bruder«, sagte er. »Er ist in der Marine. Er muss morgen wieder zurück.«

Danach setzte er sich neben Atwater auf ein Sofa in der hinteren Ecke des Zimmers und sagte:

»Raymond meint, ich sollte Sophy heiraten. Ich gebe zu, er ist ein schlechter Maler, aber er kennt uns beide gut. Oder ist es Eifersucht? Vermutet er, dass das meine Karriere ruinieren würde?«

»Ist es dringend?«

»Wenn ich Sophy heirate«, sagte Barlow, »werde ich nie jemanden außer meinen Freunden sehen. Wenn ich Julia heirate, werde ich nie jemanden außer ihren Freunden sehen. Eine dritte Option wäre Miriam, die mich allerdings vielleicht zurückweist, wenn es wirklich ernst würde. Zudem bedeutete das, ich würde auf dem Land leben.«

»Komfortabel?«

»Zumindest luxuriös.«

»Du musst dich entscheiden, so oder so.«

»Das sind feine Leute, die Juden«, sagte Barlow. »Was ich an ihnen mag, ist, dass sie immer nach klar definierten Prinzipien handeln. Man weiß, wo man mit ihnen dran ist.«

»Sie ist eine nette Frau, Miriam.«

»Ja, ich werde sie heiraten«, sagte Barlow. »Ich werde sie heiraten und ein jüdischer Maler werden. Es gibt keine strukturellen Einwände.«

»Es ist ein gutes Leben.«

»Ich werde es tun.«

»Du bist sehr weise.«

Eine Menge Leute tanzten in der Mitte des Zimmers nach einem Grammofon. Es war jetzt sehr laut, und es roch nach Make-up. Harriet hatte das Interesse an Barlows Bruder verloren, der sich für den Augenblick mit ein paar Leuten in dem Zimmer nebenan amüsierte. Harriet selbst tanzte mit Mr. Scheigan. Jemand hielt das Grammofon an, und Brisket, der schon seit ein paar Minuten am Klavier saß, begann mit einem Synkopensturm unterschiedlicher Lautstärke zu spielen. Barlow stand von dem Sofa auf, um mit jemandem zu tanzen. Pringle, der in der Nähe stand und mit seinem Getränk herumfuchtelte, setzte sich auf den Platz neben Atwater und sagte:

»Armer Hector.«

»Warum armer Hector?«

»Wie ich sicher weiß, hat er letzte Woche drei Frauen einen Heiratsantrag gemacht. Alle drei sind ihm verhältnismäßig fremd. Und alle drei haben ihn akzeptiert.«

»Wirklich?«

»Natürlich weiß man, dass solche Sachen nicht wirklich was bedeuten, aber die Bindungen, die er bereits eingegangen ist, machen die Lage so kompliziert.«

»Ja, Bindungen eingehen, das tut er.«

Pringle sagte: »Das wäre nicht so schlimm, wenn sein Werk vielversprechender wäre.«

Es gab nicht viel Platz auf dem Sofa. Das Zimmer wurde jetzt sehr voll, und die Tanzenden traten einander auf die Füße. Atwater hatte Kopfschmerzen und fragte sich, warum er hergekommen sei. Er sah, dass Barlows Bruder durch die Tür kam und heftig lachte. Er schien eine Menge Freunde gewonnen zu haben. Atwater sagte:

»Was macht Mr. Scheigan?«

»Er ist im Zimmer nebenan. Mit dieser Frau von ihm. Wie, sagtest du, war ihr Name?«

»Harriet Twining.«

»Ich glaube, ich gehe zu ihr und bitte sie, mit mir zu tanzen.«

»Gute Idee.«

»Glaubst du, sie wird es tun?«

»Ich weiß es nicht.«

»Was glaubst du denn?«, fragte Pringle. Er war Frauen gegenüber schüchtern, aber hartnäckig, so dass sie ihn manchmal schließlich ertrugen und sogar mochten. Er trennte sich stets von ihnen, wenn sie ihn zu mögen begannen. Das passierte nicht häufig, aber es war ein Umstand, den er verabscheute. Er konnte nicht mit ihnen umgehen, wenn sie so waren. Ja, er hasste sie dann. Olga war nicht so gewesen. Sie hatte ihn ganz schön leiden lassen. Atwater sagte:

»Das ist eine Frage, die ich nicht einmal versuchen kann zu beantworten. Das Schlimmste, was passieren kann, ist, dass sie ablehnt.«

In diesem Augenblick, in dem Pringle über die Möglichkeit

seines Erfolges oder Misserfolges bei Harriet spekulierte, wurde ein Glas Bier über seine Beine geschüttet. Es war ein ziemlich volles Glas, das eine Frau, die neben dem Sofa stand, plötzlich in seinen Schoß fallen ließ. Jemand war mit ihr zusammengestoßen und hatte es ihr aus den Händen geschlagen. Das Bier ergoss sich über Pringles Beine und auf den Fußboden.

»Entschuldigung«, sagte die Frau.

Pringle wischte sich das Bier mit einem bereits ziemlich schmuddeligen Taschentuch von den Knien. Ihn überkam ein schreckliches nervöses Zucken, und auf seinem Gesicht erschienen rote Flecken, die einen seltsamen Kontrast zu seinem roten Haar bildeten. Die Frau sagte:

»Es tut mir so leid.«

Der Ausdruck auf ihrem Gesicht war koboldartig, und insgesamt war es diese Qualität, von der es eine gewisse Wirksamkeit erhielt. Sie sah aus wie ein Gnom oder ein frühreifes, bösartiges Kind. Doch unter der Andeutung einer eigentümlichen, wissenden Illusionslosigkeit verbarg sich eine offensichtliche und immens große Leichtgläubigkeit. Ihre eher kaninchenhafte Erscheinung ließ vorstehende Zähne vermuten, aber irgendwie hatte sie solchen entgehen können, obwohl sie die Form ihres Gesichts nicht wesentlich verändert hätten.

»Sitzen Sie auf meiner Tasche?«, fragte sie.

»Nein«, sagte Pringle, »tue ich nicht.«

Er stand auf. Seine Hose klebte an ihm, und er war sehr ärgerlich, sagte aber nichts. Nervös zuckend sah er einfach nur ärgerlich aus. Mit einem wütenden Gesicht bahnte er sich einen Weg durch die Menge der Tänzer. Die Frau saß jetzt auf dem Sofa neben Atwater. Sie sagte:

»Ist Ihr Freund verärgert?«

»Ja.«

»Ich hab nach meiner Tasche gesucht.«

»So?«

»Das Glas wurde mir plötzlich aus der Hand geschlagen, und alles floss über ihn.«

»Er ist sehr nass.«

»Ich vermute, er wird sich irgendwie trocken machen können.«

»Es gibt sicher eine Möglichkeit.«

»Würden Sie mir wohl noch etwas zu trinken holen?«, fragte sie.

»Was denn?«

»Irgendetwas.«

Es wurde zunehmend schwierig, zu dem Tisch zu gelangen, auf dem die Flaschen und Gläser standen. Als Atwater ihn erreichte, gab es dort keine sauberen Gläser. Also nahm er eines, in dem ein rotes Getränk war, und spülte es mit Sodawasser aus. Es dauerte einige Minuten, bis er wieder in die Nähe des Sofas gelangte. Während er darauf wartete, die Leute passieren zu können, beobachtete er die Frau auf dem Sofa. Sie war eher unpassend angezogen, und er meinte, er habe sie schon einmal irgendwo gesehen. Sie mochte eine Kunststudentin sein, die vielleicht jemand unerwartet mitgebracht hatte. Ihre allgemeine Tendenz war, einer frühen Zeichnung von Augustus John zu ähneln, doch hatte sie diesen Stil den Erfordernissen der Mode des Augenblicks angepasst. Das Ensemble war nicht übermäßig gelungen. Er gab ihr das Getränk.

»Mein Name ist Lola.«

»Nein, wirklich?«

»Ja.«

»Wer nennt Sie Lola?«

»Ich nenne mich selbst einfach Lola.«

»Ist das nicht Ihr Taufname?«

»Nein.«

»Aber man muss doch einen Namen haben?«

»Wie ist Ihr Name?«

»William«, sagte Atwater. »So wurde ich getauft. Ich werde immer noch so genannt.«

»William ist ein sehr schöner Name.«

Die Hitze nahm wieder zu. Brisket hatte zu spielen aufgehört und saß vor dem Klavier und schaute auf die Noten. Sein Getränk stand auf den Tasten, und er rauchte. Atwater sah, wie der Gastgeber, der Mann mit dem roten Gesicht, zu Brisket ging. Er hörte ihn sagen:

»Das Grammofon ist defekt. Meine Frau bittet Sie deshalb weiterzuspielen.«

»Es will doch niemand zuhören«, sagte Brisket. »Sie reden doch alle.«

»Sie sagt, das wenigstens könnten Sie tun.«

Brisket wurde ungehalten. Er sagte: »Ich weiß, ich bin nicht eingeladen. Aber ich kann nicht die ganze Zeit spielen.«

»Ich weiß. Sie ist es, die das sagt, nicht ich.«

»Werden denn die Leute zuhören, wenn ich weiterspiele?«

»Ich werde mein Bestes tun, um sie dazu zu bringen.«

»Ich meine, ich spiele nicht einfach nur zu meinem eigenen Vergnügen.«

»Auch nicht zu meinem«, sagte der Gastgeber. »Ich hasse Musik. Sogar Gilbert und Sullivan. Es ist meine Frau.«

Brisket begann wieder zu spielen. Sehr laut und schnell. Lola sagte:

»Ich kenne alle die Leute hier nicht. Wauchop hat mich mitgenommen.«

»Wirklich?«

»Ja.«

»Sind Sie eine Freundin von ihm?«

»Ich besuche seine Klassen.«

»Sind Sie eine Malerin?«

»Ich mache Plakate.«

»Welche Art von Plakaten?«

»Wollen Sie kommen und sich sie ansehen?«

»Natürlich.«

Die Party war weiterhin sehr voll. Mr. Scheigan tanzte mit Harriet an ihnen vorbei. »Du bist einfach mein kleines Baby«, sagte er gerade. »Das ist es, was du bist.« Barlows Bruder bahnte sich seinen Weg durch die Menge. Er wartete darauf, dass die Musik zu Ende ging, so dass er an Harriet herankommen konnte. Er erreichte sie immer just in dem Augenblick, in dem Brisket wieder zu spielen und Harriet und Scheigan erneut zu tanzen begonnen hatten. Seine Bewegungen nahmen langsam an Entschlossenheit ab. Lola sagte:

»Lesen Sie Bertrand Russell?«

»Warum?«

»Wenn ich mich hoffnungslos fühle, lese ich Bertrand Russell.«

»O Gott.«

»Also, wenn er über geistige Abenteuer spricht. Dann fühle ich mich neu inspiriert.«

»Neu inspiriert wozu?«

»Einfach nur neu inspiriert.«

»Fühlen Sie sich jetzt hoffnungslos?«

»Ziemlich hoffnungslos.«

»Ist das wirklich so?«

»Ein wenig.«

»Kommen Sie mit mir in meine Wohnung«, sagte Atwater, »und trinken Sie da etwas.«

»Warum?«

»Wir könnten miteinander reden.«

»Worüber?«

»Na, Inspiration und so etwas.«

»Können wir nicht hier miteinander reden?«

»Es ist sehr laut hier, oder nicht?«

»Ja, das stimmt.«

Atwater sagte: »Ich besitze einige sehr interessante Erstausgaben. Die würde ich Ihnen gerne zeigen.«

»Nein, ich muss nach Hause gehen. Ich bin müde.«

»Ich bin auch müde«, sagte Atwater. »Das ist kein Grund, warum wir uns nicht in aller Ruhe in meiner Wohnung unterhalten sollten.«

»Ich glaub nicht, dass ich das will.«

»Interessieren Sie sich nicht für Bücher?«

»Doch, schrecklich.«

»Kommen Sie dann.«

»Nein«, sagte sie, »wirklich, ich kann nicht.«

Der rotgesichtige Gastgeber war von der Menge hinter das Sofa gedrängt worden, auf dem sie saßen. Er stand in einer gekrümmten Haltung an der Wand. Eine gedrungene Frau in einer Marineuniform bahnte sich ihren Weg durch das Zimmer und nahm ihn beim Arm. Sie sagte:

»Sie sind der Gastgeber, nicht wahr? Zwei Frauen hatten im Badezimmer einen Ohnmachtsanfall und können nicht wieder heraus.«

»Unsinn. Das glaube ich nicht.«

»Doch.«

»Es ist kein Schloss in der Tür«, sagte er. »Ich hab es herausgenommen, ehe die Party begann.«

3

Das Grammofon funktionierte jetzt wieder. Die Party war ein wenig leerer geworden, aber die Leute schienen des Tanzens müde zu sein. Jemand war in der Ecke des Zimmers hingefallen. Atwater konnte nicht sehen, ob es Mr. Scheigan war, meinte aber, ihn an dem Schnitt seines Anzugs zu erkennen. Harriet war verschwunden. Barlows Bruder wanderte herum und trank mehrere Gläser aus, die von ihren Besitzern aufgegeben worden waren. Pringle war zu dem Sofa zurückgekehrt. Seine Hose war immer noch nass, und er trug eine falsche Nase, die seinem Gesicht eine ungewohnte Würde verlieh. Lola saß sehr dicht neben Atwater auf dem Sofa. Pringle sagte:

»Ich hab gerade gesehen, dass deine Freundin Harriet in Goslings Auto gestiegen und weggefahren ist.«

»Wirklich?«

»Ja.«

Atwater, der in eine Art Dämmerzustand verfallen war, starrte auf die Tür ihm gegenüber. Er war der Party müde, brachte aber nicht genug Willenskraft auf, sie zu verlassen. Der Blick auf den Türeingang war einen Moment lang frei, und während er ihn beobachtete, kam eine Frau herein, hielt auf der Schwelle an und sah sich im Zimmer um, ehe sie es betrat. Sie war nicht hochgewachsen und hatte große Augen, die ihr den Anschein gaben, als sei sie gleichzeitig amüsiert und überrascht und auch enttäuscht. Es war, als ob sie genau das erwartet hätte und es sie doch auch schockierte, wenn sie sah, wie Menschen in Wirklichkeit waren. Sie machte zudem überhaupt nicht den Eindruck, in das Zimmer zu passen. Sie war etwas davon Abgesondertes. Als sie dann das Zimmer betrat, wurde sie sogleich zu einem Objekt allgemeiner Wahrnehmung. Sie wirkte wie ein Porträt vor einem imaginären Hintergrund oder auch einer imaginären Landschaft, bei dem die Farbwerte zu zwei verschiedenen Bildern zu gehören scheinen und die Figur einfach hineinkopiert worden ist. Atwater beobachtete sie. Barlow sagte:

»Sie hat ein bisschen was von einem Plagegeist.« Er aß gerade ein Sandwich und schaute zu der Frau im Türeingang hinüber.

»Wer ist das?«

»Wer?«, fragte Pringle und rückte seine falsche Nase zurecht, die ihm einen neuen Anlass für spasmodische Handbewegungen gegeben hatte.

Barlow sagte: »Susan Nunnery.«

Atwater sagte: »Das also ist Susan Nunnery?«

»Das«, sagte Pringle, »ist Susan Nunnery. Weißt du, diese Hose ist ruiniert. Ich werde sie nie mehr tragen können.«

Lola hing an Atwaters Arm.

»Ich bin diese Party leid«, sagte sie.

Atwater sagte: »Wir gehen in einer Minute.« Er beobachtete, wie Susan Nunnery durch das Zimmer schritt und ein Mann einen Moment lang mit ihr sprach. Dann begannen sie zu tanzen. Die gedrungene Frau erschien wieder. Sie hatte Essen vorne auf ihre Uniform verschüttet. Sie sagte:

»Eine der Frauen *ist* in Ohnmacht gefallen. Aber sie haben sie herausbekommen.«

Der Gastgeber, der immer noch hinter dem Sofa stand und gegen die Wand lehnte, sagte:

»*Ist* sie das, und *haben* sie das? Und wer ist *sie,* wenn ich fragen darf?«

»Also, Naomi Race und Wauchop und Naomi Race' Taxifahrer und der Polizist, der unten etwas getrunken hat.«

Der Gastgeber sagte: »Wenn sie in Ohnmacht gefallen ist, warum hat man sie dann herausgeholt? Das Bad ist der sicherste Ort für sie. Wenn man sie hier irgendwo liegen lässt, tritt noch jemand von diesem Gesindel auf sie. War sie überhaupt zu der Party eingeladen?«

Die gedrungene Frau sagte: »Sie waren beide eingeladen,

sagt ihre Freundin. Und jetzt tut es ihnen leid, dass sie zu dieser verkommenen, schrecklichen Party gegangen sind.«

»Ich werde mich darum kümmern«, sagte der Gastgeber, und während er wegging, sah er selbst so aus, als ob er die Party leid sei. Barlow sagte zu Pringle:

»Warum trägst du diese Nase?«

»Naomi Race hat sie mir gegeben.«

»Du solltest sie immer tragen.«

»Also, was willst du damit sagen, immer tragen?«

»Jeden Tag.«

»Sei nicht absurd.«

Barlow sagte: »Doch, doch. Es ist mein Ernst. Hat jemand meinen kleinen Bruder irgendwo gesehen?«

Atwater sagte: »Sollten wir uns nicht um Scheigan kümmern, jetzt, wo Harriet verschwunden ist?«

»Er ist doch ganz glücklich da auf dem Boden. Er braucht Schlaf, vermute ich.«

»Er sollte ein wenig beiseitegeschoben werden,« sagte Pringle. »Die Leute steigen über seinen Kopf. Er wird zur Belästigung.«

Barlow sagte: »Unsinn. Ich mag es, dass er da liegt. Es gibt dem Zimmer das Flair des Bewohntseins.«

»Er mindert das Niveau der Party.«

»Nicht so sehr wie in seinem Wachzustand.«

»Ach, komm.«

»Was meinst du, Susan?«, sagte Barlow. Susan Nunnery tanzte nicht mehr und stand in ihrer Nähe. Sie hatte eine Zigarette im Mund, die aber nicht angezündet war. Sie sagte:

»Wozu?«

Barlow zeigte auf Scheigan. Lola sagte zu Atwater:

»Sollen wir jetzt gehen?«

»Ja, bald.«

Susan Nunnery sah auf Scheigan hinunter und sagte:

»Ist er nicht ein Schatz. Er ist so müde.« Sie sagte: »Hast du mal Feuer?«

Barlow sagte: »Ich guck mal, wo ich was herkriegen kann.«

Susan Nunnery sah Atwater an. Sie sagte: »Kann ich sie an Ihrer anstecken?« Dann: »Nein, nein. Ich komm schon dran«, als er seinen Arm hinter Lola wegnahm.

Pringle sagte: »Das kannst du doch nicht tun, Susan.«

»Ich muss, dieses eine Mal.«

Lola sagte: »Sollen wir jetzt gehen und in Ihrer Wohnung noch etwas trinken?«

»Ja, gleich.«

Der Gastgeber kam zurück. Sein Gesicht war roter als zuvor. Er sagte:

»Komm und tanz mit mir, Susan. Ich brauche Trost für all das.«

Barlow gähnte. Brisket kam herüber zu ihm und sagte:

»Wo ist dein Bruder?«

»Im Bett, wenn er sich auch nur halb so müde fühlt wie ich.«

Das Zimmer leerte sich jetzt. Susan Nunnery und der Gastgeber waren das einzige Paar, das tanzte. Er drehte sich schwerfällig um sie, seine Hand ausgebreitet auf ihrem Rücken wie ein dickhäutiges Gewächs oder eine fremdartige Staudenfrucht. Links hinter ihnen begann Mr. Scheigan, vom Boden aufzustehen. Dass Leute auf sein Gesicht traten, hatte ihn endlich aufgeweckt. Er erhob sich auf seine Hände und Knie und richtete sich dann ganz auf. Er rieb seine Augen eine kurze Zeit und kam dann quer durch das Zimmer zu ihnen herüber. Er sagte zu Atwater:

»Das ist eine miese Party.«

»Meinen Sie?«

»Ja.«

»Sie ist fast vorbei. Sie brauchen also nicht noch viel länger zu bleiben.«

Mr. Scheigan sagte: »In diesem verrückten Land hier ist es mir noch nie gelungen, eine Party zu geben. Wenn ihr Jungs jetzt mit mir in meine Wohnung kämet, würden wir ’ne tolle Zeit miteinander haben.«

Zufälligerweise wollte niemand mit in Mr. Scheigans Wohnung kommen, aber es dauerte lange, bis es möglich war, Mr. Scheigan das klarzumachen. Dann mussten sie ihm erklären, dass Harriet ohne ihn weggegangen war. Das wollte er überhaupt nicht wahrhaben. Er sagte:

»Aber sie hat doch gesagt, sie käme sofort zurück, um mir gute Nacht zu wünschen.«

Barlow sagte: »Aber so ist das Leben, Mr. Scheigan. Das müssen Sie doch inzwischen gelernt haben.«

Aber Mr. Scheigan hatte das nicht gelernt, und er war sehr, sehr ärgerlich. Barlow holte ihm einen Drink in der Hoffnung, dass der ihn aufheitern würde, aber er machte ihn nur noch unglücklicher. Er setzte sich in einen Sessel, und Tränen rannen an seinen beiden Wangen herab. Er sagte:

»Mein süßes kleines Schätzchen ist gegangen und hat seinen alten Mann Scheigan verlassen.«

Er weinte noch ein wenig, und sie gaben ihm Sodawasser zu trinken. Barlow sagte:

»Falls Sie noch welche übrig haben, sollten Sie eine von Ihren Zigarren rauchen, Mr. Scheigan. Sie werden sehen, es heitert Sie auf.«

Mr. Scheigan sagte, sie seien prima Kerle, und man einigte sich darauf, dass sich alle Anwesenden in naher Zukunft in seiner Wohnung treffen sollten. Atwater sah sich im Zimmer um und stellte fest, dass Susan Nunnery sich entfernt zu haben schien. Er hörte, wie Barlow zu Mr. Scheigan sagte:

»Hören Sie in Zukunft auf meinen Rat und halten sich von Frauen fern.«

Sie begaben sich alle nach unten und halfen, Mr. Scheigan in ein Taxi zu bugsieren. Er stieg sofort wieder aus, aber sie schoben ihn wieder zurück, und als das Taxi losfuhr, sahen sie, wie er sich durch das Zwischenfenster lehnte und zum Fahrer sprach. Die Tür des Taxis öffnete sich, als es am Ende der Straße um die Ecke fuhr, aber solange das Fahrzeug in ihrer Sichtweite blieb, war Mr. Scheigan noch nicht herausgefallen.

Barlow sagte: »Es schien etwas für ihn ganz Ungewohntes zu sein, in ein Taxi zu steigen.«

Auf dem Weg zurück nach oben begegneten sie Susan Nunnery, die herunterkam. Sie wurde von zwei Männern begleitet, die Atwater nicht kannte.

Als sie an ihnen vorbeiging, sagte Atwater: »Gute Nacht.«

»Gute Nacht«, sagte sie. Es war ziemlich dunkel, und sie sah ihn nicht an. Dann drehte sie sich plötzlich um und stoppte einen Augenblick. Sie neigte ihren Kopf ein wenig zur Seite und schaute ihn an. Sie sagte:

»Oh, gute Nacht.«

Sie und die sie begleitenden Männer gingen weiter die Treppe hinunter. Barlow sagte zu Pringle:

»Warum hast du in Scheigans Tasche herumgewühlt? Hast du etwas Wertvolles gefunden?«

»Ich hab nur eine meiner Karten reingesteckt.«

»Deine Visitenkarten?«

»Eine der Karten für meine Vernissage.«

Barlow sagte: »Was für eine gute Idee. Ich vermute, er wird die gesamte Show aufkaufen.« Er atmete tief ein. »Ich wünschte, ich hätte ihm meine Adresse gegeben«, sagte er. Und er fügte hinzu: »Das war eine sehr gute Idee von dir.« Er war beeindruckt.

Das Zimmer war ziemlich leer geworden, als sie zurückkehrten. Lola saß noch immer auf dem Sofa. Atwater hatte sie ganz vergessen und war überrascht, sie so plötzlich wiederzusehen. Ihn überkam ein intensives Gefühl der Verantwortungslosigkeit der ganzen Menschheit gegenüber. Er hatte an diesem Abend nicht mehr den Wunsch, noch mit irgendjemandem zu sprechen. Er wollte nur nach Hause und ins Bett gehen. Lola sagte:

»Habt ihr für euern Freund ein Taxi bekommen?«

»Ja, wir haben ein Taxi für ihn bekommen.«

»Ich glaube, wir sollten auch bald gehen.«

»Vielleicht sollten wir das.«

Er versuchte sich zu erinnern, wohin sie gehen wollten.

Zu dieser späten Stunde war doch gewiss nirgendwo mehr geöffnet. Der rotgesichtige Gastgeber schlenderte durch das Zimmer. Seine Frau war verschwunden. Er sagte zu ihnen:

»Ich hab den dringenden Wunsch, dass Sie nach Hause und ins Bett gehen. Haben Sie eine Vorstellung, wie spät es ist? Oder wollen Sie hier vielleicht auch noch frühstücken?«

Barlow sagte: »Gibt es hier noch so etwas wie ein bisschen Sodawasser? Und falls ich Sie nicht wiedersehe, ich danke Ihnen sehr für eine wirklich sehr vergnügliche Party.« Er sagte zu Atwater: »War es nicht eine gute Party?«

»Wundervoll.«

Barlow sagte: »Es ist eine wundervolle Party gewesen. Ich wünschte, Undershaft wäre auch hier gewesen.«

»Ja.«

»Glaubst du nicht, dass sie ihm gefallen hätte?«

»Doch.«

»Ich auch«, sagte Barlow. »Ich bin sicher, sie hätte ihm gefallen.«

Lola sagte: »Wir gehen jetzt wieder, oder?«

»Also, los dann«, sagte Atwater. Er fühlte sich schläfrig, doch er stand vom Sofa auf und ging in eines der Schlafzimmer auf der anderen Seite der Eingangshalle, wo er seinen Hut gelassen hatte. Im Schlafzimmer lag ein Mann mit dem Gesicht nach unten auf dem Bett. Atwater ging näher an ihn heran und sah, dass es sich um Barlows Bruder handelte. Jemand war auf Atwaters Hut getreten. Er setzte sich auf einen Stuhl und formte ihn wieder zurecht. Er war schläfrig und ärgerlich. Barlows Bruder öffnete die Augen. Er sah Atwater an. »Ganz ruhig bleiben«, sagte er.

Atwater ging in die Eingangshalle zurück. Barlow stand da und sah sich einige Lithographien an, die an den Wänden hingen. Er sagte:

»Vermutlich hast du nicht meinen Marine-Bruder irgendwo gesehen, oder?«

Atwater sagte: »Doch. Er liegt in diesem Zimmer da.«

4

Als sie auf der Straße waren, gingen sie ein kleines Stück zu Fuß. Es war jetzt kühler. Jemand hatte eine Flasche auf den Bürgersteig vor dem Haus fallen lassen, so dass das Glas unter Atwaters Schuhen knirschte, als er darauf trat. Ein Taxi fuhr langsam vorbei, und sie stiegen ein. Lola war schläfrig geworden und döste an seiner Schulter. Atwater fragte sich, ob es der letzte Drink gewesen sei, der ihr den Rest gegeben hatte, oder die Luft nach der Hitze der Party. Die Straßen waren leer, abgesehen von den Männern in Buffalo-Bill-Hüten und kniehohen Stiefeln, die mit Schläuchen Wasser auf die Fahrbahn spritzten. Das Taxi röhrte, als ob es bald zusammenbrechen würde. Lola wurde halb wach. Sie sagte:

»Wohnst du hier in der Nähe?«

»Ja.«

»Ich auch.«

»Ich arbeite in einem Museum«, sagte Atwater. Er wurde immer schläfriger und hatte das Gefühl, etwas sagen zu müssen. Ein Gefühl der Niedergeschlagenheit überkam ihn.

»Das muss ein sehr interessanter Job sein, oder?«

»Nein.«

»Wirklich nicht?«

»Ich denke oft daran, wegzulaufen und zur See zu gehen.«

»Ich glaube, er muss sehr interessant sein.«

»Wirklich?«

»Ja«, sagte sie. »Bestimmt.«

Er hoffte, sie würde nicht wieder von Bertrand Russell anfangen. Das Taxi hielt an. Sie stiegen aus und gingen die Treppen hoch, die zu seiner Wohnung führten.

»Hier wohnst du also?«

»Ja.

»Was für ein süßes Zimmer«, sagte sie. Sie war jetzt vollkommen wach geworden. Sie setzte sich auf das Sofa. Atwater setzte sich ebenfalls auf das Sofa, aber nur, weil die Stühle in seinem Zimmer zu unbequem waren, um darauf zu sitzen. Er fühlte sich schläfrig und konnte sich nicht erinnern, warum er diese Frau gebeten hatte, mit in seine Wohnung zu kommen. Er sah sie an und dachte, sie ähnele einem Gnom.

»Möchtest du etwas trinken?«

»Was hast du denn?«

»Es ist etwas Gin da, glaube ich.«

»Was noch?«

»Vielleicht etwas Sodawasser.«

»Dann nehme ich Gin mit Soda.«

Er goss ihr Gin und Sodawasser in ein Glas.

»Komisch, dass wir uns vorher noch nie begegnet sind«, sagte sie.

»Ja, komisch.«

»Kennst du Gwen Pound?«, fragte sie.

»Ich hab sie schon mal gesehen.«

»Ich wohne mit ihr zusammen.«

»Aha.«

Sie saßen beide auf dem Sofa.

»Magst du mich«, sagte sie.

»Du bist ein Schatz.«

»Komisch, dass wir uns vorher noch nie begegnet sind.«

Atwater fragte sich, warum ihm die Situation nicht größeren Spaß mache. Lola ließ wieder Anzeichen beginnender Schläfrigkeit erkennen. Sie legte ihre Beine auf das Sofa. »Ich liebe deine Wohnung«, sagte sie. »Woraus besteht sie?« Sie hatte exzellente Knöchel. Atwater fühlte sich schläfrig und desinteressiert.

»Trink noch etwas.«

Sie trank noch etwas und zog ein Gesicht.

»Wie ist es mit deinen Büchern?«

Atwater stand auf. Er konnte die Sache mit den Büchern nicht durchziehen. Er war zu müde. Er sagte:

»Da sind diese. Und dann sind da jene.«

»Liebling«, sagte sie.

»Liebling«, sagte er und tätschelte ihren Kopf und küsste sie.

»Liest du viel?«, fragte sie.

»Manchmal.«

»Ich auch.«

»Wirklich?«

Sie trank ihr Glas aus und zog wieder ein Gesicht.

»Liebling, mir ist so schlecht.«

Atwater sagte: »Du kannst dich hier nicht übergeben. Das ist mein Wohnzimmer.«

»Aber vielleicht muss ich.«

»Nein, nein, das darfst du nicht.«

»Jedenfalls trinke ich nichts mehr.«

»Dann nimm eine Zigarette.«

»Nein, auch keine Zigarette.«

»Du gehst am besten ins Bett.«

»Meinst du?«

»Ja, wenn du dich schlecht fühlst.«

»Vielleicht hast du recht.«

»Ja, ich glaube, das wäre das Beste.«

Lola ging es nicht gut. Sie sah blass und unordentlich aus, und sie hatte zu viel Puder auf der linken Seite ihrer Nase. Und doch, die koboldartige Kontur ihres Gesichts machte sie immer noch irgendwie attraktiv. Sie wirkte neugierig, aber auch bei schlechter Gesundheit.

»Vielleicht gehe ich am besten nach Hause.«

»Das glaube ich auch.«

»Ich gehe nach Hause.«

»Soll ich ein Taxi rufen?«

»Nein.«

Atwater sagte: »Ich muss selbst auch bald ins Bett gehen, sonst bin ich morgen zu nichts zu gebrauchen.«

»Ich gehe dann also.«

»Wir müssen uns wiedersehen.«

Er begleitete sie die Treppe hinunter. Es war hell draußen, und die Häuser trugen ein seltsames Grau, wie der Hintergrund einer Szene in einem Film. Alles schien irreal und vorläufig. Die Luft war noch frisch, aber es würde wieder ein heißer Tag werden. Ein Taxi wartete an dem Taxistand am Ende der Straße.

»Soll ich dich nach Hause bringen?«, fragte Atwater scheinheilig.

»Nein«, sagte sie. »Ich gehe zu Fuß.«

»Tschüs.«

»Tschüs.«

Sie küssten sich. Lola ging ein kleines Stück und drehte sich dann um und winkte ihm zum Abschied zu. Atwater winkte zurück. Dann wandte er sich dem Haus zu und stieg wieder die Treppen hoch. Er stellte den Gin in den Wohnzimmerschrank, ging in sein Schlafzimmer und zog die Vorhänge zu. Die Sonne schien durch sie hindurch, aber es war nicht hell genug, um richtig sehen zu können. Deshalb schaltete er das elektrische Licht an. Er putzte sich die Zähne, zog sich aus und ging ins Bett. In dem Garten hinter dem Haus sangen Vögel, was ihn eine Zeitlang daran hinderte einzuschlafen.

5

Atwater saß in seinem Zimmer im Museum und las ein Buch. Die Wände des Raums waren gelbbraun und olivgrün. Während er dort saß und las, dachte er über die Party nach, die er am Abend zuvor besucht hatte. Er las:

»... die isomorphe Verbindung zwischen dem Orificium eines Glases und dem Loch einer Gitarre ist das Resultat eines unilateralen Vergleichs, denn die Relation existiert zwischen zwei Objekten, praktisch identisch ...«

Er war sich jetzt bewusst, dass es ein Fehler gewesen war, Lola in seine Wohnung einzuladen. Es hatte bedeutet, dass er zu lange aufgeblieben war und er sich folglich an diesem Morgen kein Interesse an kritischer Literatur abzuringen vermochte. Nicht das geringste. Er dachte gerade über diesen Interessensverlust nach, als Nosworth hereinkam. Nosworth sagte:

»Guten Morgen, Atwater. Sie sehen blass aus.«

»Ich hab gestern Abend Hummer gegessen. Ich hab mich vielleicht vergiftet.«

»Ich fühl mich selbst nicht besonders wohl«, sagte Nosworth. »Diese Stiche in meinem Rücken sind wiedergekommen.«

»Ja?«

»Ja«, sagte Nosworth. Er war fast fünfzig und sehr groß und gelb im Gesicht. Es hieß, er sei ein guter Archäologe, und er trug einen steifen, umgeschlagenen Kragen, der mindestens eine Nummer zu groß für ihn war. Das Gelb seines Gesichts kontrastierte mit der gelbbraunen Temperafarbe der Wände. Er stand dort, ohne sich zu bewegen oder zu sprechen, mit mehreren schweren Büchern unter dem Arm, als ob er versteinert sei oder eine Gestalt aus dem Horrorkabinett. Atwater sagte:

»Ich brauche einen Drehstuhl. Glauben Sie, Sie könnten das vorbringen?«

»Ich werde mein Bestes tun. Es hat neun Jahre gedauert, bis ich meinen bekommen habe. Ich werd's aber versuchen. Es ist jedoch, dass die Räume überheizt oder zu kalt sind, was meiner Ansicht nach das Arbeiten hier zu schwer macht.«

»Er muss eine bewegliche Rückenlehne haben.«

»Die haben diese Art von Stühlen alle«, sagte Nosworth. Er setzte sich neben Atwaters Schreibtisch und machte Notizen in einen Taschenkalender. Atwater fuhr fort mit seiner Lektüre:

»... ja, erst nachdem er seine Metapher konzipiert hat, unterwirft er sie seinen Präparationen – mechanisch, wenn man so will –, die dieser perfekteste plastische Techniker der Gegenwart, der er unzweifelhaft ist, in der Folge studiert, organisiert, koordiniert und ausbeutet. Keine Orismologie also, auch keine Terminologie und noch weniger irgendeine Stilisierung ...«

Nosworth sagte: »Ich hab zum ersten Mal vor fünf Jahren diese Schmerzen bekommen. Ich war auf einer Wandertour im Lake District mit einem Mann vom King's College.«

Er sah nicht auf. Er notierte etwas in seinen Kalender. Er schrieb sehr schnell, so als ob er seine Gedanken von den Bösartigkeiten seines Körpers ablenken wolle. Atwater dachte über die Party nach, statt seine Gedanken der Identifizierung von Nosworths Symptomen zuzuwenden. Doch er beobachtete, wie Nosworth schrieb. Währenddessen kam ein Junge mit einer Karte herein. Er übergab sie Atwater. Sie war schmuddelig, und auf ihr stand: *Dr. J. Crutch.*

»Was will der?«

Der Junge, ein übelgelaunter, übergroßer Jugendlicher mit einem Blumenkohlohr und Sommersprossen, stand schüchtern da und schloss und öffnete seine Hände.

»Was will der?«, fragte Atwater erneut, und als er sah, dass der Junge etwas im Mund hatte, schaute er weg. Nach einigem Nachdenken sagte der Junge:

»Er möchte Sie sehen.«

»Mich persönlich?«

»Er fragte, ob er mit jemand sprechen kann.«

»Hat er ein Studententicket?«

»M'm.«

Atwater wandte sich an Nosworth, der immer noch seine Termine eintrug.

»Wollen Sie mit ihm reden?«

»Nein.«

»Sag ihm, dass persönliche Interviews nur nach vorheriger Vereinbarung gegeben werden. Wenn er hartnäckig ist, erkundige dich nach Einzelheiten.«

Der Junge verließ das Zimmer. Atwater hoffte das Beste. Nosworth sagte:

»An gewissen Abenden finde ich keinen Schlaf. Dann schlafe ich etwa gegen zwei oder drei Uhr morgens ein und wache wieder gegen vier Uhr auf. Dann setzen die Schmerzen ein. Sie beginnen im unteren Teil der Wirbelsäule und breiten sich langsam über meinen Rücken aus. Manchmal habe ich einen ständigen Schmerz in meinem linken Bein.«

»Heute Morgen sehe ich Punkte vor meinen Augen, aber ich vermute, das geht wieder vorbei.«

»Sie sehen nicht gut aus«, sagte Nosworth und war im Begriff, seine eigene Diagnose fortzusetzen, als der Junge wieder hereinkam. Er hatte immer noch etwas in seinem Mund. Kaugummi, vermutete Atwater. Der Junge sagte:

»Der Gentleman wünscht jemand wegen der Ausstellungsstücke in Raum 16 zu sprechen.«

Der Mann war offensichtlich eine gewohnheitsmäßige Nervensäge.

»Die in Vitrine B?«

Der Junge nickte mit dem Kopf. Atwater wurde ziemlich wütend. Es schien unmöglich, zum ernsthaften Lesen zu kommen, wenn Nosworth über seine Gesundheit redete und irgendwelche Leute ihn dauernd störten. Nosworth sah von seinem Buch auf und sagte:

»Ich hab den Verwaltungsausschuss gewarnt, dass wir mit diesen untergeordneten Figuren, die bei den Initiationsriten eingesetzt werden, Ärger kriegen. Natürlich wurde mein Rat nicht beachtet. Sie sagten alle, der Raum sei zu dunkel, so dass sie niemandem auffallen würden.«

»Mir selbst sind sie aufgefallen«, sagte Atwater. »Besonders die auf der linken Seite.«

»Es dauert nicht mehr lange«, sagte Nosworth, »und es wird sich wiederholen, was vor zwei Jahren in diesem Raum passiert ist.«

»Oder Schlimmeres.«

»Dennoch, ich glaube, am besten ist, Sie sprechen mit ihm.«

Atwater sagte zu dem Jungen: »Bitte ihn zu warten. Ich rede mit ihm, sobald ich kann. Biete ihm einen Stuhl an.«

»Er muss repariert werden.«

»Wer?«

»Der Wartezimmerstuhl.«

Der Junge schlurfte aus dem Zimmer.

»Warte einen Moment«, sagte Nosworth. »Was ist heute Morgen mit Miller passiert?«

»Krampfadern«, sagte der Junge. »Seine ganze Familie hat sie hin und wieder.«

Er ging hinaus.

»Es gibt keine Disziplin in diesem Gebäude«, sagte Nosworth. »Nicht die geringste. Ich beschwere mich nicht. Ich stelle nur fest.«

Atwater schloss sein Buch. Es war einer jener Tage, an denen er nicht in der Stimmung war zu lesen. Gesichter erschienen auf den gedruckten Seiten und verschwanden wieder. Er sagte:

»Das Wetter ist sehr drückend.«

»Ja, sehr«, sagte Nosworth. »Wenn sich die Schmerzen über meinen Rücken ausgebreitet haben und meine Beine wehtun, wird mein Mund ganz trocken. Wenn das passiert, weiß ich, dass mir eine schlimme Zeit bevorsteht. Es passiert manchmal sogar zweimal die Woche.«

»Es ist eine hoffnungslose Position.«

»Aber ich langweile Sie nur. Was haben Sie heute Abend

vor? Wir könnten vielleicht zusammen zu Abend essen und dann ins Kino gehen. Ich möchte gerne den Tonfilm ›Sie sagte immer ja‹ sehen.«

»Ich diniere bei Mrs. Race.«

Nosworth schüttelte den Kopf. Er sagte:

»Du liebe Zeit. Also, ich hoffe, es wird ein gutes Dinner.«

Der Junge kam wieder herein und händigte Atwater ein vierfach gefaltetes, schmieriges Dokument aus. Als eine Art arbeitssparende Technik wahrte er einen weiten Abstand und hielt es Atwater auf Armeslänge hin. Es war gerade in Atwaters Reichweite, als er es dem Jungen abnahm.

»Was ist das?«

»Der Gentleman sagte, ich soll es Ihnen geben.«

Atwater entfaltete das Papier. Es handelte sich um ein Pamphlet und trug den Titel »Eine kurze Einführung in eine expositorische Abhandlung über die früheren internationalen Vereinbarungen zu der vorgeschlagenen Vereinigung von kraniometrischen und zephalometrischen Kalkulationen, nebst einer kritischen Überprüfung derselben: zudem einige Anweisungen und Vorschläge für das Sammeln von exakteren Informationen und geeigneten Exemplaren für anthropometrische Messungen an lebenden Subjekten für die physikalische Anthropologie, verfasst von J. Crutch, MRCS, etc.«

Atwater reichte das Pamphlet an Nosworth weiter, da ihm das eine schnellere Methode schien, als es laut vorzulesen. Nosworth warf einen kurzen Blick darauf und sagte:

»Jetzt fällt es mir ein. Ich glaube, er war vor fünf Jahren schon mal hier. Aber Huntly hat ihn damals interviewt. Das war, ehe Huntly starb, wissen Sie.«

»Ich vermute, er ist verrückt.«

»O ja, sehr, stelle ich mir vor. Aber ich glaube, er wird Sie nicht lange aufhalten.«

Atwater legte sein Buch hin, markierte die Stelle, bis zu der er gekommen war, mit einem Stück Löschpapier und ging in das Wartezimmer.

Der Besucher stand da und lächelte still in sich hinein. Er war etwa sechzig und trug einen Regenmantel und einen sehr albernen Hut. Er hatte den Regenmantel offensichtlich gekauft, als er noch ein junger Mann war, und ihn stets viel getragen. Er hatte einen weißen Schnurrbart und machte einen entschieden schmutzigen Eindruck.

»Kann ich Ihnen helfen?«

»Mir helfen?«

»Ja«, sagte Atwater, »Ihnen helfen.«

»O ja, natürlich.«

Da es nur einen Stuhl gab und es zudem noch zu unsicher war, auch nur kurze Zeit darauf zu sitzen, blieben beide Männer stehen. Atwater sagte:

»Ihr Anliegen ist?«

Der alte Mann mit dem weißen Schnurrbart, Dr. Crutch also, sah zur Seite und lächelte, so als ob er ein wenig verlegen sei. Er sagte:

»Es handelt sich nur um eine unwichtige Sache.«

Und dann sprach er mit einer leisen Stimme über sein Leben, und wie nützlich er für das Museum sein könne. Atwater fragte sich, wie lange er noch weiterreden würde und ob er ein Verrückter sei oder ein halbseriöser Plagegeist und Mühemacher. Er hörte nicht mehr zu. Er wusste, das Beste, auf das er hoffen konnte, war, es vermeiden zu können, alles mehr als einmal zu hören. Er dachte über andere Dinge nach. Es gelang ihm die völlige Abschaltung von Gedanken, wie sie jemandem gelingt, der einem Lehrer zuhört. Er verlor sich in seiner eigenen Introspektion. Der alte Mann, Dr. Crutch, redete und redete, und langsam verschwammen seine Umrisse vor Atwaters Augen, und er schien sich in die eine oder andere Person zu verwandeln, die auf der Party gewesen war, um dann wieder die eigene Gestalt anzunehmen. Schließlich machte er eine Pause, vor Atemlosigkeit keuchend.

»Sie sehen«, sagte er, »ich habe eine Menge Qualifikationen.«

»Unglücklicherweise genügen Qualifikationen nicht.«

»Genügen nicht?«

»Reichen nicht aus.«

»Sie glauben nicht, dass ich Ihnen von Nutzen sein werde?«

»Nicht eigentlich von Nutzen. Natürlich, wenn Sie mir Ihre Adresse dalassen würden ...«

»Es gibt bei Ihnen nicht so etwas wie interne Forschung?«

»Nicht im Moment, fürchte ich.«

»Und dann«, sagte Dr. Crutch, »sind da diese Vitrinen in Raum 16, über die ich mit Ihnen sprechen wollte.

»Ja.«

»Ich schreibe ein Buch über das Thema. Sie wissen natürlich, welches Thema ich meine?«

»Natürlich.«

»Es ist ein Thema, das sehr vorsichtig zu behandeln ist, damit kein Anstoß erregt wird.«

»Das nehme ich an.«

»Ich glaube, ich könnte das.«

»Es gibt schon das Standardwerk dazu.«

»Es würde das Standardwerk ergänzen.«

Atwater schwankte leicht. Es flimmerte vor seinen Augen. Sein Mund war seltsam trocken. Er fragte sich wieder, wie lange das Gespräch noch dauern würde. In seinen Ohren hämmerte der Lärm der Party. Der alte Mann verfolgte seinen eigenen Gedankengang und sagte:

»Ich vermute, Sie haben keins meiner Bücher gelesen?«

»Zufälligerweise nicht. Ich komme nur selten dazu zu lesen.«

»Das überrascht mich nicht. Ich vermute aber, dass Sie selbst schreiben.«

Es gab kein Anzeichen dafür, dass das Gespräch zu einem Ende kam. Atwater sagte:

»Das stimmt. Aber auch dazu komme ich nur selten. Sehen Sie, ich bin immer sehr beschäftigt.«

Dr. Crutch sagte: »Wir alle sind ein wenig inspiriert.« Und

als er Atwaters Gesicht sah, fügte er hinzu: »Ich hoffe, ich verschwende nicht Ihre Zeit.«

»Es geht nicht um meine Zeit. Meine Zeit steht immer zu Ihrer Verfügung. Aber die Regierung. Meine Verpflichtung gegenüber dem Staat. *Pro bono publico* und so weiter.«

»Dann glauben Sie nicht, dass Sie mir helfen können?«

»Wenn Sie mir genau sagen könnten, was Sie wünschen.«

»Also, wenn Sie einen Moment erübrigen können. Es ist so«, sagte der Doktor. Aber er sprach nicht weiter. Er sah gedankenvoll Atwaters Kopf an.

»Es ist wie?«

»Ich wollte im Hinblick auf diese Abbildungen im Raum 16 vorschlagen, dass ich vielleicht in der Lage wäre, Gebrauch von ihnen zu machen.«

Vor Atwaters geistigem Auge zeigte sich ein Bild, oder besser, eine endlose Filmrolle, ein kummervoller Ablauf von Großaufnahmen von all dem Ärger, den er bekäme, wenn dem Doktor erlaubt würde, die Abbildungen mit seinen eigenen Händen zu untersuchen. Atwater sagte:

»Es ist leider sehr schwierig, die Erlaubnis zu bekommen, die Ausstellungsstücke außerhalb ihrer Vitrinen zu betrachten. Es würde lange dauern, ehe ein solches Ersuchen vor den Verwaltungsausschuss käme, und selbst dann würde er es wohl ablehnen.«

Der Doktor lächelte wieder verlegen. Er sagte:

»Ich wollte gerade vorschlagen, dass Sie sie an mich veräußern.«

Das war die Entscheidung. Atwater unternahm eine starke Anstrengung, nicht das Gefühl der Erleichterung zu zeigen, die ihn trotz des Summens und Rasselns in seinen Ohren und der Bilder des Lichts und Feuers vor seinen Augen überkam. Aber Dr. Crutch hatte sich erklärt. Er hatte sich als echter Verrückter offenbart, und nicht als ein Grenzfall, der für jedes Mitglied der Belegschaft eine Menge Arbeit bereiten konnte. Er war ein Irrer, ein echter Irrer. Das Ende war in Sicht.

»Es tut mir leid, aber wir können sie nicht verkaufen. Sehen Sie, wir verkaufen nie etwas.«

»Nicht?«

»Nie«, sagte Atwater. Und er fügte hinzu: »Wir sind per Gesetz daran gehindert.«

»Wirklich?«, sagte Dr. Crutch. »Ist das wirklich so?«

»Ja.«

»Es gibt viel zu viele Gesetze im Gesetzbuch. Es wäre eine gute Sache, wenn einige von ihnen gelöscht würden.«

»Ja, das ist wahr.«

»Ich muss diese Abbildungen haben. Ich muss sie für mein Buch haben. Ich muss sie für mein Buch haben. Ich könnte Ihnen einen sehr guten Preis bieten.«

»Unmöglich, fürchte ich.«

»Vielleicht könnten wir zu einem Arrangement kommen.«

»Ich fürchte, auf der Basis, die Sie vorschlagen, ist ein Arrangement nicht möglich.«

Der Augenblick des Handelns war gekommen. Atwater sagte:

»Unglücklicherweise habe ich jetzt eine Verabredung. Ich bedauere, Ihnen so wenig helfen zu können.«

Dann verließ er das Zimmer, so schnell er konnte. Er hatte die Situation vielleicht zu retten vermocht. Er hoffte, dass weitere fünf Jahre vergehen würden, ehe Dr. Crutch wieder auftauchte.

Er kehrte zu seinem Schreibtisch zurück. Nosworth war in sein eigenes Zimmer gegangen. Der Morgen musste immer noch durchgestanden werden. Atwater dachte an die verschiedenen Dinge, die er zu tun verpflichtet war. Zunächst war da das Memorandum über die Totems, das verfasst werden musste. Das war nicht dringend. Es konnte warten. Ihm kam der Gedanke, einen Roman zu beginnen, aber sein Gehirn befand sich fast im Zustand des Stillstands, und es wäre ein Fehler, einen falschen Start zu machen. Es gab mehrere Briefe, die beantwortet werden mussten. Unannehmbare Einladungen, Rechnungen, letzte Mahnungen. Da er sich an diesem Morgen nicht gut fühlte, konnten sie alle wohl ein, zwei Tage unbeantwortet bleiben. Dann gab es da noch die Möglichkeit, sich durch einen Brief an Undershaft in New York abzulenken. So etwas verschafft einem einen klaren Kopf. Es ordnet die Gedanken. Das Zu-Papier-Bringen von Gesellschaftsklatsch lässt die Dinge in ihrem rechten Licht erscheinen. Zudem wollte er mehr über die Vietnamesin hören. Oder er könnte vielleicht auch an seine eigene Schwester schreiben, die unglücklich mit einem Mann bei der indischen Kavallerie verheiratet war. Aber dazu verspürte er auch keine große Lust. Stattdessen saß er einfach da und dachte über die Existenz an sich und ihre Schwierigkeiten nach.

Später klingelte das Telefon. Atwater fühlte sich erschüttert. Das Geheimnis des Lebens, so war es ihm erschienen, war in diesem Moment fast in unmittelbarer Nähe gewesen. Noch ein paar weitere Minuten, und er hätte die absolute Realität vielleicht zu greifen vermocht. Jetzt war alles so weit entfernt wie zuvor immer. Jahre des Denkens, Jahre voller Mühen, Jahre voller Ausschweifungen vermochten wohl kaum, ihm diese Vorstellung wieder nahezubringen. Er nahm den Hörer ab.

»... am Apparat ... es tut mir leid, ich kann Sie nicht verstehen ... wer? ... wer? ... *wer?* ...«

Die Stimme am anderen Ende der Leitung wurde schwächer. Atwater verlor langsam das Interesse. Die Schwirrgeräusche in seinem Kopf hatten wieder eingesetzt. Er lauschte. Wessen Name mochte dieses zweisilbrige Wort sein, das die Frau (oder handelte es sich um einen Mann?) am anderen Ende auszusprechen versuchte. Und dann fiel es ihm plötzlich ein. Der Name war Lola.

»... ja ... natürlich, sehr gern ... ja ... ja ... nein, natürlich nicht ... Dienstag dann ...«

Er legte auf. Die Welt forderte wieder ihr Recht. Erneut zwangen sich ihm materielle Dinge auf. Er vermerkte auf seinem Notizblock, dass er sie am Dienstag treffen würde. Was würde er mit ihr anfangen, fragte er sich und dachte an die hoffnungslose intellektuelle Affäre, die er, bald nachdem er nach London gekommen war, mit der Frau seines Zahnarztes gehabt hatte.

Er wandte sich unmittelbareren Problemen zu. Da war die geplante Übersetzung des langen und langweiligen Vortrags des finnischen Professors – eine dringende Sache, die bis zum folgenden Freitag fertig zu sein hatte. Es war jetzt wohl nötig, etwas in dieser Sache zu arrangieren. Eine noch wichtigere Angelegenheit war ebenfalls noch nicht erledigt: Die Korrespondenz über einen neuen Durchlauferhitzer in seiner Wohnung musste wieder aufgenommen werden. Diese würde sich in mehrere Kategorien aufteilen, nämlich in Briefwechsel mit dem Vermieter, Briefwechsel mit der Gasfirma und, wegen der separaten Involviertheit, Briefe mit dem Klempner. Diese Hauptabteilungen hatten zusätzliche Komplikationen erhalten sowohl durch das Ableben des ursprünglichen Klempners, eines kränklichen alten Mannes, das die Verpflichtung einer neuen Klempnerei notwendig machte, welche den Kundenstamm des Verstorbenen aufgekauft hatte, als auch durch eine dieser Entwicklung unmittelbar folgende Änderung in der Administration der Gasfirma, was zusammengenommen zu einer Verzögerung der Angelegenheit und zu einem Anwachsen des Umfangs des Dossiers führte. Atwater hatte das Gefühl, dass eine Neugestaltung dieser Korrespondenz und ein scharfer Brief an seinen Vermieter, einen Kurzwarenhändler, der sich von seinem Geschäft zurückgezogen hatte und in Berkhamsted lebte, seinem Verstand Klarheit verleihen würde. Während er damit beschäftigt war, die ersten Zeilen dieses Briefes zu verfassen, kam der Junge wieder herein und händigte ihm eine Karte aus. Sie war schmutzig, und auf ihr stand: *Dr. J. Crutch.*

Der Bengel übergab sie mit dem Gehabe eines Zauberkünstlers, der einen wohlbekannten und ihm eher lästigen Trick vorführt, den er schnell hinter sich zu bringen wünscht, ehe er zu etwas von größerem allgemeinen Interesse übergeht.

»Erneut?«

»Er will sein Buch haben.«

»Sein Buch?«

»Das Buch, das er Ihnen gegeben hat.«

»Hat er mir ein Buch gegeben?«

»Zusammengefaltet. Ich hab's hergebracht«, sagte der Bursche unter großer geistiger Anstrengung, wobei er das, worauf er kaute, quer durch seinen Mund schob, so dass es den unteren Teil seiner Backe zu einer halbrunden Beule formte.

»Die Broschüre«, sagte Atwater. »Gott! Die Broschüre.«

Die Broschüre war verschwunden. Auf Atwaters Schreibtisch lagen die Berichte der »Gesellschaft zur Förderung der Bräuche der alten Welt«, 1906–08 und 1911–13. Zudem einige Briefe, mehrere Kataloge für gebrauchte Bücher, einige Fahrpläne, Weinlisten, Zeitungsausschnitte, Fotos von minoischen Kostümen, Schachteln mit Briefumschlägen, Löschpapierfetzen und einige Etiketten. Der Papierkorb war ebenfalls voll. Atwater suchte. Er suchte den Boden ab, durchsuchte den Papierkorb und seine Taschen. Selbst der Junge blickte in stummer Hilfsbereitschaft um sich. Die Broschüre blieb verschwunden. Atwater ging in Nosworths Zimmer. Nosworth schrieb gerade.

»Haben Sie die Broschüre?«

»Welche Broschüre?«

»Über die Vereinigung von kraniometrischen und zephalometrischen Kalkulationen.«

Nosworth fuhr fort zu schreiben. Er übersetzte dänische Gedichte für Geld. Er sagte:

»Mein lieber Atwater, wovon in aller Welt reden Sie?«

»Die Schrift, die der Irre zurückgelassen hat.«

»Der Irre?«

»Der, der heute Morgen da war.«

»Sir Gregory Williams?«

»Nein, nein, nein. Der, von dem Sie sagten, er sei schon vor fünf Jahren mal hier gewesen.«

»War das eine Geschichte, die ich Ihnen erzählt habe?«

»Dr. Crutch.«

»Ach ja«, sagte Nosworth. Er zeigte kein Interesse.

»Sie wissen, was es bedeutet, wenn wir sie nicht finden?«

»Was nicht finden?«

»Er wird von nun an jeden Tag hierherkommen, bis er in eine Anstalt eingeliefert worden ist, was noch Jahre dauern kann.«

»Sie werden schon mit ihm fertig.«

Nosworth schrieb unbeirrt weiter. Er sagte:

»Ich suche nach einem Attribut für das Meer. *Wein-dunkel*, zum Beispiel. Aber das ist wohl kaum das passende. Fällt Ihnen eins ein?«

Atwater wurde grob.

»Ich hab bald Feierabend«, sagte er.

Nosworth unterbrach seine Übersetzung und schaute auf. Er sagte:

»Warum sollte ich die Broschüre haben?«

Sie durchsuchten das Zimmer. Der Junge, der Atwater gefolgt war, sah sich ebenfalls verstohlen um. Die Broschüre blieb verschwunden.

»Ihre Taschen?«, sagte Atwater.

Nosworth leerte seine Taschen. Sie enthielten eine Anzahl von unerwarteten Objekten, aber die Broschüre war nicht unter ihnen. Dann holte Nosworth seine Brieftasche heraus. Die Broschüre lag darin, zusammengefaltet zwischen zwei Zehn-Shilling-Scheinen.

»Das ist mehr als seltsam«, sagte Nosworth und fuhr fort mit seiner Übersetzung. Atwater übergab dem Jungen die Broschüre.

»Renn los, sonst ist der Gentleman schon gegangen.«

Atwater ging zu seinem Schreibtisch zurück. Das war heute ein schwieriger Morgen. Er nahm einen Stift und begann einen langen Beschwerdebrief über das Thema Durchlauferhitzer an seinen Vermieter zu schreiben. Ihn erfüllte ein Gefühl der Unruhe. In der Mitte des ersten Absatzes wurde er von jemandem unterbrochen, der neben seinem Ellbogen stand. Es war der Junge. Er machte ein seltsames Geräusch mit Lippen, Zunge und Zähnen, ein spezielles Heulkratzen, erzeugt durch ein scharfes Einsaugen der Luft und intendiert, sofort Atwaters Aufmerksamkeit zu erregen und gleichzeitig anzuzeigen, dass sich nicht länger eine beträchtliche Menge an Speisen in seinem Mund befand.

»Nun?«

»Der Gentleman lässt bestellen, er konnte nicht länger warten. Er ist morgen wieder zurück oder am Tag danach.«

»Verdammt.«

Der Junge ging weg. Nosworth kam ins Zimmer. Er sagte:

»Welcher Wochentag ist heute?«

»Samstag.«

»Oh, wirklich?«

»Ich glaub schon.«

Der Morgen verging nur langsam. Atwater zerriss den Brief an seinen Vermieter. Er ging hinüber zum Fenster, öffnete es, lehnte sich hinaus und schaute auf die Leute unter ihm. Ein ganz unerwarteter schwacher Luftzug bewegte sanft die Bäume. Hindu-Studenten in hellgrünen Flanellhosen schlenderten über das Gras. Ihre Stimmen wurden zu seinem Fenster hochgetragen:

»Das geht in Ordnung, alter Junge, ist aber schrecklich nett von dir.«

Während er über Freundschaft nachsann, erinnerte er sich daran, dass er an diesem Nachmittag zum Tee mit Barlow verabredet war. Er ging zurück zu seinem Schreibtisch, nahm sein Buch wieder auf und begann zu lesen:

»... instinktiv hingezogen zu der dauernden Erneuerung der Daten seiner Einbildungskraft, ist er bemüht, gewisse Produkte des Gebrauchs dieser Daten nicht zur Grundlage neuer Werke zu nehmen. Die Form, die er einer besonderen Metapher verleiht oder bestimmten spezifischen Relationen zwischen eng oder entfernt verbundenen Volumen, ist nie den Elementen eines Bildes *a priori* gegeben, sondern einfach und allein als Konsequenz der Entwicklungen, die die Komposition eines Bildes erfordert …«

6

BARLOW bewohnte zwei Zimmer und eine Küche. Eines der Zimmer beherbergte ein Bett und seine gesamte Kleidung, die dort auf dem Boden herumlag. Das andere Zimmer war größer. Barlow benutzte es als Studio. In seiner Mitte stand ein viktorianisches Sofa, und eine Sprungfedermatratze stand in einer Ecke nahe an der Wand. Gerahmte und ungerahmte Bilder lehnten gegen die anderen Wände. Sophy öffnete die Tür. Sie wohnte nicht dort, aber Barlow hatte ihr einen Wohnungsschlüssel gegeben. Als sie Atwater sah, sagte sie:

»Hallo, William.«

»Hallo, Sophy.«

»Barlow ist noch nicht hier.«

Sie lächelte. Sie war blond und üppig. Eine Frau, wie Maler sie mögen. Ein wenig so wie eine Eva von Tintoretto. Sie hatte irgendeinen Job in einem Bekleidungsgeschäft. Sie begaben sich in das Studio. Atwater nahm seinen Hut ab und setzte sich auf das Sofa. Sophy, aus ihrem Kleid quellend, blieb, mit ihren Händen auf den Hüften, stehen und sah ihn an. Sie nahm immer – mit ihrem Gewicht an unwahrscheinlichen Orten platziert – gute Körperhaltungen an, bessere als ein geübtes Malermodell.

»Hat Hector weitere Porträts von dir gemacht?«

»Du hast dieses hier noch nicht gesehen, William«, sagte sie. Sie nannte alle Freunde Barlows bei ihren Vornamen, aber nicht Barlow selbst. Er war zu bedeutend. Sie zog ein Bild aus einem Stapel neben dem offenen Kamin. Es zeigte sie nackt auf einem Küchenstuhl sitzend, mit einem Stück Chintz als Hintergrund. Sie sagte:

»Es ist schön, nicht wahr?«

»Gib ihm einen Rahmen.«

Sie schob es in einen der Rahmen, die an der Wand lehnten,

und hob es auf die Staffelei. Sie trat einige Schritte zurück und schaute mit nicht-sehenden Augen zusammen mit Atwater auf das Bild. Sie lächelte ein wenig in sich hinein, so als ob sie zu erstaunt sei, um diesem Phänomen aus Farbe und Leinwand wirklich Glauben zu schenken.

»Ich mache Tee. Barlow wird bald hier sein.«

Sie ging aus dem Zimmer, ließ aber die Tür hinter sich offen. Er hörte sie mit den Tellern klappern, denn sie war ungeschickt in ihren Bewegungen.

»Hat dir die Party gefallen«, fragte sie von der Küche her.

Obwohl Barlow sie nicht zu Partys mitnahm, zeigte sie stets ein gedämpftes Interesse an ihnen.

»Sie war nicht schlecht.«

»Barlow war ganz komisch danach.«

»Wirklich?«

Atwater sah sich im Zimmer um. Es war leer und gleichzeitig voll von Dingen, einer Abstellkammer nicht unähnlich. Alles in ihm schien provisorisch und so, als ob es nur für ein paar Minuten *da* hingestellt worden sei, dann aber *dort* gelassen wurde, weil niemand sich die Mühe machen wollte, es irgendwo anders hinzustellen. Barlows Bilder waren gut, aber es standen zu viele von ihnen herum. Es gab einige Bücher. Nicht viele. Atwater bemerkte, dass eines von ihnen »Also sprach Zarathustra« war. Sophy brachte den Tee herein und war gerade dabei, ihn einzugießen, als Barlow kam.

»Es tut mir leid, dass ich zu spät bin«, sagte er. »Ich hab mich gerade in einer kleinen Seitenstraße übergeben müssen.«

Er küsste Sophy und sagte:

»Ist der Tee fertig?«

Sophy sagte: »Ich habe ihn gerade gemacht. William ist erst seit einer Minute hier.«

Barlow sagte: »Ich bin vorhin bei Pringle gewesen. Er hat mir sein gesamtes Werk der letzten fünf Jahre gezeigt.«

Sophy sagte: »Er hat am Morgen angerufen und mich zum Tee heute in sein Studio eingeladen.«

»Verdammt, wirklich? Im Geschäft?«

»Ja.«

»Woher kennt er die Nummer? Hast du ihm den Namen des Geschäfts gesagt?«

»Du hast neulich abends darüber gesprochen. Ich vermute, er hat die Nummer aus dem Telefonbuch.«

»Was hast du gesagt?«

»Ich hab gesagt, ich könne nicht kommen, weil ich zum Tee bei dir sei.«

»Was hat er gesagt?«

»Er hat gesagt, er riefe wieder an.«

»Ich würde nicht gehen, wenn ich du wäre«, sagte Barlow. »Er ist ein verdammter Idiot. Du wirst ihn nicht mögen.«

»Ich mache mir überhaupt nichts aus ihm.«

»Er ist furchtbar.«

Sophy nahm die Kanne wieder und schüttete Tee ein. Barlow wandte sich Atwater zu und rollte die Augen.

»Nimm Kuchen«, sagte er. »Er ist leider nicht ganz frisch.«

Atwater sagte: »Bist du gut mit Susan Nunnery bekannt?«

»Was hat sie gemacht?«

»Jemand hat gestern Abend über sie gesprochen.«

»O ja. Sie war gestern Abend da, nicht wahr?«

»Ja.«

»Lebt sie noch mit Gilbert zusammen?«

»Hat sie das?«

»Ich weiß es nicht«, sagte Barlow. »Vielleicht nicht. Ich schaff es nicht, bei Frauen wie ihr auf dem Laufenden zu bleiben.«

Atwater trank seinen Tee. Sophy ging hinaus, um neues heißes Wasser zu holen. Barlow sagte:

»Miriam war gestern hier. Ich glaube wirklich, das Beste ist, ich heirate sie.«

»Warum? Hast du sie ruiniert?«

»Nein.«

»Warum nicht?«

»Ich glaubte nicht, dass sie das wollte.«

»Sie ist eine nette Frau.«

»Ja, ich werde sie ganz bestimmt heiraten.«

»Siehst du sie oft?«

»Nicht oft.«

Sophy kam wieder herein. Sie sagte:

»Der Kessel leckt. Wir müssen einen anderen besorgen.«

»Ich werd einen besorgen«, sagte Barlow. Er sagte zu Atwater:

»Hab ich dir erzählt, dass ich letzte Woche einige Sachen verkauft habe? Unter anderem einen kleinen Kopf von Sophy.«

Sophy sagte: »Der, der mir ähnlich ist.«

»Ja, der, der dir ähnlich ist.«

Atwater sagte: »Was ist mit deinem Bruder passiert, nachdem ich gestern Nacht gegangen bin?«

»Er hat seinen Zug heute Morgen gekriegt.«

»Wie ging es ihm?«

»Er sah ganz gut aus.«

»Ich meine, er sah überhaupt nicht gut aus«, sagte Sophy. »Armer Junge.«

»Seine Hand zitterte ein wenig beim Frühstück.«

»Er war blass wie eine Leiche«, sagte Sophy. Sie nickte mit dem Kopf.

»Er wird sich wieder erholen«, sagte Barlow. »Er wird okay sein, sobald er wieder in der Offiziersmesse oder in der Kadettenmesse oder im Mannschaftsraum ist, oder wo auch immer Leute wie er leben, wenn sie auf ihrem Schiff sind.«

»Es war eine gute Party.«

»Mit wem hast du sie verlassen?«

»Sie heißt Lola.«

»Wer ist sie?«

»Sie stellt Plakate her.«

»Das habe ich mir gedacht«, sagte Barlow. »Du wirst sie nie loswerden. Du wirst Frauen nie los, die so angezogen sind wie die. Wie ist sie so?«

»Sie sagt, sie liest ziemlich viel Bertrand Russell.«

»Du wirst sie nie loswerden. Wie ist sie zu der Party gekommen?«

»Wauchop hatte sie mitgebracht.«

»Sie ist eine von Wauchops Frauen, ja?«

»Sie besucht seine Klassen.«

»Wauchop schleppt Frauen wie die an«, sagte Barlow, »und dann sind Leute wie du und ich gezwungen, unsere ganze freie Zeit und unser ganzes Geld darauf zu verwenden, sie zu unterhalten.«

»Ja.«

»Wirst du sie wiedersehen?«

»Sie hat heute Morgen angerufen.«

»Was habe ich dir gesagt.«

»Ich mag sie eigentlich ganz gern.«

»Du bist verrückt. Doch lass uns nicht über solche kleinen Dinge streiten. Gehst du heute Abend mit mir und Sophy ins Kino?«

»Ich diniere heute Abend bei Naomi Race.«

»Nun ja, es ist eine Mahlzeit«, sagte Barlow. »Sie wehret den Qualen des Hungers. Zumindest tut sie das gewöhnlich. Ich kann mich an eine Gelegenheit erinnern, als sie das nicht getan hat. Und es war noch dazu während der Wirtschaftsdepression. Ich hab die ganzen gesalzenen Mandeln aufgegessen.«

Sophy zündete Atwaters Zigarette mit einem langen Holzspan an. Es klingelte an der Haustür. Barlow sagte:

»Sieh durch die Vorhänge und guck, wer das ist, Sophy.«

Sophy stellte ihre Teetasse hin und sah zwischen dem Vorhang und der einen Seite des Fensters auf die Straße. Sie spähte einige Zeit hinunter und sagte dann:

»Fotheringham.«

»Oh, es ist Fotheringham, ja?«

»Ich glaube, er hat mich gesehen. Er hat gewinkt.«

»Er ist nicht einfach nur gestolpert?«

»Nein.«

»Bist du sicher?«

Sophy sagte: »Also, ja natürlich.« Sie lachte.

»Geh runter und öffne die Tür«, sagte Barlow. »Lass ihn rein, wenn er einigermaßen nüchtern ist.«

Atwater sagte: »Ich bin ihm ein paar Mal bei Undershaft begegnet.«

»Du musst ihm tausendmal begegnet sein. Ich treffe ihn, wann immer ich das Haus verlasse.«

»Ich saß mal mit ihm und Undershaft einen ganzen Abend lang zusammen, als er Undershaft zu überreden versuchte, einen Artikel über okkulte Musik für seine Zeitung zu schreiben.«

Barlow sagte: »Er ist einer der Redakteure einer spiritualistischen Zeitschrift. Er sagt, von allen Klassen mag er die Spiritualisten am wenigsten. Das ist nicht schlimm, da es nur seine Aufgabe ist, bei der Zusammenstellung der Anzeigenseiten zu helfen, und da, wie er selbst sagt, der Job nur ein vorübergehender ist. Warum also meckern. Er macht ihn erst seit fünf Jahren.«

»Es muss ein angenehmer Job sein, im Großen und Ganzen.«

»Er wollte, dass ich eine Serie von Zeichnungen von bekannten Spiritualisten anfertige, aber er scheint mit fortschreitendem Abend das Interesse zu verlieren.«

Sie hörten, wie Fotheringham während des ganzen Weges die Treppe herauf auf Sophy einredete. Er kam vor ihr ins Zimmer, ein untersetzter junger Mann mit sehr rosigen Wangen. Er hatte sich noch nicht rasiert und trug einen Bowler und hatte einen entrollten Regenschirm in der Hand. Die Aura eines Journalisten der niederen Ränge hing um ihn wie ein Dunst. Mit einer leichten Unsicherheit in der Stimme sagte er zu Barlow:

»Also, mein lieber alter Knabe, ich werde jetzt schrecklich unverschämt zu dir sein. Hast du was dagegen, wenn ich jetzt sofort dein Telefon benutze, Hector?«

»Da drüben auf der Umzugskiste.«

Fotheringham nahm den Hörer ab und nannte der Vermittlung die Nummer. Er lächelte Sophy an.

»Schrecklich unverschämt von mir. Ich entschuldige mich, Sophy«, sagte er; und dann: »… Hallo, Liebling … ja, ich weiß … es tat mir so leid … es tat mir schrecklich leid … wirklich … wirklich … ich war … nur ein wenig … nein, es tut mir leid, ich kann nicht … ja, natürlich … ein anderes Mal … tschüs, Darling … tschüs.« Er legte den Hörer auf.

»Armes kleines Ding«, sagte er. »Ich hasse es, sie zu enttäuschen. Aber so ist es nun mal. Man muss manchmal grausam sein, wenn es zum Besten ist, obwohl es leider schrecklich schwülstig klingt, wenn man so was sagt.

»Kennt ihr beiden euch?«, sagte Barlow.

Atwater sagte: »Wir haben uns bei Undershaft kennengelernt. Haben Sie gehört, dass er jetzt in Amerika ist?«

Fotheringham sagte: »Und ist erfolgreich dort, wie ich höre.«

»Er macht gutes Geld.«

»Ich denke, ich werde ihn bald treffen«, sagte Fotheringham, »denn ich gehe selbst dahin.«

»Wann gehst du denn«, fragte Sophy. Sie war ein wenig fasziniert von Fotheringham. Er war der einzige Mann, der je schaffte, was sonst nicht einmal für ein paar Minuten gelang, nämlich, ihre Aufmerksamkeit von Barlow abzulenken, und aus irgendeinem Grund auch der einzige Mann, den Barlow nie, selbst nicht für einen Moment, als einen möglichen Rivalen betrachtete.

»Das Datum steht noch nicht fest. Aber es wird sehr bald sein.«

»Gibst du deinen gegenwärtigen Job auf?«

»Er führt doch zu nichts, weißt du.«

»Warum bist du nicht auf der Party gewesen«, sagte Barlow, der begonnen hatte, einige Bleistifte mit einem der Tafelmesser anzuspitzen.

»Party?«, sagte Fotheringham. »Welche Party?«

»Die Party von gestern Abend.«

»Oh, die Party von gestern Abend. Ich war auf dem Weg dahin, aber irgendwie sind wir nie angekommen. Ich wurde von einem Mann in einer Bar in der Nähe des Strand, in die kaum jemand geht, in ein Gespräch verwickelt.«

»Hat das den ganzen Abend gedauert?«

»Er hat mich mitgenommen in ein Lokal, das er kannte. Es hieß Ginger's Club. Es war kein besonders fröhlicher Laden.«

Barlow legte das Tafelmesser hin. Er sagte:

»Sophy, schenk dem Mann Tee ein. Sitz nicht nur herum und glotz ihn an.«

»Nein, nein«, sagte Fotheringham. »Nicht für mich. Ich rühr das Zeug nie an.«

»Wie du willst«, sagte Barlow. »Aber welch eine Art von Job glaubst du denn zu kriegen?« Er hatte das Tafelmesser wieder aufgenommen und sprach so, als ob er viel lieber nicht wissen wolle, welchen Job Fotheringham bekommen würde. Er hätte gerne so wie über Pringle auch über Fotheringham eine Art Dominanz ausgeübt, aber eine gewisse proteische, allerdings gut getarnte, geistige Wachheit machte Fotheringham immun gegen seine Einflüsse. Fotheringham sagte:

»Was ich mir wirklich wünsche, wäre etwas an der frischen Luft. Irgendwo, wo ich am frühen Morgen aufwachen und mich wirklich erfrischt fühlen würde, und wo ich hinausgehen und etwas Anstrengendes tun und gegen elf wieder zurückkommen und in einem Pub ein großes Glas Bier trinken und bis zum Mittagessen weiter arbeiten und dann den Rest des Tages vielleicht damit verbringen würde, meine Kenntnisse der Klassiker aufzufrischen.«

»Der Klassiker?«

»Oh, Marlowe und all diese Leute, weißt du. Villon und so weiter.«

Sophy sagte: »Es ist so schade, dass wir nicht manchmal aufs Land fahren.«

Barlow sagte: »Du weißt, dass ich immer krank werde, wenn ich London auch nur für eine kurze Zeit verlasse.«

»Wie es jetzt ist«, sagte Fotheringham, »scheine ich nie die Zeit zum ernsthaften Lesen finden zu können. Diese Spiritualisten halten mich ganz schön auf Trab, kann ich dir sagen, Hector. Ich beneide dich oft um die Muße, die ihr Maler habt.«

»All die Vitalität, die ein Maler hat, verschwendet sich in dem Versuch, seine Bilder zu verkaufen. Und das weißt du sehr wohl.«

»Vitalität«, sagte Fotheringham. »Das ist es. Einer der Gründe, warum ich nach Amerika will, ist, weil ich höre, dass jeder dort diese wundervolle Vitalität besitzt.«

Atwater sagte: »Sie müssen einen Freund von uns namens Scheigan kennenlernen. Er besitzt eine große Menge Vitalität.«

»Kann er mir einen Job besorgen?«

Barlow sagte: »Wenn ihr euch in einem Moment kennenlernt, in dem ihr beide nüchtern seid, bestimmt.«

»Weißt du, du hältst mich vielleicht für eingebildet, aber ich glaube, ich bin ein bisschen zu gut für meinen gegenwärtigen Job.«

»Du kriegst dreiunddreißig ein Drittel Prozent Kommission für jedes Bild, das du für mich verkaufst. Mehr kann ich nicht bieten.«

»Hör mir jetzt mal eine Minute lang zu. Ich bin vielleicht nicht so talentiert wie du, Hector, oder so schön wie Sophy, aber meinst du nicht auch, dass ich meine Fähigkeiten vergeude?«

»Nein, das meine ich überhaupt nicht.«

Fotheringham lachte. Er sagte: »Jetzt machst du Witze. Sei mal ernst.«

»Keineswegs. Du hast Glück, dass du überhaupt einen Job hast.«

»Das meinst du doch nicht wirklich.«

»Ich meine, was ich sage.«

»Nein, das ist absurd«, sagte Fotheringham. »Ich glaub dir nicht, wenn du so was sagst.«

»Das ist überhaupt nicht absurd.«

»Wie auch immer, ich muss einen Job finden. Ich würde gern etwas finden, das mich in Kontakt mit Leuten bringt, die wirklich etwas zählen. Autoren und so weiter.«

Barlow seufzte. Er sagte:

»Sophy und ich gehen um halb sieben ins Kino. Danach gehen wir essen. Sollen wir jetzt ausgehen und etwas trinken?«

»Aber warte nur einen Moment, Hector. Meinst du wirklich, dass du glaubst, ich vergeude nicht meine Zeit bei dieser Zeitschrift?«

»Jeder tut das, in dem Gebäude.«

»Du bist ja nur gehässig, Hector.«

»Das ist meine Absicht.«

»Weißt du, du gehst zu weit. Leute, die dich nicht so gut kennen wie ich, würden nie vermuten, dass du nur Witze machst.«

Barlow nahm einen seltsamen kleinen Hut von einem Platz neben dem Telefon.

»Wir gehen jetzt etwas trinken«, sagte er und setzte den Hut auf.

»Du bist hoffnungslos«, sagte Fotheringham und lachte.

»Also, los.«

Sie gingen die Treppe hinunter und traten auf die Straße. Barlow sagte:

»Wohin sollen wir gehen?«

Fotheringham sagte: »Ich kenne da ein Lokal.«

»Ist es weit?«

»Nur um die Ecke.«

Sie gingen die Straße hinunter. Fotheringham schwang seinen entrollten Regenschirm und pfiff ein wenig durch seine Zähne. Sie erreichten das Lokal. Es war niemand sonst in dem schicken, mit schweren perlenbesetzen Vorhängen ausgestatteten Schankraum. Das Haar der Barfrau war in elaborierte Dauerwellen gelegt. Sie sagte zu Fotheringham:

»Und wie geht es Ihnen, junger Mann?«

»Maisy, du weißt, ich muss mich für neulich abends entschuldigen.«

»Und weiter?«

»Also, Maisy.«

»Was wollen Sie mir jetzt sagen?«

»Also«, sagte Barlow, »was trinken wir?«

Fotheringham sagte: »Nein, das geht auf mich.«

Die Barfrau brachte die Getränke. Sie sagte zu Fotheringham: »Sie sind ein Gräuel. Das ist es, was Sie sind.«

»Also, Maisy, das darfst du nicht sagen.«

»Verschütten Sie Ihren Drink nicht«, sagte sie.

»Maisy, war ich wirklich eine solche Plage?«

»Ohne Zweifel.«

Fotheringham sagte zu Barlow: »Es ist fürchterlich. Man trinkt etwa zwei Drinks, und schon wird man zu einer Plage.«

»Du bist gefährlich nahe daran, einer von den Leuten zu sein, die eine Plage sind, noch ehe sie zwei Drinks hatten.«

»Bitte lass doch so was, Hector«, sagte Fotheringham. Er sagte zu Atwater: »Dinieren Sie heute Abend schon bei jemandem?«

»Bei Naomi Race.«

»Sonst hätten wir vielleicht zusammen dinieren können. Aber bestellen Sie ihr einen Gruß von mir. Ich schaue vielleicht später am Abend bei ihr vorbei.«

Barlow sagte: »Also, Sophy und ich gehen jetzt in unser Kino. Wie steht's mit noch einer Runde, ehe wir gehen?«

Sie tranken noch eine Runde. Barlow und Sophy standen auf, um zu gehen. Fotheringham sagte:

»Tschüs, lieber alter Junge. Tschüs, Sophy, meine Liebe.«

»Schau mal wieder vorbei«, sagte Barlow.

»Mach ich, mach ich.«

Sie verließen das Lokal. Fotheringham sagte:

»Was für eine nette Frau Sophy ist. Ich wünschte nur, ich fände jemanden wie sie.«

»Es muss doch andere geben.«

»Sie haben Recht. Es gibt andere. Die Frage ist nur, wo man sie findet.«

Atwater antwortete nicht. Er sah sich in dem Schankraum um, der voll war von mit erhabenen roten und blauen und goldenen Lettern bedruckten Spiegeln. Es gab ein Foto des Prinzen von Wales, wie er sich eine Zigarette anzündet.

»Ah«, sagte Fotheringham, *»Où sont-elles, Vierge souvraine? Mais où sont les neiges d'antan?«*

»Wo, in der Tat?«

»Ich nehme an, diese Frau ist in Hector verliebt.«

»Das glaube ich auch.«

»Nicht dass ich auch nur für einen Moment mit Hector in Konkurrenz zu treten beabsichtigte. Aber das ist immer interessant zu wissen.«

»Ja.«

Die Barfrau, die sie, auf ihre Ellbogen gestützt, ansah, sagte:

»Sie haben sich noch nicht angemessen entschuldigt, Mr. Fotheringham.«

»Du darfst mich nicht hänseln, Maisy.«

»Sie hänseln, sagen Sie?«

»Ja, Maisy.«

»Ach, gehen Sie mir doch weg.«

»Nein, Maisy, nein.«

Die Barfrau lachte. Dann nahm sie einen Scheuerlappen und rieb damit über die Theke, wo sie zu viel Pfefferminz in Atwaters Gin gegossen hatte, so dass etwas übergeflossen war. Sie war nicht hübsch, hatte aber ein empfindsames Gesicht und sehr krauses Haar. Als sie die Theke ganz trocken gewischt hatte, ging sie hinüber zur anderen Seite der Theke, wo es die kalten Snacks gab, und begann, Schinkensandwiches zu schneiden.

Fotheringham seufzte. Er sagte:

»In Zeiten wie dieser denke ich oft, wie wenig wir doch zu erwarten haben, wir jungen Männer wie Sie und ich.«

Er drehte sein Glas zwischen Finger und Daumen. Die Traurigkeit hatte ihn plötzlich übermannt. Atwater sagte:

»Noch einmal dasselbe?«

»Ja, bitte. Was sehen wir denn vor uns? Ausblicke auf schlecht belüftete Kneipen. Eine Armee von unsagbar beschwipsten Journalisten.«

»Vergessen Sie diese Bilder.«

»Eine Million Barfrauen, die alle das Gleiche sagen.«

Atwater nickte.

»Getränke, die so eklig sind, dass man sie kaum runterkriegt. Frauen, die einen immer peinigen.«

»Aber Amerika?«

»Ah«, sagte Fotheringham, »Amerika. Aber das Datum steht noch nicht fest.«

»Ist das wichtig?«

»Vielleicht.«

»Warum?«

»Sie fragen mich, warum«, sagte Fotheringham. »Aber ich frage Sie, wo das alles hinführen wird, wenn ich dort hingehe.« Er war jetzt in sehr düsterer Stimmung. »Wo führt das alles hin? Das fragte ich Sie, Atwater.«

»Ich weiß es nicht.«

»Nein. Sie wissen es nicht. Ich weiß es nicht. Keiner von uns weiß es. Wir machen einfach nur weiter und weiter und weiter und weiter und weiter.«

»Das stimmt.«

»Wir sitzen hier, während wir vielleicht große Dinge tun könnten, Sie und ich.«

»Könnten wir das?«

»Wissen Sie, was wir gerade tun?«

»Nein.«

»Soll ich es Ihnen sagen?«

»Ja.«

»Wir vergeuden unsere Jugend.«

»Glauben Sie?«

Fotheringham sagte: »In jeder Minute huschen die kostbaren Sekunden vorüber. Die Stunde schlägt. Mit jedem Moment kommen wir der uns bestimmten Düsternis näher.«

»Und die sieht wie aus?«

»Können Sie ertragen, es zu hören?«

»Ja.«

»Ich kann es Ihnen nicht sagen. Es ist zu schrecklich.«

»Ich bestehe darauf.«

»Für einige die Ecksitze in den Clubs, unter dem dürftigen Schutz eines Zeitungsblatts. Für andere die Stimmen von kleinen Kindern, oft und ohrenbetäubend schrill.«

»Wir haben die Gegenwart.«

»Heute Abend«, sagte Fotheringham, »bin ich ein Mann, der gehandicapt ist durch seine Zukunft. Für mich existieren die Gegenwart und die Vergangenheit nicht.«

»Versuchen Sie, nicht darüber nachzudenken.«

»Jetzt verstehe ich langsam, was Hector meinte, als er sagte, er glaube nicht, dass ich zu gut für meinen Job sei.«

»Er meint nie etwas.«

»Nein«, sagte Fotheringham. »Nein. Nett von Ihnen, süß von Ihnen, das zu sagen. Aber wenn auch Hectors Worte für ihn selbst nichts bedeuten, sie bedeuten inzwischen eine Menge für mich. Welch ein Mann. Talent. Genie wäre kaum ein zu starkes Wort. Schöne Frauen ohne Zahl. Die Welt zu seinen Füßen. Und was bin ich? Was mache ich? Was kann ich sagen? Wissen Sie, ich wundere mich oft, dass Männer wie Sie und Hector sich mit mir sehen lassen.«

»Mein lieber Fotheringham.«

»Es ist mein Ernst.«

»Unmöglich.«

»Ja, ja, doch.«

»Sagen Sie so was nicht.«

Fotheringham nahm die beiden Gläser. Er sagte:

»Ich werde es sagen, und ich werde es wiederholen.«

»Nein, nein. Wiederholen Sie es nicht.«

»Doch«, sagte Fotheringham, »ich werde wiederholen, und mehr als einmal, wie glücklich ich mich schätze, solche Freunde zu haben, wie ich sie habe; und was auch immer die Leute über Freundschaft sagen mögen, und niemand weiß besser als ich, dass es eine Qualität ist, die heutzutage oft geringer eingestuft wird als jene vorübergehenden emotionalen Verbindungen zwischen diesem und jenem Geschlecht, die ihre Grundlage auf einem Boden haben, der so unbeständig ist wie der Sand am Meeresstrand, so ist sie am Ende doch eine Sache, ja, ist sie *die* Sache, von der auf lange Sicht gesehen das Glück von Männern, wie Sie und ich es sind, wenn Sie mir für einen Moment verzeihen wollen, dass ich Sie und mich auf eine Stufe stelle, vor allem abhängt in diesem Kampf, in diesem verrückten, chaotischen Armageddon, diesem hektischen, fiebrigen Bemühen, welches, wie wir, Sie und ich, wissen, das Leben ist; und wenn wir schließlich in jenem grauen, schaurigen und schrecklichen wüsten Land hoffnungsloser Verzweiflung, unerträglicher Depression und völliger Humorlosigkeit angekommen sind, zu dem uns Alkohol und Schulden und Frauen und zu viel Rauchen und zu wenig sportliche Betätigung und all die tausend hoffnungslosen, nutzlosen, ermüdenden, nie genug zu bedauernden Vergnügungen unseres fast noch schlimmer als nutzlosen Lebens unweigerlich führen; wenn der gewaltige, absolut undurchdringliche Nebel der Platitüde, oder in einigen Fällen: des Dogmas, uns umhüllt und völlig zudeckt; wenn wir die letzten schwachen Anstrengungen, so etwas wie den Schein zu wahren, aufgegeben haben und in der Tat herabgesunken sind in jene schleimigen, schrecklichen Tiefen der Erniedrigung, des Elends und der Niederträchtigkeit, in die jene gelangen, die ihren Namen, ihren Intellekt, ihre Geliebte, ihre ehemalige Schule, selbst ihre Ehre für den Preis eines Glases Bier verkaufen würden; wenn unter Liebe nur mehr die langweiligste Form sexueller Lust und unter Macht die nutzlosesten Töpfe voller

Geld verstanden wird, wenn Ruhm die vulgärste Sorte der Publicity bedeutet, wenn wir uns für immer ausgeschlossen fühlen von den süßen Gefilden heiterer *insouciance* (verzeihen Sie den Ausdruck), die, wie ich vermute, die eine und in der Tat einzig mögliche Linderung der und Entschuldigung für die ungezügelte Inkohärenz dieser unserer Existenz sind, dann ist es so weit, und nur dann, dass wir uns voll bewusst werden, dass wir es in seiner Gänze realisieren, dass wir, kurz gesagt, mit einem absoluten Grad an Klarheit begreifen – was wollte ich noch mal sagen? Ich scheine den Faden verloren zu haben.«

»Freundschaft.«

»Das war es natürlich. Es tut mir leid. Dass wir uns bewusst werden, was Freundschaft für jeden von uns und für uns alle bedeutet, und dass sie es ist, und sie allein, die alles der Mühe wert sein lässt.«

»Was der Mühe wert sein lässt?«

Fotheringham machte eine umfassende Geste mit seinen Händen.

»Alles«, sagte er.

»Wie zum Beispiel?«

»Ich bin kein religiöser Typ. Ich weiß nichts von solchen Dingen. Aber es muss doch etwas geben, dass jenseits von diesem ganzen Sex-Betrieb ist.«

»Ja.«

»Das meinen Sie auch?«

»O ja. Ziemlich wahrscheinlich. Warum nicht?«

»Aber was?«

»Da kann ich nicht helfen.«

»Nicht?«

Atwater sagte: »Aber was hat Sie so depressiv gemacht?«

»Depressiv?«

»Ja, depressiv.«

Fotheringham trank sein Glas mit einem Zug aus. Er sagte:

»Ich vermute, ich muss ziemlich depressiv geklungen haben. Sehen Sie, ich hatte ein sehr schwer verdauliches Mittagessen.«

»Ach so.«

»Sie wissen, wie ein solches Mittagessen einem zusetzt.«

»Noch zu dieser Abendzeit?«

»Ja«, sagte Fotheringham, »noch zu dieser Abendzeit. Wissen Sie, ich fürchte, ich muss Sie gelangweilt haben.«

»Nicht im Geringsten.«

»Ich hab das Gefühl, doch. Sie müssen mir verzeihen. Verzeihen Sie mir? Sagen Sie, dass Sie mir verzeihen, Atwater.«

»Ich verzeihe Ihnen.«

»Es ist nicht das Wetter, um mitten am Tag viel zu essen und zu trinken.«

»Mit wem haben Sie zu Mittag gegessen?«

»Ich hab mit George Nunnery zu Mittag gegessen. Ohne Zweifel kennen Sie ihn?«

»Ist er verwandt mit einer Frau dieses Namens?«

»Ihr Vater. Sie kennen sie also?«

»Ich hab sie kennengelernt.«

»Sie ist attraktiv, meinen Sie nicht? Ich kann mich nie entscheiden, welche die besser Aussehende ist, sie oder Harriet Twining.«

»Sie sehen beide sehr gut aus.«

»Sie müssen den alten Nunnery kennenlernen.«

»Das würde ich gerne.«

Fotheringham sagte: »Er ist einer jener brillanten Männer, in deren Köpfen völlige Leere herrscht.«

»Wirklich?«

»Sie können sich vorstellen, ein wie guter Gesellschafter er ist.«

»Ja, sicher.«

»Verstand und Einsicht und alles sind da, aber es besteht nie die Gefahr, dass sie zur Plage werden.«

»Wundervoll.«

»Wie Sie sagen, wundervoll.«

»Wann werden Sie mich bei ihm einführen?«

»Zu jeder Zeit. Rufen Sie mich an.«

Atwater sagte: »Das werde ich. Ich muss jetzt gehen.«

»Warum?«

»Ich muss zum Dinner bei Naomi Race.«

»Sie können noch nicht gehen.«

»Ich muss.«

»Nein«, sagte Fotheringham. »Um Himmels Willen, gehen Sie nicht.«

»Ich muss.«

»Sie können mich nicht so verlassen.«

»Ich wünschte, ich müsste nicht gehen.«

»Trinken Sie noch etwas.«

»Nein.«

»Doch, doch. Sie müssen.«

»Nein, ich kann nicht.«

»Ich bestehe darauf, William«, sagte Fotheringham. »Denn ich werde Sie William nennen. Ich bestehe darauf.«

»Nein, nein, ich kann nicht.«

Plötzlich resignierte Fotheringham und sagte: »Rufen Sie mich also an.« Zur Barfrau sagte er:

»Maisy, hör auf, all den Schinken zu schneiden, und sag mir lieber, was genau ich neulich abends gemacht habe.«

7

»Es wird noch ein wenig dauern mit dem Dinner«, sagte Mrs. Race. »Ich hatte nicht die Zeit, Sie zu benachrichtigen.«

Sie hatte sich noch nicht umgezogen, aber sie sah sehr gut aus an diesem Abend, und Atwater stellte fest, dass sie ihrem Haar eine neue Frisur gegeben hatte. Niemand wusste, wie alt sie war; man wusste auch nichts über den verstorbenen Mr. Race, außer, dass er Rossetti gekannt und dass Mrs. Race bald nach ihrer Heirat mit ihm dem ersten königlichen Jubiläum zugeschaut hatte. Sie pflegte Atwater etwa alle zwei Monate zum Dinner einzuladen. Atwater sagte:

»Ich habe Sie gestern Abend auf der Party gesehen. Ich wollte mit Ihnen sprechen, aber es war eine solche Menge Leute da.«

»Sie kommen alle hierher heute Abend«, sagte sie. »Harriet Twining, Walter Brisket, Wauchop. Dann kommt da noch eine Frau, deren Nachnamen ich nie behalten kann. Ihr Vorname ist Jennifer. Sie werden sie nicht mögen. Ich mag sie selbst nicht.«

»Warum haben Sie sie dann eingeladen?«

»Sie macht alle meine Schreibarbeiten. Es ist ihr Ehrgeiz, Wauchop kennenzulernen. Sie bewundert ihn sehr.«

»Als Maler?«

»Ja. Besonders die symbolischen Bilder.«

»Sind das alle, die zu dieser Party kommen?«

»Das sind alle«, sagte Mrs. Race. »Aber jetzt muss ich mich umziehen gehen. Sie finden einige Bücher da drüben, und die Getränke sind alle in dem Schrank dort.«

Sie schlug ihren chinesischen Morgenrock um sich und stieg die Treppe hoch. Atwater hörte, wie sie nach ihrem Dienstmädchen rief. Er ging hinüber zu dem Bücherregal, und als er eine Reihe von Bänden der ›Keynote Series‹ dort erblickte, nahm er John Smith Fletchers »God's Failures« heraus und setzte sich in einen Sessel. Er las gerade die Geschichte über den Dorfidioten und den Wanderzirkus, als die Frau namens Jennifer hereinkam. Sie war etwa zweiunddreißig und großknochig. Sie trug ein terrakottafarbenes Kleid und Perlen. Atwater schenkte ihr ein Glas Sherry ein und gab ihr eine Zigarette. Mrs. Race hatte immer russische Zigaretten, die nach Erdbeeren mit Sahne schmeckten. Sie sprachen eine Zeitlang miteinander, und Jennifer hatte gerade gesagt, dass die Arbeit in einem Museum sehr interessant sein müsse, als Harriet und Brisket zusammen hereinkamen. Harriet sagte:

»Ich hab Walter auf der Straße getroffen, als er gerade einen Polizisten fragte, welches das richtige Haus sei. Stimmt's, mein Lieber? Als ob du nicht schon dutzende Male hier gewesen wärest.«

»Hier kommt Naomi«, sagte Brisket. »Du und deine Anzüglichkeiten.«

Mrs. Race, in einem schwarzen Kleid und über und über mit Ketten und sonstigem Schmuck behangen, hielt einen Moment an, um einen guten Auftritt durch die Tür hinzulegen. Dann kam sie mit einem Schwung herein und sagte:

»Wie geht es dir, Harriet, Liebes? Und dir, Walter?«

Brisket sagte: »Welche Pailletten, Naomi. Du machst mich grün vor Neid.«

»Und Jennifer«, sagte Mrs. Race. »Kennt ihr euch alle? Natürlich tut ihr das.«

»Auf wen warten wir noch, Naomi?«, fragte Harriet.

Mrs. Race sagte: »Auf Wauchop! Er kommt immer zu spät.«

Sie schenkte noch mehr Sherry aus. Jennifer sagte:

»Nein, nein, wirklich nicht. Ich bin sonst so betrunken.«

Während sie auf Wauchop warteten, sprach Brisket darüber, wo er den Sommer verbringen werde, und Harriet über die beste Art und Weise, Parfüm zu schmuggeln. Mrs. Race sagte:

»Ich habe einen besonderen Likör vom Balkan, den müsst ihr nach dem Dinner alle probieren.«

Harriet sagte: »Wer war diese komische Person mit den

roten Haaren, mit der du gestern Abend zusammen warst, William?«

Atwater sagte: »Er heißt Raymond Pringle.«

»Ist das wahr?«

Sie hörten, wie Wauchop ins Haus trat und an Schwung gewann, indem er auf halbem Wege die Treppe hinauf zu kichern begann und schließlich mit dem Schub der ganzen Stärke lauthalsen Lachens das Zimmer erreichte. Er küsste Mrs. Race die Stirn. Dann nahm er Harriets Hände in seine, schwang sie vor und zurück und sagte:

»Wer fürchtet sich, wer fürchtet sich, wer fürchtet sich vorm schwarzen Manne?«

Jennifer schien ganz erregt. Sie wusste, dass sie jetzt am wirklichen Leben teilnahm. Harriet sagte:

»Du wirst langsam fett, Wauchop. Und was in aller Welt ist mit deinem Gesicht passiert?«

»Ah ja«, sagte Wauchop, »ich hab mir schon gedacht, dass du das bemerken würdest. Ich hab's mir heute Nachmittag massieren lassen. Später im Jahr lass ich mir vielleicht einen Bart wachsen.«

Jennifer sagte: »Wissen Sie, ich meine, dass mehr Männer einen Bart tragen sollten, obwohl ich vermute, dass einige ziemlich komisch mit ihnen aussehen und sie ihnen überhaupt nicht stehen würden.«

Atwater sprach eine kurze Zeit über Bärte in der Geschichte. Niemand hörte zu. Harriet sagte, sie möge keine Bärte, weder für Männer noch für Frauen. Es wurde zum Dinner gebeten. Sie gingen die Treppe hinunter zum Esszimmer, das im hinteren Teil des Hauses lag. Es war klein. An einer Wand hing eine sehr schöne Zeichnung von Conder, und auf dem Kaminsims stand eine Figur des Heiligen Petrus aus Staffordshire-Porzellan. Wauchop saß auf der rechten Seite von Mrs. Race, neben ihm Harriet. Briskets Platz war links von Mrs. Race, links von ihm der von Jennifer. Atwater saß am Ende des Tisches. Wauchop sagte:

»Und wie fühlt ihr euch alle nach der Party?«

Er lachte heftig.

»Nicht allzu gut, vermute ich«, sagte er. »Einige von uns.«

Dann erzählte er ihnen, was ihm auf der Party passiert sei. Brisket unterbrach ihn in regelmäßigen Abständen.

»Wie bezaubernd Susan Nunnery aussah«, sagte Mrs. Race. »Wirklich, ich dachte, sie sei hinreißend. Sie sagte, sie käme später heute Abend noch bei mir vorbei.«

Wauchop sagte: »Sie ist schon ein tolles kleines Mädchen, diese Susan.«

»Sie hat sich mit Gilbert zerstritten«, sagte Harriet. »Und ich kann es ihr nicht verübeln. Dieser Mann gehört erschossen. Ja, ich könnte ihn eines Tages vielleicht selbst erschießen.«

»War sie eine Freundin von ihm?«, fragte Awater.

»Mein Lieber, wo bist du denn die ganze Zeit gewesen?«, sagte Harriet. »Wie war's denn in dem Land? Ist das Gras noch so grün wie immer?«

»Sie scheint sehr wankelmütig zu sein«, sagte Mrs. Race.

»Souvent femme varie«, sagte Wauchop. »Aber ich weiß nicht, was wir ohne sie tun sollten.«

Jennifer sagte: »Glauben Sie wirklich, wir sind alle so, Mr. Wauchop?«

Wauchop brauchte zu lange für seine Antwort, und dann ging seine Stimme im Lärm des Telefonklingelns unter. Mrs. Race ging zu dem Nebentisch, wo der Apparat unter einer Puppe in einem rosaroten Reifrock verborgen war, und nahm den Hörer ab. Sie hörte einen Moment zu und sagte dann:

»Es ist für dich, Harriet.«

»So sehr gefragt«, sagte Brisket.

Mrs. Race reichte das Telefon an Harriet weiter, die sich seitlich des Tisches setzte.

Jennifer sagte, wie sehr sie Wauchops Bilder bewundere. Harriet sagte:

»... ja, Liebling ... liebend gern ... könnte schlimmer sein ... ich werde da sein ...«

Sie kam an den Tisch zurück und sagte:

»Ich werde leider sehr bald nach dem Dinner gehen müssen, Naomi. Du bist mir doch nicht böse, oder?«

»Geht's zu einer Party?«, fragte Brisket.

Harriet sagte: »Ich würde dich nicht mitnehmen, wenn es so wäre, Schatz.«

»Ich glaube sowieso nicht, dass ich mitgekommen wäre«, sagte Brisket. »Nicht, ohne mehr über sie zu wissen. Ich hab meinen Stolz, auch wenn du das vielleicht nicht glaubst.«

Wauchop sah mit einer Miene über den Tisch zu Brisket hinüber, als ob er ihn nicht besonders leiden möge. Brisket starrte mit einem intensiv fragenden Ausdruck zurück. Mrs. Race sprach über all die Bücher, die sie gelesen hatte. Das Dinner war in jeder Hinsicht scheußlich, mit Ausnahme des Sauterne, der gut, aber lauwarm war.

Atwater sagte:

»Ich vermute, Sie kennen Mr. Nosworth in meinem Museum, Naomi?«

Jennifer sagte zu Wauchop: »Ich habe vorhin zu Mr. Atwater gesagt, wie interessant meiner Ansicht nach seine Arbeit sein müsse.«

»Aber natürlich, Schatz«, sagte Mrs. Race. »Er hatte solche schönen Fußknöchel; aber ich weiß gar nicht, warum ich das sage, denn ich habe ihn seit vor dem Krieg nicht mehr gesehen. Wie geht es ihm?«

»Er ist ziemlich krank.«

»Natürlich ist er ein Mann ganz ohne Laster«, sagte Mrs. Race, »obwohl ich sagen muss, dass ich ihn einmal dabei überraschte, wie er um das Mädcheninternat Roedean herumschlich, als ich vor Jahren in Brighton wohnte. Er sagte, er sei auf einer Wandertour.«

Brisket schaute Wauchop an und sagte: »Schwärmst du nicht stark für Mädchenschulen?« Wauchop tat so, als ob er das nicht gehört habe. Harriet sagte:

»Mein lieber Walter, sei nicht absurd.«

Jennifer sprach mit Wauchop über dessen Bilder. Harriet sprach mit Mrs. Race über Schuhe.

Mrs. Race sagte: »Dies ist der Likör. Er kommt vom Balkan. Ihr müsst ihn probieren. Einige Leute meinen, er sei köstlich. Du trinkst etwas davon, nicht wahr, Wauchop?«

Atwater sprach mit Brisket über Pringles letzte Liebesbeziehung.

»Du weißt doch, dass ich nie einen Drink ablehne, Naomi«, sagte Wauchop.

Harriet sagte, sie trinke nie Likör, aber Brandy; und Brisket sagte, sein Arzt habe ihm verboten, jede Art von Likör zu trinken. Die Übrigen akzeptierten etwas.

»Salute«, sagte Mrs. Race.

»Auf unsere Liebsten und unsere Frauen«, sagte Wauchop.

Alle tranken. Atwater spuckte den Likör nicht aus, weil er es gewohnt war, scheußliche Getränke zu trinken, und weil er nur daran genippt hatte; aber er hätte auch, selbst wenn er mehr als ein Schlückchen genommen hätte, aus Rücksicht auf Mrs. Race' Gefühle versucht, es nicht zu tun. Wauchop trank sein Glas mit einem Schluck leer und schob seinen Stuhl zurück und legte seine Hand auf seinen Mund. Vom Ende des Tisches aus beobachtete Atwater, wie Wauchops Hals die Farbe wechselte.

»Soll ich dir auf den Rücken klopfen«, sagte Brisket zu Wauchop, wagte aber wohl nicht, es zu tun. Er und die anderen beobachteten Wauchops Gesicht und das Anschwellen der Venen auf seiner Stirn.

»Mögt ihr den Likör nicht?«, fragte Mrs. Race. »Einige Leute meinen, er sei so gut.«

»Er scheint mir ein wenig süß«, sagte Atwater. Er zündete sich eine Zigarette an und trank den Rest seines Kaffees aus.

Jennifer hatte den Likör sehr gut vertragen. Wie Atwater hatte sie nur daran genippt, und jetzt saß sie nur mit rotem Gesicht da.

»Es wird dir bald besser gehen, Wauchop«, sagte Harriet. »Du hast ihn zu schnell getrunken.«

»War das Susan Nunnery in dem roten Kleid auf der Party gestern Abend?«, fragte Atwater.

Mrs. Race sagte: »Kennen Sie sie nicht? Sie kommt vielleicht heute Abend vorbei. Trink etwas Wasser, Wauchop. Du wirst dich dann besser fühlen.«

Harriet sagte: »Also, ich muss jetzt gehen, Naomi. Es tut mir leid, dass ich schon so früh verschwinde. Wir sehen uns bald. Ich ruf dich an.«

»Musst du wirklich schon gehen, Harriet?«

»Ich muss, Liebling. Wirklich«, sagte Harriet. Sie küsste ihre Hand und verließ das Zimmer. Mrs. Race sagte zu den noch Anwesenden:

»Sie ist so süß und hübsch, nicht wahr? Die Haut ist natürlich ein bisschen dunkel, aber das ist heutzutage ein Vorteil. Sie könnte alles erreichen, wenn sie sich die Mühe machte.«

Brisket sagte: »Einige der Besten von uns haben eben keinen Ehrgeiz.«

»Du solltest deinen Kragen abnehmen«, sagte Atwater zu Wauchop. »Ich bin sicher, Naomi hätte nichts dagegen.«

»Ja, nimm deinen Kragen ab, Wauchop«, sagte Mrs. Race. »Wenn du dich wirklich schlecht fühlst. Ich hasse es, dich so husten zu hören. Wir gehen wieder nach oben, und du kannst ihn da in dem anderen Zimmer abnehmen.«

»Ich kann dir beim Treppensteigen helfen«, sagte Brisket, aber der immer noch sprachlose Wauchop winkte ihn weg.

In dem Salon stellte Mrs. Race das Grammofon an. Wenn niemand sie hinderte, pflegte sie oft Wagner zu spielen, aber an diesem Abend legte sie die Platten auf, die sie während des Krieges gekauft hatte. Fast alle von ihnen waren sehr laut, und sie zog es auch vor, laute Nadeln zu benutzen, so dass das Grammofon das Husten Wauchops bis zu einem gewissen Grad übertönte. Mrs. Race sagte zu Brisket:

»Kannst du bitte mal den Stapel durchgucken. Ich kann heute Abend schlecht sehen, und ich möchte euch allen den Kriegssong ›Belgium put the Kybosh on the Kaiser‹ vorspielen.«

Jennifer sagte: »Ich liebe diese alten Kriegslieder. Sie nicht auch, Mr. Wauchop?« Sie hatte nicht versucht, den Rest ihres Likörs auszutrinken, und sich bald von dem ersten Nippen erholt. Mrs. Race hatte darauf bestanden, dass Atwater das, was von seinem noch übrig war, mit nach oben brachte, aber er hatte, während sie nach den Schallplatten suchte, die Gelegenheit genutzt und es in eine Vase mit Tulpen gegossen. Wauchop gab keine Antwort, zeigte aber durch ein Nicken mit dem Kopf an, dass es ihm besser ginge. Er saß da ohne seinen Kragen und mit einem sehr roten Hals.

»Wohin ist Harriet gegangen?«, fragte Brisket.

Mrs. Race sagte: »Zu Gosling, vermute ich. Das wird nicht lange anhalten, es sei denn, sie nimmt sich zusammen.«

»Sie war gestern Abend mit einem Amerikaner namens Scheigan zusammen.«

»Wirklich?«, sagte Mrs. Race. »Wie fühlst du dich jetzt, Wauchop?«

Wauchop sagte: »Ich hab einen Frosch im Hals.« Aber seit dem Likör vom Balkan wirkte er deutlich bedrückter. Mrs. Race spielte die Schallplatten in zeitlich zurückgehender Reihenfolge ab.

»Dies ist eines der Juwelen der Sammlung«, sagte sie und legte »Yip-I-Addy-I-Ay« auf.

Wauchop saß grimming und ohne Kragen da.

Brisket sagte: »Hast du das über Undershaft gehört, Naomi?«

»Die Siamesin?«

»Genau.«

Mrs. Race sagte: »Ich glaube, er ist so klug.«

Der Abend verlief in ziemlich düsterer Stimmung. Wauchop erholte sich wieder, blieb aber ohne Kragen. Atwater und Brisket unterhielten sich über Pringle. Jennifer sah sich die Schallplattenalben an. Unten ging die Klingel. Das Dienstmädchen kam herein.

»Miss Nunnery«, sagte sie.

Susan Nunnery kam ziemlich schnell herein. Sie trug Tageskleidung und einen Hut. Sie sagte:

»Hallo, Naomi. Ich wusste nicht, dass du eine Party gibst. Ich schaue nur herein, um dir gute Nacht zu sagen. Ich bin so müde, ich muss sofort ins Bett gehen.«

Mrs. Race sagte: »Ich glaube nicht, dass du Jennifer schon kennst. Alle anderen kennst du, nicht wahr?«

»Ja, alle anderen kenne ich«, sagte sie. Sie sah Atwater an. Wieder hatte er den Eindruck, dass sie nicht in dieses Zimmer und zu diesem Hintergrund, in dem sie sich befand, passe. Sie schien etwas davon Abgesondertes zu sein, wie jemand in einer anderen Dimension. Er schaute sie an, aber ohne irgendwelche besonderen Gefühle, außer dem, dass sie etwas Abgesondertes zu sein schien. Er fragte sich, was sie an sich habe, das ihm dieses Gefühl gab. Susan Nunnery sagte:

»Warum trägst du keinen Kragen, Wauchop?«

Brisket sagte: »Wauchop hatte gerade einen Anfall. Wir dachten schon, wir müssten seinen Körper entsorgen.«

Wauchop sagte: »Ah, Susan. Wir scheinen uns jetzt nie mehr zu treffen.« Er hatte sich in den letzten paar Minuten ziemlich gut erholt und fast die Kontrolle über seinen Husten wiedererlangt.

»Warum also?«, fragte sie.

»Falls Wauchop gestorben wäre«, sagte Brisket, »hätten wir ihn in einen Sack einnähen und in den Fluss werfen müssen.«

»Harriet war hier«, sagte Mrs. Race, »aber sie ist sehr früh wieder gegangen.«

»Harriet Twining?«

»Sie wird noch böse enden, wenn sie nicht aufpasst.«

»Was hat sie denn gemacht?«

»Sie hat sich sehr unklug verhalten«, sagte Mrs. Race, die offensichtlich verärgert war über Harriets Betragen an diesem Abend.

Susan Nunnery sagte: »Also, ich muss jetzt ins Bett. Wirklich, ich muss. Ich hab seit einem Monat keinen Schlaf mehr gekriegt. Ich bin nur hereingekommen, um gute Nacht zu sagen.«

»Ich bring dich nach Hause«, sagte Wauchop. »Ich muss auch gehen. Warte einen Moment, bis ich meinen Kragen angelegt habe.«

»Ach, gehen Sie schon, Mr. Wauchop?«, fragte Jennifer.

»Bemüh dich nicht«, sagte Susan Nunnery. »Du weißt doch, es wäre ein Umweg für dich.«

Wauchop machte eine Geste, die zeigen sollte, wie wenig Mühe und welche Freude es ihm bereiten würde, mit ihr in einem Taxi zu fahren. Er hatte sich sehr gut erholt. Susan Nunnery sagte:

»Also, gute Nacht, Naomi.«

Sie drehte sich halb um.

»Tschüs«, sagte sie.

Wauchop ging hinüber zum Spiegel, einem Empire-Stück mit Originalglas, um zu sehen, ob sein Binder richtig saß. Einige Sekunden lang betrachtete er die grauen Verzerrungen, die der Spiegel seinem Gesicht gab. Jennifer sagte:

»Kann ich Ihnen helfen, Mr. Wauchop?«

Atwater sagte zu Susan Nunnery:

»Wann werde ich Sie wiedersehen?«

»Vielleicht treffen wir uns.«

»Stehen Sie im Telefonbuch?«

»Ja«, sagte sie. »Ich stehe im Telefonbuch. Unter George Nunnery.«

Brisket sagte: »Du musst dich heute Abend um Wauchop kümmern. Er fühlt sich nicht gut. Ich nehme meinen Bus da, wo ihr euer Taxi nehmt. Ich gehe also bis dahin mit euch. Ach, eigentlich könntet ihr mich ja ein Stück im Taxi mitnehmen.«

»Ja, natürlich«, sagte Susan.

»Tschüs«, sagte Mrs. Race. »Ihr müsst alle bald wiederkommen.«

Mrs. Race, Atwater und Jennifer blieben allein zurück. Jennifer sagte:

»Was für ein netter Mann Mr. Wauchop doch ist. Was für ein netter Mann. Und ich weiß sehr wohl, wie große, kräftige Männer wie er sind. Sie haben einfach immer nur Unfug im Kopf.«

»Wauchop ist schon okay«, sagte Mrs. Race, »wenn er nur nicht so laut redete. Anders als einigen Leuten ist es mir egal, was er sagt. Aber er schreit immer so.«

»Und wie toll es ist, dass ein so bekannter Maler sich so einfach gibt«, sagte Jennifer. »Er hat nichts Dünkelhaftes an sich. Große Männer sind in Wirklichkeit wie Kinder, meinen Sie nicht auch, Mr. Atwater?«

»Ja.«

»Natürlich sind alle Männer in Wirklichkeit wie große Jungs. Das ist es, was ich meinem Bruder immer sage, und er sagt immer, ich läge völlig daneben. Und ich vermute, Sie sind ganz seiner Meinung, nicht wahr, Mr. Atwater?«

»Ja.«

»Aber Sie wissen, dass Sie es sind.«

»Sind wir es?«

»Aber natürlich. Sie sind es alle«, sagte Jennifer. »Ist es nicht so, Mrs. Race?«

Mrs. Race sagte: »Sie sehen müde aus, William.«

8

»UND wie geht es Mrs. Race?«, fragte Nosworth.

Atwater sagte: »Sie ist bei guter Gesundheit.«

»Wer war alles da?«

»Wauchop, zum Beispiel.«

»Wirklich? So, so.«

»Sie sind sehr eigen, was die Menschen angeht, denen Sie begegnen wollen.«

Nosworth sagte: »Leute, die eigen sind, was die Menschen angeht, denen sie begegnen wollen, sind Wilde. Edle Wilde.«

Draußen regnete und regnete und regnete es. Das Wasser floss die Dachrinnen des Museums hinunter, und in der oberen Ecke der Außenwand vor Atwaters Schreibtisch zeigte sich langsam ein feuchter Fleck. An diesem Tag war das Museum voller Leute, die hereingekommen waren, um Schutz vor der Nässe zu finden – Leute, die zuvor noch nie das Innere eines Museums gesehen hatten, die umherwanderten und kleine Pfützen hinter sich zurückließen, die eingeschüchtert waren von den Ausstellungsstücken und verlegen über die Witze lachten, die sie einander erzählten. Atwater, der den größten Teil des Sonntags im Bett liegend verbracht hatte, fühlte sich müde. Er dachte eine Zeitlang darüber nach, ob er Susan Nunnery anrufen und sie zu einem Dinner einladen solle, was er schließlich tat. Später rief Lola an und nannte einen anderen Tag, an dem er zu ihr kommen sollte.

TEIL 2

Perihel

9

Als er Lola besuchen ging, öffnete ihm Gwen Pound, von der Undershaft einmal gesagt hatte, sie sehe aus wie die Art von Jungen, die Stipendien für ein Chemiestudium bekommen, die Tür. Sie und Atwater kannten einander vom Sehen her. Atwater sagte:

»Ist Lola zu Hause?«

»Sie ist im Moment nicht da.«

»Sie wird bald wieder zurück sein, nehme ich an?«

»Ist sie mit Ihnen verabredet?«

»Ja«, sagte Atwater. »Sie hat mich angerufen.«

»Wirklich?«

»Ja.«

»Kommen Sie herein«, sagte Gwen Pound. »Sie wird bald zurück sein.«

Atwater trat ein. In dem Zimmer war rundum einiges Zeug an die Wände geheftet, und auf dem Kaminsims standen zwei große rote Kerzen.

Es gab einen Diwan, aber nirgendwo sonst so etwas wie eine Sitzgelegenheit. Gwen Pound sagte:

»Möchten Sie 'ne Zigarette? Leider gibt es nichts zu trinken.«

Atwater setzte sich. Sie sagte:

»Sie waren vorher noch nie bei uns, oder?«

»Nein. Leben Sie beide schon lange hier?«

»Fast zwei Jahre.« Sie sagte: »Es tut mir leid, dass wir nichts zu trinken für Sie da haben.«

»Ich möchte wirklich nichts trinken.«

»Manchmal haben wir etwas zu trinken hier«, sagte sie. »Aber es wird anscheinend immer ausgetrunken.«

»O ja, ich weiß.«

»Ich denke immer, es ist so schrecklich, dass man nichts zu trinken anbieten kann, wenn Leute zu uns kommen.«

»Nein, wirklich?«

»O ja. Ich denke, es ist schrecklich.« Sie sagte: »Lola wird bald kommen, nehme ich an.«

Atwater sagte: »Sie wird wohl bald kommen, denn sie sagte mir, ich solle etwa um diese Zeit hier sein.«

»Hat sie Sie angerufen?«

»Ja, sie hat mich angerufen.«

Gwen Pound sagte: »Sie haben nichts dagegen, dass ich mit dem hier weitermache, oder? Ich muss es heute Abend tragen.«

Atwater sagte: »Natürlich nicht.« Dann: »Wie schön diese Kerzen sind.«

»Ja. Sie sind schön, nicht wahr?«

»Ich mag Kerzen im Zimmer sehr.«

»Ja. Sie sind schön.«

»Allerdings benutze ich Kerzen eigentlich nur dann, wenn es bei mir einen elektrischen Kurzschluss gibt – was ziemlich häufig passiert.«

»Wir ziehen Kerzen wirklich vor. Sie geben so ein schönes Licht.«

Bald danach kam Lola herein. Sie brachte eine Flasche Sherry mit. Sie lächelte Atwater an.

»Bist du schon seit Stunden hier, William?«, fragte sie.

Gwen Pound sagte: »Es ist sehr gut, dass du die mitgebracht hast. Ich hab schon gesagt, wie leid es mir täte, dass wir nichts zu trinken da haben.«

»Wo ist der Korkenzieher?«, fragte Lola.

»Gib sie mir«, sagte Gwen Pound. »Ich öffne sie.«

Atwater sagte: »Lassen Sie mich das machen.«

»Nein, ich öffne sie.«

»Bitte, lassen Sie mich sie öffnen«, sagte Atwater.

Lola sagte: »Gwen soll sie öffnen. Sie kann das sehr gut.«

Gwen drehte das Instrument tief in den Korken hinein und zog. Der Korken kam fast vollständig heraus, und Gwen ging aus dem Zimmer, um Gläser zu holen. Lola kam auf ihn zu. Er nahm ihre Hand. Sie sagte:

»Es tut mir leid, dass du warten musstest. Wie bist du mit Gwen ausgekommen?«

»Ganz gut.«

»Wirklich?«

»Ja.«

Gwen kam mit den Gläsern zurück. Ihr Gesicht war immer noch ziemlich rot von der Anstrengung, den Korken aus der Sherryflasche zu ziehen, was sie weniger abweisend machte. Lola sagte:

»Hol etwas, durch das man ihn filtern kann, damit er nicht ganz voller Kork ist.«

Gwen schüttete den Sherry durch ein Taschentuch in drei Gläser. Sie sagte:

»Ich trinke schnell etwas, ehe ich ausgehe.«

Lola sagte: »Gehst du denn aus, Gwen?«

»Ja, ich muss ausgehen.«

»Wohin gehst du denn?«

»Ach, ich muss da irgendwo hin.«

»Wirklich, musst du?«

»Ja, wirklich, ich muss.«

»Das ist schade«, sagte Lola. »Sonst hätten wir alle zusammen zu Abend essen können.«

»Nein. Ich muss weg.«

»Aber *du* musst nicht gehen, oder?«, sagte Lola zu Atwater.

»Nein, ich muss nicht gehen.«

»Ich muss ganz bald gehen«, sagte Gwen. »Ich dachte, ich bleib nur kurz und öffne die Flasche für euch.«

»Wie süß von dir, Liebes«, sagte Lola. »War das nicht süß von ihr?«, sagte sie zu Atwater. Atwater sagte, ja, er sei auch dieser Meinung. Gwen lebte ein wenig auf, als Lola das zu ihr sagte. Sie sagte:

»Wisst ihr, ich glaube, ich kann Flaschen genauso gut entkorken wie jeder beliebige Mann.«

Lola sagte: »Natürlich kannst du das, Gwen, Liebling. Ich hab immer gesagt, dass du das kannst.« Und zu Atwater:

»Gwen kann Flaschen genauso gut entkorken wie jeder beliebige Mann, oder nicht?«

Atwater sagte: »Ja natürlich kann sie das. Also, einige Männer schaffen es kaum, sie überhaupt herauszukriegen. Jedenfalls scheinen sie immer in die Flaschen hineinzugehen. Mir scheint das selbst immer mit ihnen zu passieren.«

»Gwen bricht sie fast nie ab«, sagte Lola. »Nicht wahr, Gwen.«

»Nein, oft breche ich sie wirklich nicht ab. Dieser hier ist der erste, den ich seit einer Ewigkeit abgebrochen habe.«

»Wohin gehst du heute Abend, Liebling?«

»Ach, ich glaub nicht, dass es dich sehr interessieren würde.«

»Wohin, Liebling?«

»Mit diesem schrecklichen alten Mann.«

»Ach, Gwen.«

»Er ist eine schreckliche alte Kreatur. Er ist fast siebzig. Du würdest nicht glauben, was der für Sachen sagt«, sagte Gwen, halb an Atwater gerichtet, der ein angemessenes Gesicht machte, das Missbilligung und Überraschung ausdrücken sollte.

»Gwen, Darling, ist das klug?«

»Ich weiß schon auf mich aufzupassen, Liebes.«

»Wirklich, Liebling?«

»Besser als du auf dich, meine Liebe.«

»Ich kann mir wirklich nicht denken, warum das alte Monster sich so an dich hängt.«

Gwen sagte: »Ach, er ist in Wirklichkeit gar nicht so schlecht. Er hat keine bösen Absichten, und er ist sehr liebenswürdig.«

»Aber hat er die wirklich nicht?«

»O nein, er hat keine bösen Absichten.«

»Da bin ich mir nicht so sicher.«

»Schließlich, Liebes, ist er mein Freund, und nicht deiner.«

»Ach, er ist überhaupt nicht mein Fall, Gwen.«

Gwen sagte: »Also, ich muss jetzt gehen. Ich bin sowieso schon spät dran.« Sie sagte »Tschüs« zu Atwater.

»Tschüs«, sagte Atwater und fügte hinzu: »Ich nehme an,

wir werden uns bald wiedersehen.« Gwen verließ das Zimmer und schlug ein wenig heftig die Tür hinter sich zu.

»Komm und setz dich hierher«, sagte Lola. »Ist Gwen nicht süß?«

»Ja, nicht wahr?«

»Sie ist ein Schatz«, sagte Lola.

Sie sah mehr denn je aus wie ein sehr wissendes Kind. Atwater sagte:

»Willst du mir nicht ein paar deiner Plakate zeigen?«

»Nicht jetzt. Lass uns hier sitzen bleiben.«

Atwater nahm ihre Hand.

»Wann hast du mich auf dieser Party zuerst bemerkt?«, fragte sie.

»Oh, sofort als du hereinkamst.«

»Ich glaube, manchmal fühlen Menschen das einfach sofort, meinst du nicht auch?«

»Ich bin mir sicher, dass es so ist.«

»Verliebst du dich immer so schnell?«

»Ja, immer.«

»Du Monster.«

»Ich bin mir sicher, in dich ist jeder schnell verknallt«, sagte er.

»Nein, das stimmt nicht.«

»Ich bin mir sicher, es stimmt.«

Sie sagte mit ernster Stimme: »Glaubst du nicht auch, dass sexuelle Selektion schrecklich wichtig ist?«

»Natürlich.«

»Nicht«, sagte sie. »Du tust mir weh. Das darfst du nicht tun.«

»Wohin sollen wir heute Abend zum Essen gehen?«

»Wohin du willst.«

»Und wohin möchtest du?«

»Nicht«, sagte sie. »Das ist nicht erlaubt.«

»Warum nicht?«

»Weil du das nicht darfst.«

»Ich tue es aber.«

Sie sagte: »Ich bin froh, dass wir uns kennengelernt haben. Aber du must brav sein.«

Langsam, aber sehr entschieden baute sich, knirschend und widerspruchsvoll, das dunkel-bedrückende Gebäude der Verführung auf, ein ausgedehnter Mechanismus im Stile der absurden Maschinen Heath Robinsons, beiderseits kontrolliert und stockend dahinrollend entlang düsterer Korridore der Banalität. Mit einer Art unbeholfener Geschicklichkeit erreichten die einander sich angleichenden Emotionen eine Synchronie, bis sich die unvermeidliche Antiklimax einstellte. Später dinierten sie in einem Restaurant ganz in der Nähe der Wohnung.

10

PRINGLE ging in seinem Studio auf und ab. Er ging unsicher, so als ob seine Knie doppelte Gelenke hätten und er jeden Moment hinfallen würde. Kein Schneider konnte ihm Kleidung anfertigen, die ihm passte, und so hatte er sich klugerweise dazu entschieden, eine Art Fantasie-Kostümierung zu tragen, deren Grundausstattung er in französischen Häfen kaufte. Das Studio war komfortabel. In einer Ecke gab es kaltes und heißes Wasser, so dass man sich die Hände waschen konnte, nachdem man ein bisschen gemalt hatte. Pringle sagte:

»Seitdem ich mit Olga Schluss gemacht habe, habe ich das Interesse an Frauen verloren.«

Atwater sagte: »Wie ist es Olga ergangen?«

»Ich weiß es nicht.«

»Ich hab sie neulich auf der Straße gesehen.«

»Gleichzeitig habe ich einfach das Gefühl, dass sie in gewisser Weise so etwas wie eine Notwendigkeit sind.«

»Wer ist das?«

»Frauen.«

»Oh.«

»Ja. Man verzichtet eine Zeitlang auf sie, und dann merkst du, dass du wieder an sie denkst.«

»Das merkst du?«

»Nicht im Moment. Aber vielleicht bald.«

»Wie bald?«

Pringle sagte: »Das weiß ich nicht. Ziemlich bald, vermute ich.« Er ging im Zimmer umher. Atwater sagte:

»Denkst du an jemand besonderen?«

»Nein, niemand besonderen.«

»Ich mochte Olga.«

»Für 'ne kurze Zeit war sie ganz okay.«

Atwater wechselte seine Stellung. Er hatte langsam einen Krampf in seinem linken Bein bekommen. Pringle sagte:

»Warum zappelst du so herum?«

»Dieser Stuhl.«

»Er ist unbequem. Ich hab neulich abends selbst darauf gesessen.«

»Sehr unbequem.«

»Er ist ein spanischer Stuhl. Ich hab ihn billig gekriegt, weil etwas von der Verzierung oben abgebrochen ist.«

»Das merkt man kaum.«

»Das merkt man überhaupt nicht«, sagte Pringle. »War Olga allein?«

»Soweit ich weiß, ja. Ich sah sie nur vom Bus aus.«

»Jemand hat sie zusammen mit einem dunkelhaarigen Mann gesehen. Er hatte einen Goldzahn.«

»Sie war allein, als ich sie sah.«

»Vielleicht war sie ja auf dem Weg zu einem Treffen mit ihm.«

»Oder auf dem Rückweg von dem Treffen.«

»Ja, auch das ist sehr gut möglich.«

»Sie könnte so ausgesehen haben, als ob sie auf dem Rückweg sei.«

»Wie auch immer«, sagte Pringle. »Im Moment habe ich genug von ihnen. Gelegentlich sehe ich eine, die ich attraktiv finde, aber nicht oft. Zum Beispiel hielt ich diese Frau, mit der wir neulich abends zu der Party gegangen sind – hieß sie nicht Harriet Twining? –, für ziemlich attraktiv.«

»Es gibt Leute, die verrückt nach ihr sind.«

»Das ist natürlich absurd, denn sie ist in Wirklichkeit überhaupt nicht schön. Aber sie besitzt eine gewisse Attraktivität.«

»Sie ist ein wenig wie Olga.«

»Nicht im Geringsten. Sie hat nicht so eine gute Figur.«

»Dennoch, sie erinnert mich an sie.«

»Ein ganz anderer Typ.«

»O nein.«

Pringle sagte: »Sie sind völlig verschieden. Du musst verrückt sein zu meinen, dass sie sich überhaupt ähnlich sehen.«

»Neulich abends hast du gesagt, dass für dich jetzt alle Frauen gleich aussehen.«

»Also, ich hab meine Meinung geändert. Dazu hab ich mein gutes Recht, oder? Du hast doch nur die Absicht, mich ärgerlich zu machen.«

»Reg dich nicht auf.«

»Versuchst du, mich zu verärgern? Damit hast du nicht den geringsten Erfolg. Nichts ist passiert, dass mich dazu bringt, wütend zu werden.«

»Es ist umso lächerlicher, dass du es in diesem Fall bist. Du bist nur ärgerlich, weil ich gesagt habe, dass Harriet wie Olga aussieht.«

Pringle sagte: »Warum in aller Welt sollte es mich kümmern, ob sie ähnlich aussehen oder nicht. Mit Olga hab ich Schluss gemacht, und Harriet Twining kenne ich gar nicht.«

»Ich würde sie in naher Zukunft mal anrufen«, sagte Atwater.

»Wen anrufen?«

»Harriet Twining.«

»Warum?«

»Ich vermute, sie würde sich freuen, von dir ausgeführt zu werden.«

»Ich weiß überhaupt nicht, wo sie wohnt.«

»Ich aber.«

»Kennst du ihre Telefonnummer?«

»Ja.«

»Gib sie mir, ehe du gehst«, sagte Pringle. »Ich brauche sie vielleicht irgendwann. Wenn ich eine Party gebe, zum Beispiel.«

»Ich würde sehr vorsichtig mit ihr sein, wenn ich du wäre.«

»Ich bin durchaus in der Lage, auf mich selbst aufzupassen.«

»Ich bin mir keineswegs sicher, dass du das bist.«

»Deine Meinung interessiert mich nicht besonders.«

»Wenn ich dir die Telefonnummer gebe«, sagte Atwater, »bestehe ich darauf, dass du ebenfalls meine Meinung hörst. Du kannst sie beachten oder ignorieren.«

»Ich nehme die Telefonnummer und ignoriere die Meinung.«

»Dann wirst du das noch bedauern.«

»Wir werden sehen.«

»Apropos, wie steht es mit deiner Ausstellung?«

»Pringle sagte: »Sie sagen, es gebe nicht genug Bilder. Deshalb muss ich bis Ende nächster Woche noch drei weitere malen.«

»Das schaffst du schon.«

»Natürlich schaffe ich das. Aber es ist dennoch ziemlich öde. Es ist jetzt Zeit, dass ich meine Medizin nehme. Wenn ich das aufschiebe, werde ich es wahrscheinlich vergessen.«

Atwater sagte: »Ich hab Barlow neulich getroffen. Er hat im Oktober eine Ausstellung.«

Pringle sagte: »Diese Sophy ist eine nette Frau. Er hat Glück, eine solche Frau zu haben.«

»Ja, er hat Glück, dass er eine solche Frau hat.«

»Er sollte sie heiraten, meine ich.«

»Wirklich?«

»Ja, ich meine, er sollte sie heiraten«, sagte Pringle. Er zog mit seinen Zähnen den Korken aus der Medizinflasche und schütte etwas davon in einen Porzellanbecher mit der Aufschrift: »Brighton, 1895«. Er sagte:

»Ich hab das Haus auf dem Land gemietet, von dem ich dir erzählt habe. Es ist in der Nähe des Dorfes, in dem Undershaft gewohnt hat.«

Er setzte den Becher an die Lippen und trank, dabei die Augen rollend, die Mischung in einem Zug aus.

II

Es WAR fast dunkel in dem Restaurant, und es fühlte sich so an, als sei man in den Tropen kurz vor einem Taifun. Wauchop saß mit zwei Frauen an einem Tisch in einer Ecke. Abgesehen von ihnen und einem Schauspieler, der allein an einem Tisch saß und Salat aß, war das Lokal leer. Atwater und Susan nahmen den Tisch neben der Tür. Auf den ersten Blick dachte Atwater, eine der Frauen in der Gesellschaft Wauchops sei Lola, aber als sie ihren Kopf umwandte, sah er, dass sie nicht so jung war wie diese. Wauchop winkte Susan zu, als sie hereinkamen, und stieß dabei seine Flasche Weißwein um; doch die Frau, die wie Lola aussah, verhinderte, dass sie vom Tisch fiel. Wauchop steckte dann seine Finger in den Mund und pfiff schrill. Atwater und Susan nahmen Platz, und nach einigen Minuten brachte ihnen der Kellner die Speisekarte.

»Was ist das für ein Leben«, sagte der Kellner. »Von halb neun am Morgen bis halb eins in der Nacht, sieben Tage die Woche.« Er war ein ältlicher Mann, dessen kleinere Unehrlichkeiten in ungezählten Jahren tiefe Furchen in sein Gesicht gegraben hatten.

»Ein bedauernswertes«, sagte Atwater.

»Armer Kerl«, sagte Susan.

Atwater sagte: »Was möchten Sie essen?«

»Ist mir egal.«

»Ist Ihnen egal?«

»O ja, ist mir egal.«

Atwater bestellte das Essen. Der Kellner sagte:

»Dieses Gericht dauert fünfundzwanzig Minuten.«

Atwater sagte: »Ich hab mein Leben noch vor mir.«

Der Kellner ging kopfschüttelnd weg.

»Was machen Sie beruflich?«, fragte sie.

»Ich arbeite in einem Museum.«

»Kann ich Sie da besuchen?«

Atwater sagte: »Wenn Sie mich vorher wissen lassen, wann Sie kommen. Wir haben einige spezielle Schaukästen, die der Öffentlichkeit nicht gezeigt werden.«

»Sind die süß?«

»Einige von ihnen.«

»Ich würde die so gerne sehen.«

»Besuchen Sie mich also.«

»Ich rufe Sie an einem der nächsten Tage morgens an.«

»Lassen Sie mich eine Stunde vorher wissen, wann Sie kommen. Einige der Kästen müssen abgedeckt werden.«

Es dauerte eine beträchtliche, aber nicht völlig unangemessene Zeit, bis das Essen serviert wurde, und bald danach kam auch der Wein. Sie aßen eine Zeitlang. Das Restaurant füllte sich jetzt. Die hochgewachsene Frau, die die Party gegeben hatte, kam mit mehreren Männern herein, von denen die meisten einen Schnurrbart hatten und einen Frack trugen. Sie war etwa vierzig und sehr groß und gut gekleidet, aber nicht ganz dünn genug. Sie lächelte zu Susan herüber. Atwater hörte, wie der Kellner zu dem Paar, das hinter ihm saß, sagte:

»Es hat keinen Sinn, sich zu beschweren. Wir haben sehr gute bekommen, aber es ist jetzt zu spät für sie.«

Susan goss sich mehr von dem Wein ein. Sie sagte:

»Sie sind nett. Sie müssen mich mal besuchen kommen. Ich wohne meilenweit entfernt, mit meinem Vater zusammen. Sie werden ihn mögen.«

»Erzählen Sie mir von ihm.«

»Er ist ein seltsamer kleiner Mann mit einem Schnauzbart.«

»Was macht er beruflich?«

»Er ist ein Versager.«

»Worin versagt er?«

»Ach, jetzt versagt er nicht länger«, sagte sie. »Er ist ein pensionierter Versager, wissen Sie. Sie müssen ihn kennenlernen.«

»Das würde ich gerne.«

Wauchop kam herüber, um mit ihnen zu sprechen. Er ging

sehr vorsichtig quer durch das Lokal, und als er sie erreicht hatte, stützte er sich mit beiden Händen auf dem Tisch auf. Er nickte Atwater zu und sagte:

»Und wie geht es Susan?«

Atwater sagte: »Ich hab 'ne Menge über dich in der heutigen Abendzeitung gelesen.«

Wauchop strich sich mit der Hand über die Stirn.

»Du würdest es kaum glauben«, sagte er. »Du würdest kaum glauben, wie schmerzlich diese Art von Publicity für einen Mann meiner geistigen Veranlagung ist. Es tut weh, es tut eindeutig weh.«

»Ich hoffe, du hast dich von dem Balkan-Likör erholt.«

Wauchop machte eine seiner ausladenden Bewegungen mit seinen Händen.

Er wandte sich an Susan und sagte:

»Und wann wirst du wieder mal kommen und für mich Modell sitzen, meine Schöne?«

»Wann möchtest du, dass ich komme?«

»Warum nicht nächste Woche?«

»Wenn du willst.«

»Wie wär's mit Donnerstag?«

»Gut.«

»Donnerstag dann.«

»Die gleiche Zeit wie früher«, sagte sie. »Ich ruf dich an, wenn sich herausstellt, dass ich nicht kommen kann.«

Wauchop verbeugte sich bis zum Boden. Er hatte zu viel Weißwein getrunken. Sie sahen zu, wie er unbeschadet seinen eigenen Tisch erreichte, sich hinsetzte und seine Arme um die beiden Frauen legte. Diese Position ermöglichte es ihm, seinen Stuhl mit relativer Sicherheit schräg nach hinten zu kippen.

Atwater sagte: »Wir müssen eine Zeit vereinbaren, wann Sie ins Museum kommen.«

»Wann passt es Ihnen?«

Der Kellner brachte ihnen weitere Speisen.

Harriet Twining und Arthur Gosling kamen durch die Tür. Harriet sagte gerade:

»Du hast so lange gebraucht, dass ich schon dachte, du erwartest, dass *ich* das Taxi bezahle.«

Sie trug ein Abendkleid und schien guter Stimmung zu sein. Als sie Susan sah, sagte sie: »Hallo Liebling, was für ein hübsches Kostüm.«

»Harriet, wie süß du aussiehst.«

»Liebes, du siehst so nobel aus.«

»Wie geht es dir, Susan«, sagte Gosling. Er trug einen zweireihigen Smoking. Er war ein junger Mann, der ziemlich wenig Haar auf dem Kopf hatte und aussah wie ein eher schäbiger Windhund. Er schien weniger guter Laune als Harriet.

»Warum rufst du mich nicht mal an?«, sagte er. »Wir sind schon seit einer Ewigkeit nicht mehr zusammen ausgegangen.«

»Ich werd dich wieder anrufen.«

»Ja, bitte.«

»Komm schon«, sagte Harriet. »Wir sehen uns später, Schatz.«

Sie zog ein Gesicht, und sie und Gosling gingen hinüber zu ihrem Tisch. Atwater sah, dass Wauchop aufstand, zu ihnen ging und mit ihnen sprach. Susan sagte:

»Sie sind ein Freund Undershafts, nicht wahr?«

»Kennen Sie ihn?«

»Ja, von früher. Ich höre, er guckt jetzt keine weiße Frau mehr an.«

»Er ist in New York.«

»Da muss ich unbedingt auch mal hin.«

»Wollen wir nicht zusammen dorthin fahren?«

Barlow betrat das Restaurant. Er trug seinen sehr kleinen Hut und hatte seine Pfeife im Mund, die aber nicht brannte. Er begrüßte Susan und sagte zu Atwater:

»Jemand hat gesagt, Julia sei heute Abend hier. Aber ich nehme an, der hat sich geirrt.«

»Ich hab sie nicht gesehen.«

»Macht gar nichts. Ich wollte nur mal reinschauen und sehen, ob sie hier ist. Das ist alles.«

»Vielleicht kommt sie später noch.«

»Ich schau vielleicht später noch mal rein«, sagte Barlow und verließ das Lokal.

Sie aßen. Das Essen war gut.

Atwater beobachtete sie aus den Augenwinkeln. Sie hatte kleine weiße Hände und rotlackierte Nägel, und sie trug ein schweres Armband an einem ihrer Handgelenke. Sie hatte ihren Hut abgenommen und an einen Haken hinter ihrem Stuhl gehängt. Jetzt, da er neben ihr saß, war es ihm eher möglich, an ihre Existenz zu glauben, denn in den Schatten dieses Lokals besaß sie eine größere Wirklichkeit, und obwohl sie den Anschein, anders zu sein, nicht verloren hatte, erschien sie ihm weniger losgelöst von ihrem Hintergrund. Atwater sagte:

»Vielleicht trinken wir noch eine weitere Flasche von diesem Wein.«

»Werden Sie mir wirklich diese speziellen Schaukästen zeigen?«

»Natürlich.«

Er zündete ihre Zigarette an und sagte:

»Wie schade, dass wir uns nicht schon früher kennengelernt haben.«

»Wir haben also noch viel aufzuholen.«

»Sie sind zauberhaft.«

Sie lächelte ihn an.

Er sagte noch einmal, dass er sie zauberhaft finde, und während er versuchte, sich eine weniger abgedroschene Formulierung auszudenken, kam die Frau, die die Party gegeben hatte, zu ihnen herüber und sagte:

»Kann ich mich für einen Moment mit dir unterhalten, Susan? Meine Gesellschaft ist so völlig ermüdend.« Sie hatte große Kuhaugen, mit denen sie sie beide, ohne zu lächeln, anblickte.

»Dies ist Mr. Atwater«, sagte Susan. »Er wird mir die unzüchtigen Exponate in seinem Museum zeigen.«

Leicht neugierig gemacht, sagte die hochgewachsene Frau: »Sie sammeln also?«

Atwater sagte: »Ich hüte einige der Nationalsammlungen.«

»Wie wundervoll«, sagte sie in einem eher unaufrichtigen Ton. Sie setzte sich, und Atwater goss ihr von dem Wein ein. Susan sagte:

»Sieht Harriet heute Abend nicht zauberhaft aus?«

»Aber du siehst auch sehr gut aus, Susan.«

»Ich bin so dick.«

»Meine Liebe, *ich* bin es, die so dick ist.«

»Ich werde eine Fastenkur einlegen müssen.«

Die hochgewachsene Frau sagte: »Es gibt da jemanden ganz in der Nähe von München. Der soll sehr gut sein.«

»Ist Mildred da nicht gewesen?«

»Mildred hatte es mit den Nerven.«

»Behandelt er das nicht auch?«

»Mildred war bei jemandem in Versailles. Er lässt die Patienten Fußböden schrubben. Es ist eine Sechs-Monate-Kur und unerschwinglich teuer. Mildred sagte, sie fühlte sich völlig verändert danach. Und abends gab es dann Lesungen aus den Werken von Croce, was schrecklich ist, wenn man kein Italienisch versteht. Man wird dennoch gezwungen zuzuhören.«

Atwater sagte: «Ist es für beide Geschlechter?«

Die hochgewachsene Frau sagte: »Ich könnte mich bei Mildred erkundigen, wenn Sie die Absicht haben, dahin zu gehen.« Sie sah ihn mit ihren wässrigen Augen ohne Interesse an.

»Ich glaube nicht, dass ich die habe.«

Susan sagte: »Doch, Sie müssen.«

Einer der Männer, die an dem Tisch saßen, den die hochgewachsene Frau verlassen hatte, stand auf und kam zu ihnen herüber. Er war etwa in dem gleichen Alter wie die hochgewachsene Frau, und wie ihr Kleid war auch sein Anzug sehr gut geschneidert. Er war dunkelhaarig und hatte Säcke unter den Augen und eine ziemlich dicke Nase, aber der allgemeine

Eindruck war nicht übel, und er sah fast überhaupt nicht so aus wie ein Jude. Sein Schnurrbart war so geformt, dass er ihm das Aussehen gab, er sei vielleicht ein Mitglied der Gardebrigade. Das schien zwar durchaus möglich, man konnte sich dessen aber nicht wirklich sicher sein. Dennoch, er stand ihm ziemlich gut und wirkte nicht lächerlich. Er sagte zu der hochgewachsenen Frau:

»Warum haben Sie uns verlassen?«

»Dies ist Mr. Verelst«, sagte sie. »Aber Sie kennen Susan bereits, nicht wahr?«

»Ich glaube, wir sind uns früher schon mal begegnet.«

»Aber natürlich.«

»Darf ich mich für einen Moment zu Ihnen setzen?«, fragte Verelst.

»Tun Sie das«, sagte Atwater. »Kellner, bringen Sie uns ein weiteres Glas.«

Gekreische schallte von Wauchops Tisch herüber. Eine der Frauen in seiner Gesellschaft, ein Malermodell, hatte einen hysterischen Anfall. Sie war eine gutaussehende Frau mit einem hässlichen Mund, und sie lachte und lachte, bis ihr Lachen zu einer Art Schluchzen wurde. Wauchop und die andere Frau, die Lola ähnelte, lachten ebenfalls, aber nicht so laut. Die hochgewachsene Frau sagte:

»Wauchop amüsiert sich gut heute Abend.«

Verelst sagte: »Wir waren während des Krieges für eine kurze Zeit in derselben Kompanie.«

»Wie war er damals so?«, fragte Atwater.

»Ganz genau so, wie er jetzt ist. Nur wurde man natürlich wegen Desertierens erschossen, wenn man ihn als Grund anführte, warum man das Land verlassen hatte.«

Susan sagte: »Ich mag meinen Wauchop. Sie reden nur so, weil Sie eifersüchtig auf ihn sind, Sie alle beide.«

»Er ist schon okay«, sagte Verelst. »Man kriegt nur eine Neurose, wenn man länger mit ihm zusammen ist, aber er ist schon okay.«

»Man sagt, dass er eine von diesen Frauen heiraten wird«, sagte die hochgewachsene Frau.

Verelst beobachtete Susan. Er sah sehr distinguiert aus, aber seine Kleidung war auf eine falsche Weise zu elegant, und die Säcke unter den Augen ließen ihn müder erscheinen, als er in Wirklichkeit war. Er beobachtete Susan eine kleine Weile und sagte dann:

»Es ist absurd, dass wir uns so lange nicht gesehen haben.«

»Ja, nicht wahr?«

»Sie müssen mit mir ausgehen«, sagte er. Und zu Atwater sagte er: »Es ist unverschämt, dass ich einfach so herkomme und mich an Ihren Tisch setze. Ich hoffe, Sie verzeihen es mir.«

Die hochgewachsene Frau sagte: »Wir sprachen gerade über die Einrichtung, in der Mildred wegen ihrer Nerven war.«

Verelst sagte: »Sie zwangen sie da, immerzu Betten zu machen, nicht wahr?«

Aber er war nicht wirklich daran interessiert, was man mit Mildred gemacht hatte. Er sagte zu Susan:

»Wohnen Sie immer noch unter derselben Adresse?«

»Im Telefonbuch. Unter George Nunnery.«

Verelst sagte zu Atwater: »Wie klug von Ihnen zu wissen, dass dies der einzig mögliche Wein ist, den man hier trinken kann.« Er hatte gute Manieren und unterließ es, Susan anzuschauen, während er mit Atwater sprach.

Atwater sagte: »Ich hatte das Gefühl, er sei heute Abend ein wenig schwerer als gewöhnlich.«

Verelst sagte: »Sie sollten natürlich dahin gehen, woher er stammt. Ich habe vor ein paar Jahren eine Zeitlang dort in der Nähe gelebt.«

»Wirklich?«

»Wenn Sie je die Absicht haben hinzufahren, könnte ich Ihnen die Adresse eines wirklich exzellenten Hotels geben. Das Essen da hält in Europa jeden Vergleich aus, soweit ich das sagen kann.«

»Bitte geben Sie mir die Adresse, ehe Sie gehen.«

»Ja, gut«, sagte Verelst. »Natürlich ist das Haus stets voll von internationalen Gourmets – wenn Sie das aushalten können.« Er sagte zu Susan: »Ich werde Sie also anrufen.«

»Gut.«

Die hochgewachsene Frau sagte: »Es muss Mildred sehr gut getan haben, solche Dinge zu tun wie Fußbodenschrubben. Sie war immer ein Nervenbündel.«

Atwater fragte: »Kennen Sie viele Leute, die dort gewesen sind?«

Die hochgewachsene Frau sagte: »Das kann sich natürlich nicht jeder leisten.«

Barlow kam wieder herein. Er sagte zu Atwater:

»Ich vermute, es gibt keine Spur von Julia?«

»Nein. Keine Spur.«

Barlow trug noch immer seinen Hut, aber die Pfeife hatte er jetzt in der Hand.

»Sie muss irgendwo anders hingegangen sein«, sagte er. »In diesem Fall werde ich ins Bett gehen.« Er verließ das Lokal.

Harriet und Gosling kamen von ihrem Tisch herüber. Harriet sagte:

»Dürfen wir uns zu euch setzen, wenn wir unsere Flasche mitbringen? Sie ist alles andere als leer.« Sie trug die Flasche in einem Kübel und setzte ihn auf den Tisch. Gosling sagte:

»Man kann da drüben sein eigenes Wort nicht verstehen bei dem Lärm, den Wauchop veranstaltet.«

»Kennt ihr euch alle?«, fragte Atwater. Er hoffte, dass noch ganz viel mehr Leute kommen und miteinander sprechen und trinken und sich an den Tisch setzen und Verabredungen mit Susan treffen und ihm gute Ratschläge geben und sich miteinander streiten würden, denn dann würde es lustig werden und er sich vielleicht weniger ärgerlich fühlen. Die hochgewachsene Frau sagte zu Harriet:

»War das nicht ein Freund von dir, der auf meiner Party so lange auf dem Boden lag?«

Harriet sagte: »Also, natürlich war er das. Ich hatte ihn

schon ganz vergessen. Er ist eigentlich ein ganz süßer alter Kerl. Er heißt Scheigan und ist ein amerikanischer Verleger und wird mein Buch herausbringen, wenn es fertig ist.«

»Amerikaner zeigen immer eine solche Menge an fehlgeleiteter Party-Begeisterung«, sagte Gosling. »Einer von ihnen kam zu einer Party, die ich vor zwei Jahren gegeben habe, und trank so viel, dass er bald darauf starb.«

»Das lag wahrscheinlich an den Getränken, die du ihm gegeben hast«, sagte Harriet. »Ich kenne niemanden, der so ist wie du. Du scheinst der Meinung zu sein, dass die Leute alles trinken.«

»Die meisten tun das auch. Wie auch immer, du kannst dich heute Abend doch bestimmt nicht beschweren. Es war wirklich eine sehr gute Flasche Wein.«

»Du weißt, ich hasse Champagner. Also, dass ich das trinken soll, nur weil du Geburtstag hast, geht doch über meine Vorstellung hinaus.«

»Du brauchst es nicht wieder zu tun. Es macht dir eine viel zu schlechte Laune.«

Die hochgewachsene Frau sagte: »Hast du gesagt, der Mann, der auf meiner Party auf dem Boden lag, ist bald danach gestorben?«

»Ach nein, er ist nicht tot, oder?«, sagte Harriet. »Oder doch? Er ist natürlich nicht mehr sehr jung.«

Atwater sagte: »Er ist nicht tot. Außer, er ist auf dem Weg zurück aus dem Taxi gefallen.«

Verelst sagte: »Warum bin ich nicht zu dieser Party eingeladen worden?«

»Weil ich annahm, dass Sie diese Art von Party nicht amüsant finden würden.«

Harriet sagte: »Ich hoffe doch, dass der gute alte Scheigan nicht tot ist. Habe ich euch erzählt, dass sein Vorname Marquis ist?«

Gosling sagte: »Es war *mein* Amerikaner, der gestorben ist. Nicht deiner.«

»Wen nennst du *deinen* Amerikaner?«

»Den, der auf meiner Party war.«

»Ach den, den du mit schlechten Getränken vergiftet hast.«

Atwater wünschte sie alle zur Hölle. Der Abend nahm seinen Verlauf. Gosling bestellte irgendeine weitere Flasche. Sie unterhielten sich. Verelst sagte: »Ich muss jetzt gehen. Ich bin mit einem Auto hier. Kann ich jemanden mitnehmen?« Er warf Susan einen Blick zu, aber nur kurz, so dass die Einladung nicht aufdringlich wirkte. Sie sagte:

»Gute Nacht. Rufen Sie mich mal an.«

»Ach ja«, sagte Verelst zu Atwater, »wenn Sie einen Stift dabei haben, könnte ich Ihnen die Adresse von diesem Hotel geben.«

»Ich habe leider keinen Stift.«

»Macht nichts«, sagte Verelst. »Ich vermute, wir werden uns bald wiedersehen. Falls nicht, kann ich ja Ihre Adresse von Susan bekommen und sie Ihnen zuschicken.«

Atwater sagte: »Ich nehme stark an, einer der Kellner hat einen Stift.«

»Es eilt ja nicht. Ich kann sie Ihnen sehr leicht zuschicken. Ja, das tue ich.«

»Gute Nacht.«

»Gute Nacht.«

Die hochgewachsene Frau sagte: »Ich sollte wohl jetzt zu meiner Gesellschaft zurückgehen. Ich hoffe, ihr nehmt es mir nicht übel, dass ich die ganze Zeit hier bei euch gesessen habe.«

Sie stand auf und sagte mit einem Ausdruck matter Zuneigung: »Tschüs.« Susan stand ebenfalls auf.

»Du gehst doch nicht schon, oder?«, sagte Harriet.

Susan sagte: »Doch. Ich bin müde. Und das Lokal wird sowieso bald geschlossen.« Zu Atwater sagte sie: »Sie müssen mich jetzt nach Hause bringen.«

Sie setzte ihren Hut auf. Harriet sagte zu Gosling:

»Wo können wir deiner Meinung nach jetzt noch hingehen, wo was los ist?«

Atwater begann, die Flaschen Wein auf seiner Rechnung zu beanstanden, die andere Leute bestellt hatten. Er sagte zu dem Kellner:

»Und warum diese beiden Gläser Maraschino?«

»Maraschino?«

»Ja.«

»Jetzt fällt es mir wieder ein«, sagte der Kellner. »Ich glaube, die hat gestern Abend jemand bestellt.«

Draußen nahmen sie ein Taxi. Susan nannte dem Fahrer ihre Adresse. Im Taxi sagte sie:

»Nein. Lass das doch. Ich bin müde.«

Wie sie gesagt hatte, lag ihre Wohnung meilenweit entfernt. Kurz bevor sie Olympia erreicht hatten, fuhr das Taxi in südliche Richtung und hielt vor einem Haus mit einer verfallenen Fassade. Das Gebäude war in Wohnungen aufgeteilt worden. Die Haustür war nicht verschlossen. Sie schoben sie auf und stiegen die Treppen hoch. Es war stockdunkel, und das Treppenhaus roch fürchterlich.

»Wir gehen bis zum obersten Stockwerk hoch«, sagte Susan.

Sie nahm seine Hand. Sie stiegen mehrere ziemlich enge Treppen empor. Auf den Stufen war eine ganze Menge von Gegenständen liegengelassen worden, und sie stolperten über einige von ihnen. Als sie das oberste Stockwerk erreicht hatten, schaltete sie das Licht an. Die Luft war merklich frischer auf dem obersten Absatz.

»Da sind wir.«

»Schön.«

Sie blieben ein paar Sekunden dort stehen, und sie hielt seine Hand. Plötzlich hörten sie großen Lärm weiter unten. Jemand kam ebenfalls die Treppe herauf. Auch er stolperte über die Gegenstände auf den Stufen. Die Kollisionen schallten bis zum obersten Absatz hoch.

»Wer ist das?«

»Mein Vater.«

»Wo ist er gewesen?«

»Auf einer Party.«

Sie lauschten, wie Mr. Nunnery die Treppen hochkam. Sie hörten, wie er auf dem Absatz unter ihnen anhielt und sagte: »Verflucht.« Er rannte die letzte Treppe sehr schnell hoch, und es gelang ihm nur gerade so, ohne hinzufallen, um die Ecke zu kommen. Jetzt wurde er auch sichtbar. Er trug einen Smoking.

»Hallo Susan«, sagte er.

»Hallo.«

»Ich bin auf einer wundervollen Party gewesen«, sagte Mr. Nunnery. *»Wundervoll.«*

»Das ist Mr. Atwater«, sagte Susan. »Ich habe mit ihm zu Abend gegessen.«

»Kommen Sie herein«, sagte Mr. Nunnery. »Kommen Sie herein und trinken Sie etwas mit mir. Ich glaube, es ist noch ein wenig Whisky da. Jedenfalls wollen wir mal nachsehen.«

»Nein, es ist zu spät«, sagte Susan. »Und ich bin müde. Du gehst jetzt ins Bett.«

Mr. Nunnery sagte: »Meine Tochter ist sehr ungastlich. Ich hoffe, sie ist nicht den ganzen Abend in dieser Stimmung gewesen. Gelegentlich ist sie so. Ich denke, ich muss Ihnen jetzt eine gute Nacht wünschen.«

»Gute Nacht«, sagte Atwater.

»Gute Nacht«, sagte Mr. Nunnery, »gute Nacht.«

»Garstiger alter Mann«, sagte Susan. »Du musst ihn ein anderes Mal kennenlernen. Du wirst ihn mögen.«

Sie hörten, wie Mr. Nunnery in der Wohnung herumpolterte. Atwater sagte:

»Ich meine, er war wirklich nett.«

»Gute Nacht, Lieber«, sagte sie. »Und vielen Dank für das Dinner.«

»Gute Nacht«, sagte Atwater.

12

Atwater erkannte Nosworth an seinem Gang – selbst nach dem Lunch noch schnell – und eilte hinter ihm her, holte ihn aber erst ein, nachdem er um die Ecke gebogen war. Als Nosworth Atwater erblickte, sagte er:

»Ich bin auf dem Weg zu Raymond Pringles Ausstellung.«

»Ich ebenfalls.«

»Ich hatte eine große Abneigung gegen seinen Vater. Ich musste einmal während eines öffentlichen Dinners in Manchester neben ihm sitzen. Es interessiert mich zu sehen, wie sie so sind.«

Sie gingen gemeinsam weiter, bis sie die Galerie erreichten. Pringle hatte nie große Schwierigkeiten, eine Ausstellung zu bekommen, denn es gab ein kleines, aber hartnäckig treues Publikum, das seine Bilder kaufte – nie genug, um Pringle selbst zufriedenzustellen und nur so gerade genug, um es für die Galerie lohnend zu machen, ihm eine weitere Ausstellung einzurichten und ihn nie gänzlich fallenzulassen.

»Nein, ich will keinen Katalog«, sagte Nosworth zu dem Mann an der Tür, einem senilen Menschen in Uniform und mit einem Affengesicht, der auf unsicheren Beinen beflissen und entschlossen, einige triviale Verärgerungen zu erzeugen, auf sie zukam, als sie eintraten. Die Galerie war jetzt, zur Mittagszeit, fast menschenleer. Der die Galerie leitende junge Mann war selbst erst soeben von seinem Lunch zurückgekehrt. Er hatte noch seinen schwarzen Hut auf und sprach mit zwei alten Frauen. Während Atwater in der Galerie umherging, hörte er, wie jemand von den dreien sagte: »Uccello oder Utrillo?« Nosworth glitt schnell von einem Bild zum anderen und sagte zu sich selbst:

»Ach Gott, ach Gott.«

Atwater hatte die meisten der Bilder schon vorher gesehen,

aber er begleitete Nosworth durch die Schau, weil er sich hinsichtlich der Identität einiger der Malermodelle noch nicht sicher war und er jetzt, wo die Bilder in einer neuen Umgebung präsentiert wurden, die Gelegenheit zu nutzen wünschte, der Frage noch einmal nachzugehen. Die beiden alten Frauen verließen den Raum, und der junge Mann, der die Galerie leitete, nahm seinen Hut ab, setzte sich an einen Seitentisch und begann, Zeitungsausschnitte zu sortieren. Es waren nur wenige Leute in der Galerie. Nosworth sagte:

»Sie scheint keinen besonders großen Zulauf zu haben, diese Vernissage. Ich sehe aber, dass einige der Bilder schon verkauft wurden.«

»Es wird bald voller werden. Die Leute sind jetzt alle beim Lunch.«

Der junge Mann, der die Galerie leitete, steckte eine Nadel durch die Ecke eines Bündels von Zeitungsausschnitten und warf es in einen Ablagekorb auf seinem Tisch. Er gähnte. Dann stand er auf und kam zu ihnen herüber. Er sagte zu Nosworth:

»Ich weiß nicht, ob Sie überhaupt an moderner Kunst interessiert sind. Sie ist schon etwas Komisches. Wenn man sie zum ersten Mal sieht, weiß man kaum, was das alles zu bedeuten hat. Es sieht aus, als ob das Ding falsch herum aufgehängt ist oder so. Doch dann, nach einiger Zeit, kapiert man, worum es geht.«

»Vielen Dank«, sagte Nosworth. »Mein Freund erklärt mir die Bilder.«

»Dieses da drüben ist ein sehr interessantes Werk.«

»In welcher Hinsicht?«

»Die Vertiefung ist sehr geschickt ausgeführt.«

Nosworth sah konzentriert auf das Bild, wendete dann seinen Blick ab und schaute unbestimmt in die Mitte der Galerie.

»Es ist ein kleiner Ort in der Nähe von Marseilles«, sagte der junge Mann. »Ich bin dort gewesen.«

»Wirklich?«

»Wir haben einige Zeichnungen des Künstlers hier. Wenn Sie die sehen möchten.«

»Danke, nicht heute.«

»Wir haben eine Menge interessanter Bilder«, sagte der junge Mann. »All die Modernen, wissen Sie. Und auch all die anderen natürlich. Alles, eigentlich.«

Nosworth sagte: »Sie müssen mir die alle ein anderes Mal zeigen. Wirklich alle. Aber zufälligerweise bin ich im Augenblick in großer Eile und muss auch sofort gehen.«

Der junge Mann lehnte, die Hände in den Taschen, gegen die Wand.

»Jederzeit«, sagte er. »Sie werden sie mögen.«

Er hörte nicht mehr zu, als Nosworth sagte: »Ich wage, der Meinung zu sein, dass es doch mir überlassen bleibt zu sagen, was ich mag, nicht Ihnen.«

Nosworth setzte sich auf einen Stuhl und schaute geradeaus vor sich hin. Er schwieg. Atwater sah sich Bilder von anderen Malern als Pringle an, von denen einige noch in der Galerie hängengeblieben waren.

Pringle selbst kam jetzt herein. Er war aufgeregt und ärgerlich.

»Hallo«, sagte er zu Atwater. Zu dem jungen Mann, der die Galerie leitete, sagte er:

»Sind noch mehr verkauft worden?«

»Ich glaube, ich werde ›Torso einer Frau‹ unterbringen können.«

»Bei wem?«

»Es tut mir leid, aber das zu sagen ist uns nicht erlaubt.«

»Ach, ist das so?«, sagte Pringle. »Also, da Sie jetzt ja hier sind, was, wie ich bemerkt habe, den größten Teil des Morgens nicht der Fall war, was meinen Sie zu dem Katalog?«

»Was soll damit sein?«

»Er liest sich wie eine Ansammlung von Schuljungen-Schnitzern.«

Der junge Mann sagte: »Sie haben uns die Liste nicht rechtzeitig überlassen, um uns die Korrekturfahnen anzusehen, und ich selbst konnte Ihre Handschrift nicht lesen.«

Er ging weg, kratzte sich dabei missmutig den Hosenboden und setzte sich wieder an seinen Tisch. Einige Leute kamen in die Galerie. Atwater sagte:

»Waren heute Morgen viele Besucher da?«

Pringle sagte: »War gar nicht so übel.« Aber er war zu aufgeregt, um mit jemandem zu sprechen, und ging nervös zuckend auf und ab. Nosworth sagte:

»Ich werde bald zurückgehen müssen.«

Mehr Leute betraten die Galerie. Lola kam herein. Sie trug einen Umhang und einen hellfarbigen leichten Schal um den Hals. Sie sah Atwater sofort und sagte:

»Ich bin nur für einen kurzen Moment hereingekommen. Ich muss schnell wieder los.«

»Ich auch.«

»Warum?«

»Ich muss zurück zu meiner Arbeit.«

»Kannst du nicht mit mir ins Kino gehen?«

»Nein.«

»Warum nicht?«

»Ich muss arbeiten.«

»Aber du kommst doch heute Abend zu mir, oder?«

»Ja, natürlich komme ich.«

»Die sind sehr eindrucksvoll, nicht wahr?«, sagte sie, Pringles Bilder meinend.

»Sehr eindrucksvoll.«

»Erinnern sie dich nicht an jemanden?«

»An jeden.«

Es wurde jetzt ziemlich voll in der Galerie. Es herrschte eine angespannte Atmosphäre, so als ob sich niemand seiner selbst sicher sei. Alle Bekannten Pringles waren anwesend, und auch einige Journalisten, mit denen er sich gestritten hatte. Pringle selbst war so gereizt, dass es unmöglich war, mit ihm zu sprechen. Also stand er in einer Ecke des Raums und kaute an seinen Nägeln. Barlow, Verelst und Mr. Scheigan kamen fast gleichzeitig durch die Tür. Mr. Scheigan kaufte einen Katalog. Barlow blieb stehen, schaute sich in dem Raum um und kam dann herüber zu Atwater. Er sagte:

»Raymond scheint ja eine ziemliche Anzahl an ansehnlichen Leuten zusammengebracht zu haben.«

Er warf einen langen Blick auf Lola. Atwater stellte sie einander vor. Während sie miteinander sprachen, kam Pringle aus der Ecke, in der er gestanden hatte, heraus und sagte zu Atwater:

»Ich habe Harriet Twining eine Karte für dies hier geschickt. Glaubst du, sie wird kommen?«

»Das weiß man nie.«

Atwater hielt es nicht für sehr wahrscheinlich. Er hörte, wie Barlow sagte: »Warum kommen Sie mich nicht mal besuchen?«, und wie Lola ihm ihre Telefonnummer gab. Pringle sagte:

»Nicht dass es mir das Geringste ausmacht, ob sie kommt oder nicht. Aber ich dachte, ich schicke ihr einfach mal eine Karte.«

Lola sagte zu Atwater: »Also, ich muss jetzt gehen. Ich habe eine Verabredung.«

»Tschüs.«

»Ich sehe dich heute Abend«, sagte sie. Beim Hinausgehen rückte sie ihren Schal zurecht. Barlow sagte:

»Du wirst diese Frau nie loswerden.«

»Willst du mir ein Angebot machen?«

»Nein«, sagte Barlow. »Ganz sicher nicht.«

Es war sehr voll geworden, und jeder redete. Atwater sagte:

»Kennst du den Namen des dunkelhaarigen Mannes da drüben, der direkt vor dir hereingekommen ist?«

»Verelst. Er kauft manchmal Bilder.«

Sie beobachteten, wie Mr. Scheigan in dem Zimmer umherging. Er versuchte, sich die Bilder anzusehen, als ob *nicht* gerade eine Vernissage stattfinde, und es dauerte eine lange Zeit, bis er die Runde beendet hatte. Als er an ihnen vorbeikam, sagte Barlow:

»Hallo, Mr. Scheigan.«

»Mr. Barlow!«, sagte Mr. Scheigan. »Das ist toll.«

»Wie schön, Sie hier zu treffen.«

»Ich bin einfach verrückt nach Bildern.«

»Wirklich?«

»Als ich im Herbst drüben in Paris war«, sagte Mr. Scheigan, »habe ich dreißigtausend Francs für ein Bild gegeben, dass nicht halb so groß war wie irgendeins von all diesen hier.«

Atwater sagte: »Dies ist der Mann, der sie gemalt hat. Er kann auch kleine malen.«

Er ergriff Pringle, der sich niedergeschlagen einen Weg durch die Menge bahnte, am Arm.

»Ich freue mich, Sie kennenzulernen, Mr. Pringle«, sagte Mr. Scheigan. »Das ist eine tolle Show, die Sie hier haben.«

Pringle sagte: »Ich hoffe, es ging Ihnen nicht zu schlecht nach der Nacht neulich.« Er war stets verärgert, wenn Leute ihn nicht wiedererkannten. Mr. Scheigan sagte:

»Die kleine Party neulich abends hat dem guten alten Scheigan nichts ausgemacht. Hier drüben weiß keiner, wie man eine Party gibt. Aber eins muss ich euren Leuten lassen. Sie haben meine kleine Schwäche erkannt, als sie mir diese Eintrittskarte schickten.«

Barlow sagte: »Sie sind ein Kenner.«

Mr. Scheigan sagte: »Ich liebe die Kunst. Ich kann einfach nicht ohne sie leben.«

»Wirklich nicht?«

»So bin ich nun mal.«

»Machen Sie sich keine Sorgen. Wir werden Sie nicht verletzen. Sie sind unter Freunden.«

Pringle sah aus, als ob er Mr. Scheigan gerne etwas ganz Teures verkaufen würde, aber er sagte nichts. Barlow sagte:

»Ich habe auch einige Kunstwerke, die Sie sich vielleicht in der nächsten Zeit bei mir ansehen möchten.«

»Sind Sie ein Maler, Mr. Barlow?«

Barlow sagte, dass er das sei. Mr. Scheigan sagte: »Das ist ja toll. Und Sie, Mr. Atwater?«

»Nein, ich leider nicht.«

»Nun«, sagte Mr. Scheigan, »wir können nicht alle Schönheit kreieren. Aber wir Verleger sind Menschen mit einem unbefriedigten schöpferischen Drang. Vielleicht tun wir nicht immer edle Dinge, aber wir träumen sie den ganzen Tag lang.«

»Wirklich?«

»Es ist so. Bestimmt.«

Barlow sagte: »Sie tun sich selbst unrecht, Mr. Scheigan. Aber lassen wir uns das einen Grund sein, irgendwo etwas trinken zu gehen. Kannst du die Galerie verlassen, Raymond?«

Pringle sagte: »Ich erwarte jemanden.«

»William?«

»Ich muss zurück zu meiner Arbeit.«

»Gut. Wenn ihr nicht wollt, dann wollt ihr nicht«, sagte Barlow. »Aber ich nehme an, Mr. Scheigan und ich werden vielleicht später was trinken gehen.«

Nosworth saß noch immer auf dem Stuhl, aber mehrere Leute, die ihn kannten, waren inzwischen hereingekommen und standen in einem Kreis um ihn herum, so dass man ihn nicht sehen konnte. Verelst, der mit dem jungen Mann, der die Galerie leitete, gesprochen hatte, kam herübergeschlendert. Er sah noch weniger wie ein Jude aus als am Abend zuvor. Er war sehr elegant gekleidet. Atwater stellte fest, wie gut seine Schuhe gemacht waren. Verelst sagte:

»Wir begegnen uns also wieder.«

»Wie geht es Ihnen«, sagte Atwater. Er stellte ihm Pringle vor. Verelst sagte:

»Ich sehe überall rote Etiketten.«

Pringle sagte: »Die meisten davon auf Leihgaben.«

Er war in düsterer Stimmung und nervös und kaute weiter an seinen Nägeln.

»Sie scheinen sehr gut zu hängen«, sagte Verelst. Er war

offenkundig der Meinung, dass es eine miserable Ausstellung sei, doch entschlossen, höflich zu sein. Pringle merkte es instinktiv immer, wenn jemand seine Bilder nicht mochte. Solche Leute riefen in ihm eine deutlich erkennbare Reaktion hervor. Er pflegte sich große Mühe mit ihnen zu machen, und je hoffnungsloser es schien, dass er sie für sich gewinnen könne, desto heftiger pflegte er darauf zu bestehen, dass sie die Details seiner Technik zur Kenntnis nähmen. Sie waren die einzigen Menschen, denen seine Bilder zu zeigen ihm augenscheinlich Freude bereitete. Wenn möglich, versuchte er stets, sie dazu zu überreden, sich von ihm ihre Porträts malen zu lassen. Heute jedoch schien er zu düster gestimmt zu sein, um sich der Bekehrung Verelsts zu widmen, und sagte nur:

»Die meisten von ihnen sehen Sie am besten von dieser Seite des Raums aus.«

Verelst sagte: »Ja, an der Tür fällt das Licht ziemlich schlecht auf sie.« Er sagte zu Atwater: »Das war eine sehr angenehme Gesellschaft gestern Abend.«

»Nicht wahr?«

»Ich vermute, Sie sind gut mit Susan bekannt. Ich sehe sie so selten. Es ist schwierig, ihrer habhaft zu werden.«

»Sie hat dauernd irgendwelche Verabredungen.«

»Übrigens, sie geht nächste Woche mit mir aus«, sagte Verelst, »aber es wird seit einer Ewigkeit das erste Mal sein.«

»O wirklich?«

»Seit einer Ewigkeit. Ich glaube, es war sowieso nur einmal. Und dann nur, weil wir anschließend zu der gleichen Party oder so etwas Ähnlichem gingen.«

»Sie sind schon seit langem mit ihr bekannt?«

»O nein. Ich habe sie erst vor verhältnismäßig kurzer Zeit kennengelernt. Und dann bin ich ins Ausland gegangen. Ich hab mich also gefreut, Sie beide gestern Abend so zufällig zu treffen.«

»Man trifft natürlich jeden in diesem Lokal.«

»Ja, jeden.«

Der junge Mann, der die Galerie leitete, kam ganz plötzlich zu ihnen herüber und sagte zu Verelst:

»Dann gibt es da noch ein anderes, das ich Ihnen aus einer privaten Quelle besorgen könnte. Es ist ein bezauberndes Stück. Bernheim war dahinter her.«

»Wunderbar«, sagte Verelst. »Schreiben Sie mir darüber.«

»Ich werde versuchen, ein Foto davon zu bekommen.«

»Kaufen Sie viele Bilder?«, fragte Atwater.

Verelst sagte: »Sie müssen mal kommen und sie sich ansehen. Unglücklicherweise sind die meisten von ihnen eingelagert.«

»Ich werde Ihnen also einen Brief schreiben«, sagte der junge Galerist.

Verelst sagte: »Gut. Schreiben Sie mir.« Er gab die Großer-Sammler-und-exzentrischer-Edelmann-Masche den Umständen entsprechend überzeugend, aber mit einer ein bisschen überzogenen Indifferenz. Er sagte zu Atwater:

»Darf ich Sie in der nahen Zukunft einmal zum Lunch zu mir einladen?«

»Sehr gern.«

Nosworth stand von seinem Stuhl auf und bahnte sich einen Weg durch die Menge von Leuten, die zu ihm sprachen. Er sagte:

»Ich will jetzt keine Bilder mehr sehen. Übrigens, ich muss einem Tschechen ein Interview geben.«

»Ich muss ebenfalls gehen«, sagte Atwater. »Tschüs«, sagte er zu Verelst.

»Tschüs«, sagte Verelst. »Sie müssen zum Lunch zu mir kommen, und dann werde ich Ihnen auch die Adresse geben, von der ich Ihnen gestern Abend erzählt habe.«

Barlow sagte: »Hast du nicht noch Zeit, einen mit Mr. Scheigan und mir zu trinken?«

»Ich kann nicht.«

»Ach, Sie wollen doch nicht gehen, Mr. Atwater?«, sagte Mr. Scheigan. »Wann kann ich euch Jungs denn mal bei mir begrüßen?«

»Kommen Sie«, sagte Barlow. »Wenn wir uns nicht beeilen, ist alles geschlossen.«

»Geschlossen?«, fragte Mr. Scheigan. »Warum sollte alles geschlossen sein?«

»Das kann ich jetzt nicht erklären«, sagte Barlow. »Sie müssen mir einfach glauben. Ich schau vielleicht noch mal rein, Raymond.«

Er und Mr. Scheigan verließen den Raum, Nosworth und Atwater folgten ihnen, aber langsamer. Als sie an dem jungen Mann, der die Galerie leitete, vorbeikamen, sagte Nosworth:

»Guten Tag.«

Der senile Kretin an der Tür murmelte zahnlos: »Taxi, Sir?«, und grinste anzüglich. Draußen schien prall die Sonne, während sie die Straße hinaufgingen.

Nosworth sagte: »Wir könnten vielleicht doch den Bus zurück zum Museum nehmen. Ich scheine schon ein wenig zu spät zu kommen.«

»Handelt es sich um einen wichtigen Tschechen?«

Nosworth nickte. Er sagte:

»Wer war der Mann, mit dem Sie sich unterhalten haben?«

»Er heißt Verelst.«

»Ach ja«, sagte Nosworth. »Er besitzt einige sehr schöne Dinge.«

»Wissen Sie etwas über ihn?«

»Er ist ein Sammler.«

»Was noch?«

»Ich vermute, er ist Jude, nicht wahr?«

»Das vermute ich auch.«

Der Bus fuhr durch Nebenstraßen, um Straßenreparaturen aus dem Weg zu gehen. Als sie das Museum erreichten, stellte sich heraus, dass der Tscheche schon einige Zeit gewartet hatte. Er war ein sanftmütig aussehender Mann, aber zu sehr auf sein Thema konzentriert, als dass man sich spannungslos mit ihm hätte unterhalten können. Nachdem er Nosworth vorgestellt worden war, sagte er:

«Êtes-vous professeur?»

«Non.»

«Pourquoi pas?»

Nosworth sagte: *«Parce-que c'est trop difficile.»*

Der Tscheche setzte sich und begann, eine Anzahl von Papieren aus einer glänzenden schwarzen Aktentasche zu nehmen, die er mitgebracht hatte. Nosworth schaute den Tschechen gedankenvoll an. Atwater setzte sich an seinen eigenen Schreibtisch.

13

Im Verlauf eines allgemeinen Gesprächs mit Atwater über das Auf und Ab in seinem Leben und in dem seiner Freunde sagte Barlow über Pringle:

»Die Natur hat ihn zweifellos dazu bestimmt, von Frauen finanziell ausgenutzt zu werden, und als Kompensation hat sie ihm ein Temperament gegeben, das Spaß an diesem Prozess findet.«

»Olga?«

»Und jetzt, da Olga sich von ihm getrennt hat, wird es jemand anderes sein.«

Barlow stieß seine Gabel in die Spaghetti auf seinem Teller und drehte sie um und um, so dass die Nudeln verknotet an den Zinken hingen. Dann schob er sie in den Mund. Er sagte:

»Seine Ausstellung ist ganz schön erfolgreich. Ich hoffe nur, meine eigene wird es im Herbst ebenfalls sein.«

»Hast du bei Scheigan was erreicht?«

»Er wollte zwei Sachen mitnehmen und mir das Geld schicken, wenn er zurück in Amerika ist, denn die Guthabenzusage bei einer hiesigen Bank reichte nicht aus.«

»Hast du es getan?«

»Er hat schließlich eine Zeichnung genommen und mir ein Pfund als Anzahlung gegeben.«

»Er ist freigebig.«

»Er kann Schönheit nicht wiederstehen«, sagte Barlow. »Er könne es einfach nicht, sagte er mir.«

»Wie kommt er mit Harriet zurecht?«

»Sie hält sich von ihm fern. Sie hat sein goldenes Zigarettenetui. Er ist sehr enttäuscht.«

»Harriet ist ein cleveres Kind.«

»Harriet ist eine nette Frau«, sagte Barlow. »Aber für mich ist sie ein wenig zu clever.«

»Wie geht es Sophy?«

»Sophy hat London verlassen, um ihre Schwester zu besuchen. Ist mal eine Abwechslung für beide von uns.«

»Dann glaubst du also, dass sich Raymond in Harriet verliebt hat?«

»Ich hoffe, das hält ihn davon ab, Sophy den ganzen Tag anzurufen. Ich hab keine Angst, dass er sie mir wegnimmt, aber ich mag es nicht.«

»Ruft er sie denn oft an?«

Barlow sagte: »Nein, glaub ich nicht. Aber ich bin mir nicht sicher.« Er sagte: »Warst du es, der neulich abends mit Susan Nunnery diniert hat?«

»Ja.«

»Sie ist eine nette Frau«, sagte Barlow. »Nicht mein Geschmack. Aber nett.«

»Ich mag sie.«

Barlow sagte: »Kellner, einen schwarzen Kaffee – willst du auch einen schwarzen Kaffee? – Zwei schwarze Kaffees, und ich nehme noch eine billige Zigarre. Zeigen Sie mir, was Sie da haben.« Er sagte: »Worüber ich wirklich mit dir sprechen wollte, waren nicht Frauen, sondern das Bild, das Naomi Race neulich gekauft hat.«

»Es ist nicht schlecht.«

»In gutem Zustand?«

Atwater sagte: »Ein kleines bisschen *sfumato*. Ein wenig in der Manier von Valdés.«

14

ATWATER saß in dem Schankraum im Erdgeschoss. Er saß auf einem Barhocker und aß Chips. Der Barkeeper sagte:

»Was möchten Sie trinken, Sir?«

Atwater konnte sich nicht erinnern, ob der Name des Barkeepers George oder John war. Er sagte:

»Ich warte auf jemanden.« Außer zwei jungen Männern, die am anderen Ende der Bar saßen und aussahen, als seien sie vielleicht zurückhaltend gekleidete Zuhälter, war niemand sonst in dem Schankraum. Einer von diesen Männern sagte:

»Es waren diese verrotteten Ventilgummis, mit denen der Ärger anfing. Ich hab das sofort gesehen.«

Der andere sagte: »Du sagst es.« Und zu dem Barkeeper: »Und wie geht es George heute?«

»Und selbst, Sir?«

Der erste sagte: »Das war ein guter Cocktail, den du mir am Donnerstag gemixt hast, Captain.«

»Einer unserer ganz speziellen, Sir.«

»Dieser ›Old Etonian‹.«

»Ist ein guter Cocktail, Sir.«

»Ganz deiner Meinung, George. Ein guter Cocktail.«

»Fühlten Sie sich danach etwas aufgeheitert, Sir?«

Der junge Mann lehnte sich über die Bar und sagte:

»Ich will dir was sagen, George. Ich war ganz beschwipst nach zwei davon. Tatsache.«

Er sagte das in einem vertraulichen Ton. So wie man vielleicht sagt: »Die Gabe des Redens in Zungen kam gestern Abend nach Monaten des Fastens auf mich herab.« Atwater aß Chips. Ein älterer Mann, der einen braunroten Binder trug, betrat das Lokal. Er machte einen leicht militärischen Eindruck. Seinem Äußeren nach zu urteilen, war er vielleicht einmal Offizier im medizinischen Corps einer Balkan-Armee gewesen. Er sah sich in dem Schankraum um.

»Was soll's heute Abend sein, Sir?«, sagte der Barkeeper.

»Mach mir einen von den üblichen fertig«, sagte der ältere Mann. Er setzte sich und warf Atwater einen Blick zu.

»Wie läuft das Geschäft, George?«, fragte einer der jungen Männer.

»Man darf sich nicht beschweren, Sir.«

Der Barkeeper war damit beschäftigt, irgendwelche Gegenstände unter der Bar herumzuschieben. Der ältere Mann rutschte nervös auf seinem Hocker hin und her und nippte an seinem Getränk. Er sagte zu Atwater:

»Ein bisschen kühler heute Abend.«

»Nur ein wenig.«

»Könnten Sie mir die Oliven herüberreichen?«

Atwater schob die Oliven, die Chips, die gesalzenen Mandeln und die Streichhölzer hinüber und bestellte einen Martini. Der ältere Mann sagte:«

»Ich glaube, wir sind uns früher schon mal begegnet, oder?«

»Ich glaube nicht.«

»Also, vielleicht doch nicht.«

»Ich kann mich jedenfalls nicht erinnern.«

»Möchten Sie was trinken?«

»Danke. Ich hab gerade etwas bestellt.«

»Trinken Sie noch einen weiteren.«

»Danke, lieber nicht. Ich warte auf jemanden.«

Atwater aß Chips. Der ältere Mann ging weg. Es handelte sich nur um eine vorübergehende Abwesenheit, denn er ließ sein Getränk unausgetrunken zurück, und ein Paar lavendelfarbener Handschuhe lag neben ihm auf der Bar. Er hatte außerdem ein ziemlich zerfleddertes Taschenbuch mit dem Titel »L'Ersatz d'amour« liegen lassen. Atwater fragte sich, ob Susan ihn den ganzen Abend in dem Lokal warten lassen würde. Die beiden jungen Männer bestellten eine neue Runde.

»Auf die guten Zeiten«, sagte einer von ihnen.

Der andere sagte: »Ja, darauf. Prost.«

Der erste sagte: »Tatsache ist, dass man immer die Ventile im Auge haben muss.«

»Ja, das stimmt.«

Der ältere Mann kam zurück. Er schob seinen Hocker an der Bar entlang. Er zündete sich eine Zigarette an und bot Atwater eine an, der sie dankend ablehnte. Er sagte:

»Es sieht nicht so aus, als ob Ihr Freund kommen würde.«

»Frauen glauben, es ist ihre Pflicht, einen warten zu lassen.«

»Oh, es ist eine Frau, ja?«

»Ja«, sagte Atwater, »es ist eine Frau.«

Der ältere Mann räusperte sich mit fast beleidigendem Taktgefühl.

Atwater nippte an seinem Getränk. Der ältere Mann sagte:

»Gehen Sie je ins Kino?«

Atwater sagte: »Kaum je. Ich bin komisch in dieser Hinsicht.«

Er fragte sich, warum er sich nicht die Mühe gemacht hatte, eine Abendzeitung zu kaufen, die er jetzt lesen könnte. Oder würde sie überhaupt nicht kommen? Die beiden jungen Männer tranken ihre zweite Runde aus. Sie kletterten von ihren Hockern herunter.

»Bis dann, Captain.«

»Guten Abend, Sir.«

»Bleib brav, George.«

»Sie ebenfalls, Sir. Guten Abend, Sir.«

Atwater trank seinen Martini. Er hätte gerne einen zweiten bestellt, aber dann hätte er vor der Alternative gestanden, auch für den Mann mit dem braunroten Binder einen Drink zu bestellen, oder dem Mann mit dem braunroten Binder zu erlauben, ihm ein Getränk zu spendieren. Keine der beiden Möglichkeiten schien ihm besonders verlockend. Er blieb weiter sitzen. Der Barkeeper begann, Gläser zu spülen. Nachdem er sie abgetrocknet hatte, hielt er jedes einzelne gegen das Licht und untersuchte es aufmerksam, so als ob er sicher gehen wolle, dass die Flüssigkeiten, die zuvor darin gewesen waren, nicht die Oberfläche des Glases korrodiert hatten.

»Sind Sie am Autofahren interessiert?«, fragte der Mann mit dem braunroten Binder.

»Geringfügig.« Würde die Frau je auftauchen? Er vermutete, nicht. Der ältere Mann sagte, dass er an Sonntagen oft lange Autofahrten unternehme. Er fände, sie machten ihm Appetit. Atwater aß Chips. Der Barkeeper zog sich ans hintere Ende der Bar zurück und begann, eine Abendzeitung zu lesen, die er zu einem sehr kleinen, ordentlichen Paket zusammengefaltet hatte. Der ältere Mann zog tief die Luft ein. Er sagte:

»Es wird spät.«

»So ist es.«

»Hätten Sie etwas dagegen, wenn ich offen redete?«

»Ja«, sagte Atwater. »Hätte ich. Ich würde es hassen. George, ich möchte noch einen Martini.«

»Einen trockenen, Sir?«

»Einen trockenen.«

Zwei junge Frauen und ein junger Mann betraten das Lokal. Sie setzten sich an einen Tisch. Eine der Frauen sagte:

»Ich zwang sie, sich vor mir hinzuknien und sich zu entschuldigen.«

Sie war ein dralles kleines Ding, das den Binder eines Artillerie-Regiments trug und aussah, als ob es meinte, was es sagte. Die andere Frau sagte:

»Ein paar Monate Glücklichsein, selbst nur ein paar Wochen – man muss froh darüber sein.«

»Leben und leben lassen, das ist mein Motto«, sagte der junge Mann. Er zog an den Revers seines zweireihigen Jacketts, so dass es gut passend auf seinen Schultern saß, und ging dann zur Bar und bestellte zwei Clover Clubs und einen Sidecar. Irgendwo außerhalb des Schankraums begann ein Telefon zu klingeln. Ein Kellner kam herein.

»Mr. Water?«, sagte er. »Ist hier ein Gentleman mit diesem Namen?«

»Ja«, sagte Atwater. »Möglicherweise.«

»Wird am Telefon verlangt«, sagte der Kellner. Er sagte zu dem Barkeeper: »Neronian war unter ferner liefen.«

»Du hast doch nicht etwa auf ihn gesetzt?«

»Sicher doch.«

»Wie konntest du?«

Der Kellner sagte: »Dieses Pferd wird ein zweiter Tishy, verlass dich drauf.«

Der Barkeeper sagte: »Du wirst mehr Geld machen, wenn du es nächstes Mal in deiner Tasche lässt.«

Der Kellner wischte sich mit seinem Handrücken den Mund ab. Atwater ging zum Telefon hinaus. Er nahm den Hörer ab. Susans Stimme klang sehr weit weg. Sie sagte:

»Tut mir so leid, dass es mir nicht möglich ist, dich heute Abend zu treffen. Ich bin auf dem Land.«

»Ich verstehe.«

»Ich kann hier nicht weg.«

»Wirklich nicht?«

»Du nimmst es mir nicht übel, oder?«

»Doch.«

Sie lachte.

»Nein. Tust du nicht wirklich.«

»Okay, ich nehme es dir nicht übel.«

Sie sagte: »Ich fühl mich wie ein schreckliches Miststück deswegen.«

Atwater sagte: »Nein, das ist schon in Ordnung.«

»Doch, tue ich.«

»So was passiert nun mal.«

Sie lachte wieder.

»Tschüs«, sagte sie.

»Tschüs.«

Sie sagte: »Ruf mich bald mal an.«

Atwater hängte den Hörer ein. Der ältere Mann mit dem rotbraunen Binder begegnete ihm auf seinem Weg nach draußen. Er sagte:

»Gute Nacht. Wir müssen uns irgendwann mal wiedersehen.«

Atwater ging zurück in den Schankraum.

Zwei Martinis schienen ihm ein angenehm leichtes Abendessen zu sein, aber da er den ganzen Abend noch vor sich hatte, aß er eine Portion Eier mit Speck in der Ecke des Lokals. Als er sie aufgegessen hatte, rief er ein paar Leute an, die er kannte; aber sie waren alle entweder ausgegangen oder nahmen den Hörer nicht ab. Es gab keine Anzeichen dafür, dass der Club sich füllen würde. Es wurde langsam spät. Atwater entschied, das Einzige, das er tun könne, sei, Nosworth zu besuchen. Nosworth hatte sich nie die Mühe gemacht, sich ein Telefon installieren zu lassen, aber er würde fast sicher zu Hause sein.

Draußen regnete es. In der Charing Cross Road nahm Atwater den Bus. Er sprang auf, als der Bus beim Überholen einiger Taxis die Fahrt verlangsamte. Er fragte sich, ob Susan Spaß habe auf dem Land. Er dachte, dass es bei diesem Wetter schließlich auch keinen Spaß machen könne, auf dem Land zu sein. Andererseits war das Wetter auf dem Land vielleicht anders. Der Bus fuhr die Tottenham Court Road entlang und bog dann ab in Richtung King's Cross. Nosworth lebte in der Dachgeschosswohnung eines großen Hauses im Nordwesten Bloomsburys. Atwater stieg aus dem Bus aus und ging eine Seitenstraße hoch. Der Regen hatte jetzt aufgehört, aber die Bürgersteige glänzten noch vom Wasser. Atwater drückte die Klingel des Hausmeisters und wurde eingelassen. Er stieg die Treppen hoch und klopfte an Nosworths Tür. Nosworth öffnete selbst. Er trug nur eine Frackhose und ein langärmeliges, porridgefarbenes Unterhemd.

»Kommen Sie herein«, sagte er.

Atwater sagte: »Sind Sie im Begriff auszugehen?«

»Ich muss zu einem Empfang, der für diesen Tschechen gegeben wird«, sagte Nosworth. »Ich habe gerade ein schockierend schlechtes Dinner im Restaurant Pavesi gegessen.«

»Darf ich hierbleiben, während Sie sich ankleiden?«

Nosworth sagte: »Da sind einige seltsame Flecken auf meiner weißen Weste. Es geht wohl nicht, dass ich eine schwarze anziehe, was meinen Sie?«

»Kaum.«

»Es ist altmodisch.«

»Ja.«

Das Zimmer war zum größten Teil mit Büchern gefüllt. In einer Ecke stand ein formloses Stück Stein, das in Kleinasien ausgegraben worden war und angeblich die Diana von Ephesus darstellte. Atwater sagte:

»Ich bin gerade im letzten Moment bei einer Verabredung zum Dinner versetzt worden.«

»Eine Frau natürlich«, sagte Nosworth. »Sollte ich vielleicht Hosenträger tragen?«

»O ja.«

»Sind Sie sehr ärgerlich?«

»Sehr.«

»Ich war früher ganz genauso«, sagte Nosworth. »Aber je älter ich wurde, desto mehr bestand ich auf Qualitäten, die eine Frau nie je besessen hat noch je besitzen könnte. Das Gummiband von diesen hier scheint ausgeleiert zu sein, seit ich sie das letzte Mal getragen habe.«

»Was ist passiert?«

Nosworth sagte: »Also, ich treffe mich jetzt mit keiner von ihnen mehr. Wenn ich drüben in Frankreich bin, gehe ich manchmal zu so einem Haus, das ich in der Rue de Liège kenne, aber ich hab immer das Gefühl, es ist reine Geldverschwendung. Seien Sie so gut und reichen mir meinen weißen Binder. Er ist in der obersten kleinen Schublade. Leider ist er nicht sehr sauber. Ich muss vergessen haben, ihn nach dem Dinner des Erzbischofs in die Wäsche zu geben.«

Nosworth steckte sich seine Orden an und bürstete etwas von dem Staub von seiner Hose. Er sagte:

»Natürlich, einige Leute meinen, das einzige Rezept gegen Frauen seien mehr Frauen.«

Atwater sagte: »Ich kenne diese Theorie.«

»Es ist keine, die ich vertrete.«

»Nicht?«

»Dieser Frack ist ein wenig abgetragen, meinen Sie nicht?«

»Möglicherweise.«

»Aber er tut es noch.«

»O ja.«

»Ich hab ihn vor dem Krieg in Athen gekauft. Er war schändlich teuer, aber ich muss sagen, er hat sich sehr bewährt. Hab ich irgendwas vergessen?«

»Ihren Schlüssel.«

»Ja«, sagte Nosworth. »Meinen Schlüssel. Da ich noch etwas früh dran bin und ich Ihnen hier nichts anbieten kann – sollen wir kurz im ›Plumber's Arms‹ reinschauen, wenn wir da vorbeikommen? Ich möchte nicht zu früh eintreffen.«

Es hatte zu regnen begonnen, als sie auf die Straße traten. Vor dem »Plumber's Arms« spielte ein Mann Trompete. Er spielte »Ah! Sweet Mystery of Life«. Später kam er mit einem kleinen Samtbeutel in den Schankraum und sammelte Geld. Nosworth warf mehrere kleine Münzen hinein.

»Ich muss jetzt gehen«, sagte Nosworth. Sie verließen die Kneipe, und Atwater machte sich durch den Regen auf den Weg nach Hause.

15

Lola sagte: »Hallo, William.«

Ihre Stimme nahm immer einen überraschten Ton an, wenn er sie besuchte, so als ob sie nicht erwartet hätte, ihn zu sehen, selbst wenn er zehn Minuten vorher mit ihr telefoniert und ihr gesagt hatte, dass er bereits auf dem Weg zu ihr sei.

»Du kommst mich aber auch nie besuchen«, sagte sie.

Atwater setzte sich. Er sah auf die kleinen Stücke Moiréseide, die ringsum an den Wänden hingen. »Ich muss Farbe um mich haben«, pflegte Lola zu sagen. Sie lag auf dem Diwan. Sie sagte:

»Warum kommst du mich nie besuchen.«

»Ich bin doch hier.«

»Nie kommst du.«

»Immer wenn ich nur kann.«

»Du behandelst mich sehr schlecht.«

Atwater sagte: »Männer behandeln Frauen schlecht. Das musst du doch inzwischen entdeckt haben.«

Die Toastgabel lag auf dem Tisch. Er nahm sie und schlug sie damit ein- oder zweimal, aber nicht heftig. Dann setzte er sich neben sie auf den Diwan, während sie eine Zeitlang darüber sprach, dass er sie nie besuchen komme.

»Wo ist Gwen?«

»Sie ist übers Wochenende weggefahren.«

»Oh.«

»Sie mag dich nicht.«

»Das weiß ich.«

»Und was willst du tun, um das zu ändern?«

»Nichts.«

Dann kam die Kunst an die Reihe. Sie sprach eine Zeitlang darüber, oder alternativ über Literatur. Atwater rauchte.

»Wer war der Mann, dem du mich auf der Vernissage vorgestellt hast?«

»Hector Barlow?«

»Er ist sehr attraktiv.«

»Wirklich?«

»Meinst du nicht?«

»Ich weiß es nicht.«

Der Diwan quietschte. Lola sagte:

»Nein, mein Lieber, nein.«

»Doch.«

»Nein, wirklich, nein.«

»Doch.«

»Dann zieh die Vorhänge zu.«

Als Atwater die Vorhänge zuzog, sah er, dass es draußen leise regnete und dass in einem der Hinterzimmer gegenüber ein Mann im Mantel Klavier spielte. Lola sagte:

»Ich glaube, in der modernen Bildhauerkunst ist der Einfluss Archipenkos unübertroffen.«

16

Barlow sagte: »Wenn es wirklich dein Leben vergiftet, warum bittest du sie nicht, dich zu heiraten? Ich tu das manchmal. Frauen mögen das. Nebenbei bemerkt, du hättest überhaupt nichts zu befürchten. Ich glaub nicht im Geringsten, dass sie dich akzeptieren würde. Was du auch tun könntest, wäre, das Museum dazu zu bringen, dir einen Vierteljahresvorschuss auf dein Gehalt zu geben und sie für ein Wochenende nach Brighton einzuladen. Aber ich vermute, das würde sie auch nicht mitmachen. Sie hat Wichtigeres zu tun.«

Atwater sagte: »Die Luft in Brighton macht mir Leberbeschwerden.«

»Dann wirst du sie wohl heiraten müssen«, sagte Barlow. »Den alten Nunnery als Schwiegervater zu haben wiegt die Mühe und die Kosten schon fast wieder auf.«

17

Beim Verlassen des Museums kam Atwater an Nosworth vorbei, der sich im Schein der Abendsonne gerade mit einer Gruppe von Negern stritt, die, linkisch sich in der Art der ›angelsächsischen Haltungen‹ des Ersten Boten in »Through the Looking Glass« windend, um ihn herum stand.

»Wenn Sie hierherkommen«, sagte Nosworth gerade, »müssen Sie die Regeln befolgen. Es ist verboten zu rauchen. Das steht hier so klar angeschlagen, wie es nur geht.«

Er antwortete nicht, als ihm Atwater einen guten Abend wünschte.

Atwater ging zur U-Bahnstation. Die Züge waren überfüllt. Atwater hatte das Museum spät verlassen, und jetzt herrschte Rushhour. Er war unterwegs zu einer Cocktailparty in Susans Wohnung und fragte sich, wie es wohl werden würde. Der Zug war sehr voll, und er musste den ganzen Weg über stehen. Wie üblich bewirkte das unnatürliche Licht, dass einige der mitreisenden Frauen ausnehmend schön aussahen. Atwater sah sie abschätzend an, aber auf eine distanzierte Weise. Er stieg schnell aus dem Zug aus und erreichte als Erster den Aufzug, aber er kam deshalb nicht früher zu der Party, denn der Mann, der den Aufzug bediente, wartete, bis jeder, der den Zug verlassen hatte, auch im Aufzug war, ehe er ihn startete. Als der Aufzug das Erdgeschoss erreicht hatte, öffnete er die hintere Tür. Atwater ging hinaus. Die Wohnung lag nicht weit von der Station entfernt. Die Haustür war offen, und eine Notiz forderte die Gäste auf, nach oben zu kommen. Das Treppenhaus roch noch immer schlecht, aber viele der größeren Gegenstände war fortgeräumt worden, so dass man leichter hochsteigen konnte. Etwa auf halbem Weg nach oben konnte man schon das Grammofon hören. Die Tür stand offen, als er oben ankam. Atwater betrat die Wohnung und legte seinen

Hut unter einen Tisch in der Eingangshalle. Susan stand an der Tür und hielt einen Cocktailschwenker in der Hand.

»Hallo, Lieber.«

»Hallo«, sagte Atwater.

»Trink etwas«, sagte sie.

Sie gab ihm ein Getränk. Es war nicht sehr stark und schmeckte ziemlich scheußlich. Dann ging sie zu der anderen Seite des Zimmers hinüber und gab jemand anderem ein Getränk. Atwater sah sich im Zimmer um. Es waren eine Menge Leute anwesend, von denen er die Hälfte vom Sehen her kannte. Mr. Nunnery lehnte gegen den Kaminsims und trank etwas aus einem Whiskyglas. Er sprach gerade mit Fotheringham. Atwater drängte sich durch die Menge zu ihnen. Mr. Nunnery blinzelte und nickte. Offensichtlich erinnerte er sich nicht mehr, dass er Atwater schon kennengelernt hatte, aber er schien sehr freundlich. Ehe Atwater etwas sagen konnte, hob Fotheringham seine Hand und sagte:

»Mein lieber William, vergeben Sie mir, wenn ich jetzt einfach dieses Gespräch beende, aber es betrifft meine gesamte Karriere. Danach gibt es etwas, das ich Ihnen sagen möchte.« Er wandte sich an Mr. Nunnery und sagte:

»Welchen Kurs würden Sie mir zum Beispiel für die National Incorporated nennen?«

Mr. Nunnery holte tief Luft. Er sagte:

»Das ist eine Frage, die ich so spontan nicht zu beantworten vermag.« Er sagte zu Atwater:

»Wenn Sie dieses Zeug nicht trinken können, da drüben steht der Whisky.«

»Und wie steht's mit den Bergwerken?«, fragte Fotheringham.

»Für einen Menschen mit technischem Verstand stellen Bergwerke alle Arten von Schwierigkeiten dar.«

Fotheringham sagte: »Habe ich Ihnen gesagt, William, dass ich daran denke, meinen Beruf zu wechseln?«

»Ich glaube, ja.«

»Das ist unmöglich. Ich habe diesen Entschluss jetzt erst gefasst.«

»Amerika?«

»O ja. Also, Amerika muss ich vielleicht für ein oder zwei Jahre verschieben. Ich sprach gerade mit Mr. Nunnery über die Börse. Er meint, ich könnte dort sehr wohl reüssieren.«

Mr. Nunnery sagte: »Zweifellos ist da Geld zu verdienen. Und auch Geld zu verlieren.«

Fotheringham sagte: »Ich glaube, ich würde Geld verdienen. Zugegeben, ich habe keine Erfahrung und auch keinen Kopf für Zahlen. Aber ich glaube, ich besitze *flair.* Ich kann an den Namen der Aktien ablesen, ob sie steigen werden oder nicht. Ich sehe mir immer die Finanzseiten der Zeitungen an, und ich finde, ich liege gewöhnlich richtig.«

»Aber gilt das auch für einen längeren Zeitraum? Das ist der entscheidende Punkt.«

»Es mag ja absurd klingen und so weiter«, sagte Fotheringham, »aber wenn Sie mir zwanzigtausend Pfund gäben, garantierte ich, dass ich Ihnen die bis zum Jahresende verdoppeln würde.«

Mr. Nunnery sagte: »Sehr schade nur, dass wir nicht zusammen eine Firma gründen können. Mit meiner Erfahrung und Ihrer Initiative würden wir beide vielleicht 'ne Menge erreichen.« Seine verschleierten Augen hellten sich ein wenig auf. Als junger Mann hatte er vielleicht einmal gut ausgesehen, aber er hatte überhaupt keine Ähnlichkeit mit Susan. Er sagte zu Atwater:

»Ich vermute, Sie sind nicht besonders am Finanzwesen interessiert?«

»Ich verstehe nicht viel davon.«

»Es ist eine faszinierende Beschäftigung«, sagte Mr. Nunnery. »Zu faszinierend, eigentlich. Sie lässt einem keine Zeit, sein eigenes Leben zu führen. Das war einer der Gründe, warum ich sie aufgegeben habe. Der andere war, dass ich kein Geld mehr hatte.«

»Aber das ist doch der springende Punkt«, sagte Fotheringham. »Ich habe kein Geld. Deshalb gehe ich an die Börse.«

Mr. Nunnery sagte: »Bei mir war es umgekehrt. Ich hatte keins mehr, deshalb hab ich sie verlassen. Es ist einfach eine Frage der Geisteshaltung.«

»Aber was ist wirklich Ihre Meinung?«

»Es ist ein Schritt, den Sie sich gut überlegen sollten.«

»Das meine ich auch«, sagte Fotheringham. »Also, was ich Sie fragen wollte, war, William, könnte es Ihr Museum für den Fall, dass es bei mir nicht zum Wirtschaftskapitän reichen sollte, arrangieren, mich auf eine Expedition zu schicken?«

»Wohin?«

»Ach, irgendwohin. Das ist eigentlich unerheblich. Sumatra oder Guyana. Irgendwo, wo sie Exemplare sammeln.«

»Ich werde Ihren Namen erwähnen, wenn ich etwas dieser Art höre.«

»Das wäre schön. Tatsache ist, ich fühle mich unterfordert in meinem gegenwärtigen Job. Er gibt mir keinen Entfaltungsspielraum.«

»Die wirklich Fähigen erreichen nur selten die oberste Sprosse der Leiter«, sagte Mr. Nunnery. »Missgunst und so weiter.«

Fotheringham sagte: »Ich würde nicht so weit gehen, mich selbst als einen der wirklich Fähigen zu bezeichnen. Aber ich möchte nicht gerne sehen, welche Qualitäten ich vergeudet habe.«

Atwater beobachtete Susan, die auf der anderen Seite des Zimmers neben Verelst stand. Sie balancierte den Cocktailschwenker in ihrer Innenhand. Sie lauschte irgendeiner Geschichte, die er erzählte, und sah ihn mit weit geöffneten Augen an. Verelst lehnte gegen die Wand. Er war nicht so gut gekleidet wie gewöhnlich und offensichtlich in der Nacht zuvor spät ins Bett gekommen. Das ließ ihn älter erscheinen. Susan hatte ihren Kopf ein wenig zu einer Seite geneigt. Verelst erzählte seine Geschichte gut und benutzte dabei seine Hände, aber gar nicht so, als ob er etwas verkaufen wolle. Er sah so aus, als schmerze es ihn, wenn sie nicht jedes Wort aufnehme, das er ihr sagte. Wenn man nahe bei ihm stand, konnte man sehen, dass da ein Schmerz, eine Agonie war im Hintergrund seiner Augen; doch Atwater vermochte nicht zu entscheiden, ob das ein Merkmal seiner Rasse war oder etwas Erworbenes, die *douceur,* die eine Abfolge von Frauen bei ihm hinterlassen hatte. Atwater sprach mit verschiedenen ihm bekannten Leuten, während er sich durch die Menge auf Susan zu zwängte. Als er die Stelle erreicht hatte, wo sie stand, sagte Verelst:

»Wir scheinen uns ständig zu begegnen.«

»Ja, das stimmt.«

»Wie ist die Ausstellung Ihres Freundes Pringle verlaufen?«

»Ziemlich gut.«

Verelst sagte: »Susan kommt zu mir und sieht sich einige der Bilder an, die ich neulich gekauft habe. Ich würde mich sehr freuen, wenn Sie ebenfalls kämen.«

Susan sagte: »Er besitzt einige superbe Zeichnungen. Ich hab ein paar davon gestern gesehen. Du musst kommen.«

»Natürlich, gerne.«

Verelst sagte: »Ich versuche jetzt, mir diesmal selbst ein Getränk zu mixen, Susan.«

Er ging zu der Stelle, wo die Flaschen standen.

Susan sagte: »Setz dich hin und sprich mit mir.«

Atwater sagte: »Würdest du hinterher mit mir zu Abend essen?«

»Ich kann nicht.«

»Wann werde ich dich wiedersehen?«

»Ich weiß nicht.«

»Warum nicht?«

»Ich fahre für einige Zeit weg.«

»Lange?«

»Nein«, sagte sie. »Nicht lange.«

»Nie sehen wir uns.«

»Ich weiß«, sagte sie. »Wir müssen uns öfter treffen, wenn ich zurück bin.«

»Wann kommst du denn zurück?«

»Ich weiß nicht. Ziemlich bald.«

»Ich muss dich sehen, ehe du fährst. Kann ich dich nicht sehen, ehe du fährst? Ich fahre selbst bald weg. Wir werden uns dann eine Ewigkeit nicht mehr sehen.«

Sie sagte: »Welchen Sinn hat es, dass wir zusammen ausgehen?«

»Also, ich finde es schön.«

»Aber ich bin nicht in dich verliebt. Ich sage dir, ich hasse es, verliebt zu sein. Ich will mich nicht verlieben.«

Sie schüttelte den Cocktailschwenker, den sie immer noch in der Hand hielt. Dann leerte sie den Restinhalt, größtenteils Orangenkerne, in sein Glas und sagte:

»Wenn du es wirklich wünschst, gehe ich mit dir noch aus, ehe ich wegfahre.«

»Natürlich wünsche ich es.«

»Gut. Ich mach's. Aber ich werde mich nicht in dich verlieben.«

»Okay.«

»Ich fahre bald weg; es passt also nicht besonders gut.«

Sie sah ihn jetzt mit ihren großen Augen an. Atwater sagte:

»Ich finde es schade, dass du wegfährst.«

»Ich nehme an, ich bin bald wieder zurück. Aber ich will fahren.« Sie sagte: »Und jetzt müssen wir alle mehr, viel mehr trinken.«

Die Party war ein großer Erfolg und dauerte bis spät in die Nacht. Susan selbst war bald verschwunden, aber Atwater war sich nicht sicher, ob mit oder ohne Verelst. Er wurde sich erst bewusst, dass die Party ihr Ende erreicht hatte, als er entdeckte, dass sich außer ihm nur noch Fotheringham und Mr. Nunnery in dem Zimmer befanden. Mr. Nunnery sagte zu Atwater:

»Wir sind uns vorher schon mal begegnet. Ich kann mich aber nicht erinnern, wo.«

»Es war ziemlich spät abends damals. Vor Wochen. Wir

trafen uns oben auf Ihrer Treppe. Susan und ich hatten zusammen diniert.«

»Natürlich«, sagte Mr. Nunnery. »Natürlich. Ich kann Ihnen gar nicht sagen, wie gut die Party gewesen ist, auf der ich selbst an diesem Abend war.«

Fotheringham, der den ganzen Abend über mit großer Energie geredet hatte, durchstöberte jetzt das Zimmer auf der Suche nach einem sauberen Glas. Mr. Nunnery sagte:

»Susan geht oft mit Ihnen aus, nicht wahr?«

Atwater sagte: »Es ist schwer, ihrer habhaft zu werden.«

»Ich weiß, ich weiß«, sagte Mr. Nunnery. »Ich sehe sie ja selbst nie. Sie sagt mir, sie führe weg. Weiß ich, wohin? Nicht im Geringsten. Ich nehme an, Sie wissen es auch nicht?«

»Leider nicht.«

»Das habe ich auch gar nicht erwartet«, sagte Mr. Nunnery. »Und natürlich geht es mich auch nichts an, aber ich dachte, ich sollte einfach mal fragen, falls Sie es wüssten.«

»Ich weiß es wirklich nicht.«

»Reine Neugier meinerseits.«

Fotheringham war auf Hände und Knie hinuntergegangen und kroch am Sofa entlang und suchte nach sauberen Gläsern, die vielleicht zufällig darunter abgestellt worden waren. Er stand plötzlich auf und sagte:

»William, William, wo sind die sauberen Gläser? Ich muss ein sauberes Glas haben?«

»Warum?«

»Bazillen. Man kann nicht vorsichtig genug sein.«

Mr. Nunnery sagte: »Vielleicht sehen wir mal nach, ob es hier was zu essen gibt, und wenn ja, dann essen wir es. Ich hoffe, Sie bleiben beide noch.«

»Können Sie mich noch ertragen?«, fragte Fotheringham.

»Ich denke, ja.«

»Sind Sie sicher?«

»Wir sind uns sicher.«

»Wirklich?«

»Ja.«

»Wenn Sie sich sicher sind, dass Sie mich noch ertragen können, dann bleibe ich. Und wenn es ein sauberes Glas gibt.«

Mr. Nunnery fand etwas Käse und einige Sardinen.

18

Mrs. Race sagte: »Aber wäre es klug? Wäre es eine gute Sache, es zu tun?«

Atwater sagte: »Ich kann weder die eine noch die andere Frage beantworten. Aber vielleicht ist es praktisch.«

»Wie lange hat er es schon?«

»Er hat es gerade erst gemietet. Er hat von dem Haus von Undershaft erfahren, der dort in der Nähe gewohnt hat.«

Mrs. Race sagte: »Bei Undershaft auf dem Land zu wohnen wäre eine Sache. Bei Pringle zu wohnen eine ganz andere.«

Atwater sagte: »In beiden Fällen gäbe es Risiken. Wie auch immer, ich bin gefragt worden, weil Apfelbaum, der Bildermensch, ausgefallen ist. Raymond hat es mir gesagt. Ich gehe deshalb unter den gleichen Voraussetzungen da hin.«

»Welche Voraussetzung?«

»Eigeninteresse.«

»Gibt es da einigen Komfort?«

»Nein.«

Mrs. Race sagte: »Ich kann mich nicht entscheiden.«

Atwater sagte: »Es ist sehr gut, dass Dr. Apfelbaum nicht kommen kann. Wenn er mit ihm im selben Haus wohnte, würde Raymond zwangsläufig so rüde zu ihm sein, dass er sich einen Feind fürs Leben gemacht hätte. Wie die Dinge liegen, könnte er eines Tages von Nutzen für Raymond sein.«

Mrs. Race sagte: »Es ist schrecklich, was ein bisschen Freundlichkeit für Folgen haben kann. Erinnerst du dich an diese Frau namens Jennifer?«

»Ja.«

»Wauchop ist ihr so sehr in den Kopf gestiegen, dass sie es sich angewöhnte, hier zwei, drei Mal in der Woche zur Cocktailzeit hereinzuschauen.«

»Und was hast du gemacht?«

»Ich werde meine Schreibarbeiten von jemand anderem erledigen lassen müssen«, sagte Mrs. Race. »Von einer anderen Frau, die aber nicht annähernd so billig ist.«

19

»MEINST du, es würde dir Spaß machen?«, fragte Atwater.

Susan sagte: »Ich glaube schon.«

»Sollen wir also hingehen?«

»Gut. Gehen wir hin.«

»Und essen hinterher etwas?«

»Ja, vielleicht auch das.«

Atwater sagte: »Am besten ist, wir machen uns bald auf den Weg. Es ist auf der anderen Seite des Flusses.«

Sie kamen kurz vor acht dort an und trafen auf eine kleine Gruppe von Menschen, die darauf warteten, Sitzplätze zu bekommen. Sie wendeten sich nach links und gingen dann die Treppe zur Galerie hoch. Susan sagte:

»Ich bin noch nie auf einer Boxveranstaltung gewesen.«

»Es ist ganz unterhaltsam hier. Besser als bei einem der großen Kämpfe.«

Die andere Seite der Halle, dort, wo die Sitze nicht reserviert werden mussten, war sehr voll. Die meisten der reservierten Plätze waren ebenfalls besetzt, aber niemand saß auf den beiden Sitzen neben Susan in der ersten Reihe direkt neben dem Gang. Eine weitere Frau saß in der Reihe hinter ihnen und mehrere andere unten auf Plätzen rund um den Ring. Eine von diesen war sehr hübsch und trug einen beigefarbenen Hut. Die Frau in der Reihe hinter ihnen war nicht hübsch. Sie wurde von einem eher kleinen Mann mit weißem Schnurrbart begleitet, der eine große Kunstperle in seinem Binder trug und sagte:

»Am Eingang haben sie gesagt, dass heute Abend ein guter Abend wird.«

Die Lampen direkt über dem Ring waren von großen schwarzen, quadratischen Flächen umgeben, auf denen in weißer Schrift für eine Zeitung geworben wurde. An den Seilen um den Ring herum hingen Poster, die in rot und blau das Programm der folgenden Woche ankündigten. Auf diese anspielend sagte die Frau hinter ihnen:

»Werden sie die abnehmen, wenn es anfängt?«

»Keine Sorge«, sagte der Mann.«

Die Halle hatte ein Kuppeldach, getragen von Säulen, die in bestimmten Abständen rings um die Galerie herum standen. Die Säulen waren schokoladenfarbig gestrichen und sahen aus wie in einem permanenten Bühnenbild eines Repertoiretheaters. Sie hatten gut gestaltete Kranzgesimse, und ihre allgemeine Wirkung war ausgezeichnet. Das Kuppeldach war hellgelb. Der Tabakrauch stieg von unten hoch und verdichtete sich unter ihm. Atwater kaufte ein Programm. An diesem Abend würden fünf Kämpfe stattfinden. Er sagte zu Susan:

»Die Namen der ersten beiden sind Young Moss und Jack Evans. Moss kommt aus King's Cross, London.«

»Und wo kommt der andere her?«

»Es heißt hier nur Wales.«

»Wie werden sie sein?«

»Sie werden noch sehr jung sein.«

Ein Mann in einem weißen Pullover nahm jetzt die Poster von den Seilen ab. Unten wurde es sehr voll und sehr heiß, obwohl der Abend draußen kühl war. Atwater sagte:

»Ist das wirklich deine Meinung zu all dem?«

»Ja.«

»Warum?«

»Ich weiß nicht«, sagte sie. »So ist es einfach.«

Young Moss kletterte jetzt in den Ring. Er hatte ordentlich gekämmtes schwarzes Haar. Jack Evans folgte ihm den Gang hinunter. Beide waren dünn und tragen schwarze Mäntel über ihren Schultern. Der Ansager brüllte ihre Namen, und dann ertönte der Gong. Während der ersten beiden Runden gab es kaum einen Unterschied zwischen ihnen. Sie sprangen herum und trafen einander oft, ohne dass es ihnen etwas ausmachte. Susan sagte:

»Der Jude sieht wirklich besser aus. Aber ich mag den anderen lieber.«

»Er ist der bessere Boxer.«

In der dritten Runde ging Evans nach einem eher glücklichen Treffer von Moss' Rechter zu Boden, aber nachdem er bis fünf unten geblieben war, kam er wieder hoch und landete mehrere gute Körpertreffer hintereinander.

Keiner von ihnen kümmerte sich sehr um seine Deckung, und sie schlugen hart aufeinander ein. Als der Gong ertönte, hatte Evans ein gerötetes Gesicht, aber Moss' Haar war ordentlich geblieben. Susan fragte:

»Wie lange machen sie noch?«

»Dieser Kampf ist nur auf acht Runden angesetzt.«

»Und die anderen?«

»Fünfzehn.«

Der Ansager nahm kaum Notiz von dem Kampf, sondern stand an einer Ecke außerhalb des Rings in der Nähe des Gangs und sprach mit seinen Freunden. Moss und Evans schlugen hart aufeinander ein. Evans hatte Vorteile in der siebten Runde, doch am Ende gewann Moss. Die Jungen schüttelten sich die Hände und küssten sich dann. Susan sagte:

»Hast du das gesehen. Sie haben sich geküsst.«

»Das machen sie oft.«

»Wirklich?«

»Ja.«

»Ist das nicht nett?«

Moss und Evans kletterten aus dem Ring und gingen den Gang hoch zu den Umkleideräumern. Atwater sagte:

»Du magst mich also nicht?«

»Sei nicht albern.«

»Warum nicht?«

»Hör jetzt auf damit.«

»Gut.«

Das nächste Paar war ebenfalls noch sehr jung, aber nicht so jung wie die ersten beiden. Und sie waren schwerer. Keiner von ihnen war ein besonders herausragender Boxer, sondern sie schlugen wie die anderen hart aufeinander ein, ohne viel acht auf ihre Deckung zu geben. Nach der sechsten Runde gingen sie häufig in den Clinch, so dass die Zuschauer sich zu langweilen begannen und ein bisschen schrieen. Daraufhin trennten sich die Boxer immer wieder. Im Fortgang des Kampfes waren beide ziemlich außer Atem. Der Mann in der hinteren Reihe mit der Kunstperle an seinem Binder rief:

»Los, Jungs, los.«

»Hast du Canera gesehen, als er hier drüben war?«, fragte seine Begleiterin. Der Mann sagte:

»Canera?« Er sagte das in einem Ton, der deutlich machte, dass er das für eine alberne Frage hielt, aber ob das so war, weil er ihn gesehen hatte oder weil er ihn nicht gesehen hatte, ließ sich unmöglich entscheiden. Der Kampf ging zu Ende, und der Junge aus Canning Town hatte gegen den aus Hoxton gewonnen. Atwater sagte:

»Wie findest du es hier?«

»Ich mag es. Es ist nett.«

»Der nächste Kampf ist wichtiger.«

»Und was sind *die* jetzt?«

»Weltergewicht.«

Einer von ihnen trug eine rote Hose und einen braunen Bademantel, der andere eine grüne Hose mit einem Muster, das aussah wie das heilige Pentagramm. Der mit dem Pentagramm auf seiner Hose hatte keinen Bademantel um seine Schulter gelegt, sondern den Mantel einer Frau, ebenfalls in grün, aber mit einer anderen Schattierung als die der Hose. Als es so weit war, ihn abzulegen, küsste er ihn vor dem Kampf. Er küsste auch einen weiteren Gegenstand, den er in seiner Hand hielt. Es handelte sich um ein Stück Stoff oder ein Kleidungsstück. Der Sekundant nahm es ihm zusammen mit dem grünen Mantel ab, als der Gong ertönte. Susan sagte:

»Warum hat er das getan?«

Atwater sagte: »Es ist der Mantel seiner Freundin.«

»Ist das nicht romantisch?«

»Ja, nicht wahr?«

»Und was war der andere Gegenstand?«

»Ich glaube, man nennt ihn Büstenhalter, oder?«

»Das war das?«

»Ja.«

»Gehört der auch seiner Freundin?«

»Das weiß ich nicht. Vielleicht hat er zwei Freundinnen. Eine trägt den Mantel und die andere das Wie-heißt-es-noch.«

»Ach, das ist doch süß.«

»Dass er zwei Freundinnen hat?«

»Ich meine, es ist süß, dass er die Sachen so küsst.

»Würdest du mich mehr mögen, wenn ich auch so etwas täte?«

»Ich mag dich ja wohl«, sagte sie. »Was ich dir sagen will, ist, dass es zu nichts führt, wenn wir einander mögen.«

»Warum nicht?«

»Es ist einfach so.«

»Vielleicht hast du recht.«

»Natürlich habe ich recht.« Sie sagte: »Der Mann mit dem komischen Bild auf der Hose ist ein Jude, oder?«

»Ich glaube schon.«

»Wie heißt er?«

»Ernie Hyams. Er kommt aus Bermondsey.«

»Ich mag Juden.«

»Das habe ich bemerkt.«

»Die betragen sich alle so«, sagte sie. »Den Mantel küssen und so weiter.«

»Ich weiß.«

Sie lachte. »Woher weißt du das?«, fragte sie.

»Jedenfalls wird er nicht gewinnen.«

»Ist das seine Freundin, die da unten sitzt?«

»Wahrscheinlich.«

Der andere Mann, der in der roten Hose, der wie ein Boxer in einer Karikatur des achtzehnten Jahrhunderts aussah – eine niedrige Stirn, eine Nase, die sich über sein ganzes Gesicht ausbreitete, und Muskeln wie in einer anatomischen Zeichnung –, hatte die Oberhand. Er hieß Kanonier Haskins und hatte eine größere Reichweite als der Jude. Doch Hyams war beweglicher auf seinen Beinen und wich den Schlägen des anderen geschickt aus. Haskins achtete nicht immer darauf, wo er hinschlug. In der Mitte der zehnten Runde ließ Hyams seine Hand sinken und zeigte auf seinen linken Oberschenkel. Die Pfeife ertönte. Es gab einige Buhs. Die Frau in der hinteren Reihe sagte:

»Er ist okay. Er wurde nicht verletzt.«

Ihr Begleiter sagte: »Und woher weißt du das?«

»Er ist wie die Tennisspielerin Susan Lenglen«, sagte sie. »Er will nicht verlieren.«

»Das glaub mal lieber nicht«, sagte der Mann mit der Kunstperle in seiner Bindernadel. »Haskins hat ihm schon mal einen Tiefschlag versetzt.«

»Niemals.«

»Doch«, sagte der Mann. »Er ist ein guter Boxer, aber er passt nicht immer auf, wo er hinschlägt.«

»Er ist ein sauberer Boxer.«

»Also, er hat ihm jetzt einen Tiefschlag versetzt«, sagte der Mann, »darauf kannst du dein süßes Leben verwetten.«

Es kamen einige Buhs aus der Menge, und jemand rief: »Warum kriegt er nicht einen Tritt in den Hintern, und damit hat es sich?«

Die Sekundanten, der Schiedsrichter und der Ansager standen um Hyams herum. Die Menge buhte immer noch hin und wieder. Haskins ging in seine Ecke zurück. Dann stand er auf und ging zu Hyams' Ecke hinüber. Er sprach mit Hyams und streckte dann beide Arme in die Luft, senkte halb seinen Kopf und schüttelte seine Handschuhe zu den Zuschauern hin, um zu zeigen, dass er einen Fehler gemacht habe. Einige im Publikum lachten und einer oder zwei klatschten. Der Kampf ging an Hyams. Es gab eine Pause. Susan sagte:

»Also, wenn das deine Gefühle sind, wie steht es dann mit deiner kleinen Freundin, die die komischen Kleider trägt?«

»Was ist mit ihr?«

»Triffst du dich noch mit ihr?«

»Manchmal.«

»Ach Gott«, sagte sie. »Ist mir wirklich egal.«

»Das weiß ich wohl.«

»Ich meine, ich verstehe das alles.«

»Ja?«

»Ja«, sagte sie. »Das ist nicht der Grund.«

»Was dann?«

»Ich weiß es nicht. Ist einfach so ein Gefühl, nehme ich an.«

»Ja, verstehe.«

Sie sagte: »Du bist eigentlich ganz süß.«

»Nicht wahr?«

»Ja. Aber so fühle ich nun mal.«

»Nun, ich treffe dich ja nie, also macht das überhaupt keinen Unterschied.«

»Ach, wenn das keinen Unterschied macht?«

»Genau.«

»Sei doch nicht so«, sagte sie.

»Warum nicht?«

»Ich mag das nicht.«

»Unsinn.«

»Nein«, sagte sie. »Das mag ich nicht.«

»Kann man nichts machen. So bin ich nun mal.«

»Du bist jetzt ein solcher Blödmann.«

»Ich weiß.«

Sie sagte: »Warum bist du nicht nett? Du kannst manchmal so nett sein.«

»Ich fühl mich nicht nett heute.«

Die Pause ging zu Ende. Der Ansager kündigte an, dass es jetzt einen Probekampf über drei Runden gebe. Susan sagte:

»Was sind das für Leute?«

Atwater sagte: »Zwei Männer, die hier vorher noch nie geboxt haben. Sie haben vielleicht irgendeinen anderen Job und denken daran, Boxer zu werden, oder sie möchten einfach mal gegeneinander kämpfen. Hast du ihre Namen verstanden?«

»Nein.«

Die beiden Probeboxer waren große, kräftige Männer. Einer von ihnen war offensichtlich mal ein Seemann gewesen. Der andere mochte alles Mögliche gewesen sein. Er sah hart und robust aus, aber überhaupt nicht wie ein Profiboxer. Er hatte Haare, die von der Mitte seines Kopfes aus seitwärts wuchsen wie bei einer japanischen Puppe. Der Gong ertönte. Die beiden Männer gingen aufeinander zu und begannen zu boxen. Verglichen mit ihnen waren die Jungen in den Kämpfen zuvor vorsichtige Boxer gewesen. Sie standen dicht zusammen und schlugen einander, so hart sie konnten, ins Gesicht, ohne sich die geringste Mühe zu machen, an die Deckung zu denken. Manchmal benutzten sie ihre Rechte, manchmal ihre Linke, aber es ging ihnen nur ums Schlagen. Bald schon schloss sich das linke Auge des Seemanns. Die Zuschauer feuerten sie zunächst an, begannen aber dann zu lachen. Susan sagte:

»Die bluten aber stark, oder?«

»In Wirklichkeit ist es nur wenig. Sie kriegen es auf ihre Handschuhe und dann überall hin.«

»Ich mag das Blut nicht.«

»Die boxen nur drei Runden.«

Die erste Runde war vorüber. Der Mann, der nicht der Seemann war, ging einmal zu Boden, aber sobald er wieder hochkam, ertönte der Gong. Es folgte eine lange Pause.

»Was ist passiert?«

»Weiß der Himmel.«

Jemand brachte eine Hose für den Mann, der nicht der Seemann war. Ihm war die, die er trug, zerrissen, als er am Ende der ersten Runde zu Boden ging. Er zog die neue über die alte, und der Kampf wurde fortgesetzt. Sie boxten genauso weiter wie vorher: Sie standen nahe beieinander und schlugen hart zu. Dann traf der Mann mit dem Haar wie eine japanische Puppe und den zwei Hosen den Seemann mit einer Geraden nahezu behutsam mitten ins Gesicht. Der Seemann ging schwer und langsam zu Boden, so als ob ein Sack Kohlen umfiele. Er lag dort und stand nicht wieder auf. Er wurde ausgezählt, und man kam und hob ihn auf. Es gab viel Beifall und etwas Gelächter. Jemand warf ein Sixpence-Stück in den Ring, und der Ansager stieg durch die Seile und hob es auf. Dann warfen noch mehr Leute einige Pennys, bis eine ziemliche Menge Münzen dort lagen. Der Ansager hob sie alle auf.

»Ist das für sie?«

»Ja.«

»Warum?«

»Es ist Geld.«

Nach dem Probekampf war es wieder ein Waliser, ein dicker, finster dreinblickender Kerl, und ein hochgewachsener Mann aus Battersea mit dem Gesicht eines Intellektuellen. Sie kämpften anders als die Jungen. Sie waren beweglich auf den Beinen und suchten den Schlägen des jeweils anderen auszuweichen. Es machte nicht viel Spaß, ihnen zuzusehen, denn obwohl beide technisch besser waren als die Jungen, boxte keiner von ihnen gut. Die Zuschauer begannen sich wieder zu langweilen und schrieen hin und wieder. Der Waliser hielt sein linkes Bein beim Kämpfen sehr gerade und machte manchmal eine seltsame stampfende Bewegung mit ihm. In der sechsten Runde landete er einmal einen Treffer mit seiner Linken, aber er kam nicht richtig zum Kopf durch, obwohl er den anderen gegen die Seile schleuderte. Sie machten so weiter bis zur zwölften Runde. Dann versuchten beide, etwas mehr Leben in den Kampf zu bringen, aber inzwischen hatte jeder dem anderen zu sehr zugesetzt, als dass noch irgendetwas passieren konnte. Der Waliser hatte einen Trick. Er lehnte sich hart gegen die Seile und schnellte dann mit dem zusätzlichen Schwung, den sie ihm gaben, wenn sie sich zusammenzogen, wieder zurück in den Ring. Aber auch so brachte er nichts zustande. Am Ende gewann der blonde Mann mit dem Intellektuellengesicht nach

Punkten. Ein Junge kam den Gang herunter und verkaufte Obst. Er sagte:

»Schöne Äpfel. Zwei Pence. Schöne Äpfel.«

Atwater sagte: »Willst du einen Apfel?«

»Nein. Iss du einen.«

»Das werde ich auch.«

Atwater gab dem Jungen zwei Pence und biss in den Apfel. Er war grün und schmeckte nach absolut nichts. Es war, als ob man etwas Abstraktes äße. Susan sagte:

»Ich denke, du weißt auch, dass es kaum so etwas wie ein Erfolg werden könnte.«

»Wirklich? Weiß ich das?«

»Natürlich weißt du das.«

»Du bist so bezaubernd«, sagte er. Er warf das Apfelgehäuse unter seinen Sitz. Er sagte:

»Jedenfalls werde ich dich treffen, wenn du zurück bist.«

»Ja«, sagte sie. »Wann immer das ist.«

»Aber du hast doch gesagt, das wäre bald.«

»Es ist auch bald. Ich weiß nicht, warum ich das jetzt gesagt habe.«

»Meinst du, du bleibst eine Ewigkeit?«

»Nein. Nur eine kurze Zeit.«

»Wir werden uns wiedersehen, wenn du zurück bist, nicht wahr?«

»Ich weiß es nicht. Sie sind immer so problematisch, unsere Treffen.«

»Vielleicht treffen wir uns also besser nicht?«

»Ja, besser nicht.«

»Du wirst nicht lange weg sein, oder?«

»Nein«, sagte sie, »nicht lange.«

Der Ansager stieg vor dem letzten Kampf in den Ring und gab bekannt, dass Joe Connor an diesem Abend leider nicht kämpfen könne, da er sich das Handgelenk verstaucht habe. Stattdessen würden zwei andere Boxer der gleichen Gewichtsklasse den Kampf bestreiten.

Der Ansager war heiser, so dass es nicht möglich war, die Namen des Ersatzpaares zu verstehen. Der Mann in der hinteren Reihe sagte:

»Verdammt, der beste Kampf des Abends, und jetzt werden wir ihn nicht sehen.«

Seine Begleiterin sagte, es sei eine Schande, dass die so was täten. Jemand unter den Zuschauern schrie:

»Was glaubst du denn, warum wir hierhergekommen sind?«

Der Ansager wiederholte die Namen der Gegner laut und mit großer Verachtung dafür, was die Zuschauer dachten. Es war wieder nicht möglich, die Namen zu verstehen. Dann kletterte der Ansager aus dem Ring und unterhielt sich weiter mit seinen Freunden in der Nähe des Gangs. Es entstand eine lange Pause, ehe der Kampf begann. Die beiden Männer waren ein unscheinbares Paar, das den Stammkunden dieser Arena offensichtlich sehr gut bekannt war. Keiner der beiden war besonders jung. Sie boxten nicht schlecht, aber der Kampf bot nichts, was wirklich interessant war. Atwater sagte:

»Wann fährst du denn weg?«

»Genau weiß ich es nicht. Sehr bald.«

»Dann werde ich dich etwa in einem Monat wiedersehen? Ich fahre auch für kurze Zeit weg.«

»Ja, in etwa einem Monat, denke ich.«

»Diese beiden sind nicht sehr unterhaltsam, oder?«

»Sie sind beide so hässlich.«

»Stimmt.«

»Sie sind zwei öde Kerle.«

Atwater sagte: »Vielleicht hast du deine Meinung geändert, wenn du zurückkommst.«

»Großer Gott.«

»Verzeihung.«

»Atwater, wir werden uns nicht treffen.«

»Ich hatte das vergessen.«

Der Kampf war endlich vorbei. Alle standen auf und gingen zu den Ausgängen. Atwater und Susan warteten, bis sich einige der Zuschauer entfernt hatten, ehe sie versuchten, die Treppe hinunterzugehen. Als sie auf halbem Wege nach unten waren, sagte jemand:

»Also, ich muss schon sagen!«

Susan sagte: »Ach, welch eine Überraschung, dich hier zu treffen, Walter.«

Walter Brisket, der von einem sehr jungen Mann begleitet wurde, sagte:

»Überhaupt nicht. Meinetwegen ist diese Arena erst in Mode gekommen.«

»Wirklich, Walter?«

»Natürlich ist das so.«

Da Atwater sah, dass es kein Entkommen gab, sagte er: »Sollen wir alle dasselbe Taxi nehmen?«

20

Es stimmte einen melancholisch, war aber nicht unangenehm, jetzt, mitten im Londoner Hochsommer, am offenen Fenster zu sitzen und hinauszuschauen. Im Inneren bevölkerte der Mittlere Westen die Korridore des Museums. Nosworth sprach mit dem Mann, der gekommen war, um den Stuhl im Wartezimmer zu reparieren. Er fragte:

»Aber warum nicht bis Dienstag?«

»Das schaffen wir nicht bis dann.«

»Gibt es einen Grund für die Verzögerung?«

»Wir schaffen das nicht.«

Der Mann ging weg. Nosworth sagte zu Atwater:

»Sie gehen nächste Woche, nicht wahr?«

»Ja.«

»Ins Ausland?«

»Nach Hause für kurze Zeit. Dann wohne ich bei Raymond Pringle auf dem Land.«

»Dem Mann, der diese Ausstellung hatte?«

»Ja.«

»War die ein Erfolg?«

»Ein ziemlicher Erfolg.«

Nosworth sagte: »Ich finde dieses heiße Wetter sehr erschöpfend.«

Wenn das Fenster weit geöffnet war, drifteten noch mehr Rußflocken als gewöhnlich ins Zimmer und lagerten sich in einer dicken Schicht auf Atwaters Schreibtisch und seinen Papieren ab. Atwater fragte sich, was Susan jetzt wohl mache und ob sie irgendwo weit weg in der Sonne liege. Er hoffte, dass Dr. Crutch das kühlere Wetter für seinen nächsten Besuch abwarten werde. Die Hitze ließ die Papiere auf seinem Schreibtisch sich spiralförmig zusammenrollen und erzeugte Blasen auf der hellbraunen Temperafarbe der Wände.

TEIL III

Palindrom

21

ATWATER sah sich auf dem Bahnsteig um, aber Pringle war nicht gekommen. Es gab dort einen sehr alten, tauben und halb verrückten Kofferträger, doch der hatte noch nie von Pringle oder seinem Haus gehört. Also setzte Atwater sich und wartete. Etwas anderes blieb ihm auch gar nicht zu tun übrig, denn es gingen keine Züge mehr, mit denen er hätte zurückfahren können, und Laufen war das Einzige, was der Träger vorzuschlagen vermochte, um zu dem Haus zu gelangen. Atwater entschloss sich, seinen Koffer nicht durch die Landschaft zu schleppen, und setzte sich und rauchte. Der Träger rollte Milchkannen langsam von einem Ende des Bahnsteigs zum anderen. Dann rollte er sie wieder zurück. Atwater sagte: »Ein wunderbarer Tag heute«, aber der Träger antwortete nicht.

Es verging etwa eine Dreiviertelstunde, ehe Pringle auftauchte. Als er kam, trug er khakifarbene Shorts und ein gelbes, am Hals offenes Hemd. Sein rotes Haar bildete eine seltsame Disharmonie mit seinem Hemd und seiner Haut. Er hatte sich seit mehreren Wochen die Haare nicht mehr schneiden lassen.

»Das Auto wollte einfach nicht anspringen«, sagte er. »Stell deinen Koffer hinten rein. Aber pass auf das Paket auf. Es sind Eier. Wir wollen ja nicht, dass wir morgen nichts zu essen haben.«

Atwater stieg ins Auto.

»Wie weit ist es?«

»Etwa fünf Meilen.«

Die Straßen führten sie durch eine Hügellandschaft. Sie wurden gesäumt von Drahtzäunen und Telegrafenmasten, und das Gras an ihren Seiten war überzogen von einem weißen Staub, der hochwirbelte, als sie vorbeifuhren, und in einer Wolke über dem Ginster hängenblieb. Auf einem der Hügel in der Ferne stand eine Pumpstation mit Kuppeln und Türmen.

»Wie geht es allen«, fragte Atwater. Er war neugierig zu hören, wer im Augenblick bei Pringle wohnte. Pringle sagte:

»Wie gewöhnlich eigentlich. Wir hatten eine mächtige Party gestern Abend.«

»Wirklich?«

Pringle sagte: »Gott, ich dachte schon, wir kämen nicht mehr diesen letzten Hügel hoch. Dieses Auto muss unbedingt überholt werden.«

Es gab nur wenige kleine Häuser entlang der Straße. Die Drahtzäune hörten plötzlich auf, als das Auto eine Baumgruppe erreichte. In einer Wolke von Staub bogen sie ab und fuhren einen kurzen, mit Gras bewachsenen Weg entlang.

»Das ist es«, sagte Pringle.

Es war ein hässliches, kleines graues Haus, das in einer Senke stand. Es gab keinen Vorgarten, aber einige Nebengebäude bildeten so etwas wie einen Hof. Pringle hielt das Auto an der Seite des Hauses an. Es schien keinen Haupteingang zu geben.

»Nimm deine Tasche raus«, sagte er. »Ich fahr das Auto eben weg und bin in einer Minute wieder zurück.«

»Wo sind die anderen?«

»Hector und Sophy sind spazierengegangen. Harriet hat sich, glaube ich, oben hingelegt.«

»Harriet Twining?«

»Ja, natürlich.«

Atwater ging ins Haus. Er ließ seinen Koffer im Eingang stehen, wo einige Regenmäntel an der Wand hingen, und ging durch die Tür am Ende des Gangs. Ein Mädchen war dabei, langsam den Tisch abzuräumen. Dabei sang sie in einem ziemlich hohen weinerlichen Ton »Ich frag mich, wo mein Liebster sich versteckt«. Sie hatte dunkles Haar und machte einen anämischen Eindruck. Die Form ihrer Augenbrauen ließ sie wie von einer plötzlichen Beleidigung überrascht aussehen.

»Wieder ein heißer Tag«, sagte Atwater.

»Das stimmt«, sagte das Mädchen.

Er sah ihr beim Aufräumen zu. Das Zimmer war in einem sehr unordentlichen Zustand und roch nach Speisen und Terpentin. Gläser mit Getränkeresten standen überall herum, und jemand hatte eine Hose auf dem Klavier hängen lassen. Atwater las in einem Exemplar der »Vogue«, das er auf dem Boden gefunden hatte. Nach einer Weile kam Pringle herein. Er hatte das Auto weggebracht. Er blieb stehen und sah auf die Reste des Lunchs und die zwei leeren Flaschen italienischen Wermuts, die auf dem Bücherschrank standen.

»Ich weiß nicht, was mit dem Auto los ist«, sagte er, »Es ist ganz komisch heute.« Er setzte sich auf einen Stuhl. Atwater fragte:

»Wen hast du noch hier wohnen?«

Pringle sagte: »Nur Hector und Sophy und Harriet. Naomi Race kommt vielleicht später noch.« Er sagte zu dem Mädchen: »Ich hab die Eier in die Küche gebracht. Es ist auch Vim und Soda da, so dass du diese Leinwände aus dem Badezimmer holen und abreiben kannst. Übrigens, der Mann hat einen neuen Dichtungsring in den Wasserhahn am Spülbecken eingesetzt. Er funktioniert jetzt wieder.«

»Ist das so?« sagte das Mädchen.

»Ja«, sagte Pringle, »das ist so.« Er sagte: »Komm mit, William. Ich zeig dir dein Zimmer.«

Sie gingen nach oben.

»Das ist Miss Chalk«, sagte Pringle. »Ihr Vorname ist Ethel, und Rod la Rocque ist ihr Lieblingsfilmschauspieler. Ich sag dir das, um Enttäuschungen vorzubeugen. Ganz offen, du bist nicht ihr Typ. Sie macht sich nicht viel aus irgendeinem von uns. Möchtest du dich waschen?«

»Ja.«

»Es gibt kein heißes Wasser.«

»Dann wasch ich mich nicht.«

»Keiner von uns wäscht sich hier viel«, sagte Pringle. »Lass uns wieder runtergehen und was trinken. Dann kannst du dir einige der Dinge ansehen, die ich gemalt habe.«

Atwater legte seinen Koffer auf das Bett. Es war ein kleines, weißgetünchtes Zimmer mit einem Waschtisch aus Zinn. Atwater sagte:

»Ich ziehe mir eben eine Flanellhose an.«

Er öffnete seinen Koffer. Pringle lehnte sich gegen den Türpfosten.

»Mach nicht so lange«, sagte er.

Jemand verließ ein Zimmer weiter hinten im Gang, schlug die Tür zu und kam den Gang herunter. Es war Harriet. Sie stand in der offenen Tür von Atwaters Zimmer und rieb sich die Augen. Sie sah ziemlich schlunzig aus. Hübsch, aber schlunzig.

»Hallo, William«, sagte sie. »Warum ziehst du dich zu dieser Tageszeit aus?« Sie streckte ihre Hand aus. Atwater zog seine Flanellhose hoch.

»Wie geht es dir, Harriet?«, sagte er.

»Was machen deine Kopfschmerzen?«, fragte Pringle.

»Sie sind höllisch.«

»Nicht besser?«

»Nein«, sagte sie. »Höllisch.«

»Lasst uns etwas trinken gehen.«

Sie gingen wieder nach unten ins Esszimmer. Pringle begann, einen Cocktail zu schütteln. Er rief:

»Ethel, bring uns ein paar von diesen Gläsern zurück, wenn du sie gespült hast.«

Der Tisch war abgeräumt worden, aber die Hose hing immer noch auf dem Klavier, als ob sie da anstelle eines Paisley-Schals sei. Die Wermutflaschen standen noch auf dem Bücherschrank.

»Lasst uns in das andere Zimmer gehen«, sagte Harriet. »Ich führe meine Gespräche gerne vor einem Hintergrund.«

Sie gingen über den Korridor in ein anderes Zimmer. Es hatte Terrassentüren, die auf einen Garten hinausgingen. Es gab dort einen Diwan, ein Sofa und einen Tisch. An den Wänden hingen einige von Pringles Bildern. Harriet stellte das Radio an und zog das Grammofon auf.

»Was macht London?«, fragte Pringle.

Atwater sagte: »Es ist ziemlich leer.«

»Keine Partys?«

»Nein, keine Partys.«

»Irgendwelche Skandale?«

»Ich hab von keinem gehört.«

»Wie geht es Susan?«, fragte Harriet.

»Sie ist weggefahren. Ich hab sie längere Zeit nicht gesehen.«

»In der Regel siehst du sie doch ziemlich häufig, nicht wahr?«, sagte Pringle.

»Ich sehe sie manchmal.«

»Sie ist so bezaubernd«, sagte Harriet.

Pringle sagte: »Wer ist dieser Verelst, der jetzt immer mit ihr gesehen wird?«

Atwater sagte: »Ich hab dich ihm auf deiner Vernissage vorgestellt.«

»Ich weiß. Aber wer ist er?«

»Er ist einfach so ein Mann.«

Harriet sagte: »Ich hab ihn kennengelernt. Er ist Jude und gar nicht so übel.«

Sie beobachteten, wie Barlow und Sophy über den Rasen gingen. Barlow trug immer noch seinen seltsamen kleinen Hut und dicken Anzug. Sie kamen durch die Terrassentür, beide sonnenverbrannt. Pringle sagte:

»Ich wünschte, du ließest deine Hose nicht im Esszimmer liegen.«

»Tut mir leid«, sagte Barlow. »Bring sie nach oben, Sophy. Wie geht es dir, William?«

Es war nicht leicht zu hören, was gesprochen wurde, da Radio und Grammofon zusammen sehr viel Lärm verursachten.

»Wie geht es dir, William?«, fragte Sophy in genau dem gleichen Ton wie Barlow, so wie sie es manchmal tat.

»Um Himmels Willen, stell eins der beiden ab«, sagte Pringle. »Am besten das Gespräch über Wildblumen. Wenn du wirklich zu scharf auf Botanik bist, um das zu verpassen, dann nimm den verdammten ›Bolero‹ vom Grammofon.«

Seine Nerven schienen in keinem besonders guten Zustand zu sein. Er sagte:

»Ich geh noch mal nach dem Auto sehen.«

Harriet setzte sich auf das Sofa und begann, die »Vogue« zu lesen. Sophy ging mit der Hose nach oben. Barlow sagte zu Atwater:

»Komm mit und sieh dir den Garten an.«

Atwater folgte ihm auf den Rasen, auf dem Markierungen für Tennis angebracht waren. Am hinteren Ende standen Bäume, und dahinter lagen Felder. Sie gingen zu den Bäumen hinüber. Atwater fragte:

»Was macht denn Harriet hier?«

»Sie hatte Gosling satt, oder er sie. Also ist sie hierhergekommen.«

»Zu Raymond?«

»Ja.«

»Wie lange ist sie schon hier?«

»Etwa eine Woche. Sie beginnt sich zu langweilen.«

»Wirklich?«

»Sie ist eine komische Frau.«

»Wie meinst du das, komisch?«

Barlow sagte: »Ach, einfach nur komisch. Man weiß nie, was sie als Nächstes tun wird.« Er lachte. »Ich glaub nicht, dass Raymond sie lange halten kann«, sagte er.

»Sophy sieht sehr gut aus.«

»Sie ist okay. Sie und Harriet kommen sehr gut miteinander aus.«

»Wirklich?«

»Das hätte man nie vermutet.«

Sie gingen bis zu den Bäumen, wo ein Drahtzaun und ein Graben sie daran hinderten weiterzulaufen. Hinter dem Graben erstreckten sich Felder. Sie kehrten zum Haus zurück. Ein paar Wolken zogen von den Hügeln hinter der Pumpstation her auf, die weit entfernt lag, aber vom Garten aus durch die Bäume zu sehen war. Als sie zurück ins Wohnzimmer kamen, spielte das Grammofon noch immer, und Harriet saß alleine da und rauchte eine Zigarette. Barlow ging nach oben und ließ Atwater allein mit ihr zurück.

»Wo seid ihr gewesen?«, fragte sie.

Atwater sagte: »Ganz am Ende des Gartens.« Er sagte: »Ich wusste gar nicht, dass du Raymond kennst.«

»Ich kenne ihn seit einer Ewigkeit.«

»Jetzt erinnere ich mich. Ich hab euch einander vorgestellt.«

Harriet sagte: »Im Moment bin ich seine Geliebte, falls das deine Neugierde befriedigen sollte.«

»Wirklich?«

»Ja.«

»Das klingt immer so pompös.«

»Natürlich, das tut es wohl.«

»Was macht man hier so?«, fragte er.

»Nichts.«

»Das klingt gut.«

»Wundervoll.«

»Die Luft scheint gut zu sein und so weiter.«

»Stimmt.«

»Nach London.«

»Ja, sagte sie, »nach London.«

Atwater sagte: »Ich höre, wir waschen uns hier nicht.«

»Da ist ja noch das Meer.« Sie hörte auf, mit ihm zu sprechen, und griff nach einem Buch.

Atwater ging hoch auf sein Zimmer und packte seinen Koffer aus.

22

NACHDEM er sein Haar gebürstet hatte, legte sich Atwater auf sein Bett und fragte sich, wo Susan sei und ob er sie je wiedersehen werde. Nachdem er sich das eine kurze Zeit gefragt hatte, stand er auf, bürstete sich wieder das Haar und ging hinunter. Die anderen waren im Wohnzimmer. Pringle sagte:

»Ich weiß nicht, was mit dem Auto los ist. Es springt jetzt gar nicht mehr an.«

»Wie gedenkst du, deine Gäste heute Abend zu unterhalten, Raymond?«, sagte Harriet.

Pringle sagte: »Ich dachte, wir könnten vielleicht alle zu der Kneipe im Dorf gehen. Sie nennt sich ›Die Ziege‹, falls das für jemanden ihre Attraktion erhöht.«

Ethel kam herein, um zu sagen, dass das Dinner bereit sei. Sie warf allen einen vernichtenden Blick zu. Pringle sagte:

»Wir sind ziemlich knapp an Tellern. Wir haben gestern Abend einige zerschlagen. Aber ich denke, wir kommen hin.«

Atwater sagte: »Was ist denn gestern Abend passiert?«

»Ach nichts«, sagte Pringle. »Wir haben ein paar Sachen zerbrochen. Ich weiß nicht, was Ethel davon hielt.«

»Sie hat einen sehr zynischen Blick, dieses Mädchen«, sagte Harriet.

Barlow sagte: »Es ist ihr egal.«

»Nicht der«, sagte Sophy.

»Ich musste mich auch erst an einige Dinge gewöhnen, Sophy«, sagte Pringle. Sophy lächelte ihn an. Sie hatte ein langsames, breites Lächeln, das ihren Mund größer erscheinen ließ, als er in Wirklichkeit war. Sie nahm es nicht übel, wenn man sie wegen der Zeit aufzog, als Barlow sie entdeckte und dem Sekretär eines Vorortgolfclubs wegnahm und ihr erst einmal das Nötigste beibrachte.

Sie aßen. Auf seine Art war es ein gutes Dinner, und es gab

einen trinkbaren Rotwein. Die beiden Frauen tranken Gin mit Ginger-Ale.

Nach dem Dinner sagte Pringle:

»Vielleicht machen wir uns Kaffee in der Kaffeemaschine.«

Harriet sagte: »Nein. Um Himmels Willen, nein. Das dauert den ganzen Abend. Lasst uns zu der Kneipe gehen, oder sie ist schon zu, ehe wir da ankommen.«

»Vergiss deine Medizin nicht, Raymond«, sagte Sophy. Sie erinnerte sich immer an solche Dinge. Pringle sagte:

»Hätte ich beinahe.« Er begann, sie herauszutröpfeln. »Danke, Sophy«, sagte er. Sophy lächelte wieder. Harriet sagte:

»Nimm sie mit. Oder wir brechen ohne dich auf. Du hast die Wahl.«

Pringle trank etwas davon aus der Flasche. Er zog ein Gesicht.

»Ich bin jetzt so weit«, sagte er. Sophy ging nach oben, um einen Mantel zu holen, denn es war kühl. Wolken bedeckten den Mond, so dass es draußen dunkel war. Sie gingen den Weg hoch. Pringle sagte, es seien etwa zwanzig Minuten bis zum Dorf. Als sie auf die größere Straße einbogen, nahm er Harriets Arm. Atwater ging neben Sophy her, und Barlow, den kleinen Hut auf dem Kopf, lief ihnen allen ein wenig voraus, die Schultern hochgezogen und die Hände in den Taschen.

»Woraus besteht das Dorf?«, fragte Atwater.

»Zwei Kneipen und eine Kirche. Aber in eine der Kneipen können wir nicht gehen, denn Undershaft hat den Mann hinter der Theke gebissen, als er im letzten Sommer hier wohnte.«

»Das sieht ihm gar nicht ähnlich.«

»Er ist ein ziemlicher Schwachkopf«, sagte Pringle. »›Die Ziege‹ ist viel besser als der ›Lord Nelson‹, also machte es eigentlich nichts.«

»Hat er lange hier gewohnt?«

»Er hatte letzten Sommer ein kleines Haus hier im Dorf. Und auch im Sommer davor. Ich hab durch ihn von meinem Haus gehört.«

»Ich vermute, die meisten der Leute im Dorf sind Journalisten und so weiter.«

»Ja, natürlich, die meisten. Aber die gehen zum ›Lord Nelson‹, so dass man sie nicht sieht. Doch das ist der Grund, warum wir nicht häufig ins Dorf gehen. Und natürlich war es das, was Undershaft an jenem Abend ärgerlich machte.«

»Die Nachbarn?«

»Natürlich.«

Sie passierten einige kleine Häuser und die Kirche. ›Die Ziege‹ stand ein wenig von der Straße zurückgesetzt und hatte einen Streifen Gras vor dem Haus. Pringle schob die Tür auf, und Harriet und Sophy traten als Erste ein. Der Schankraum war groß und ziemlich voll. Es wurde Dart und Shove-Halfpenny gespielt.

»Metzen«, rief eine Stimme am anderen Ende des Raums, als sie sich setzten.

»O nein, das sind wir nicht«, sagte Harriet. »Wir sind nichts dergleichen. Seien Sie mal ganz still.«

Der Mann hinter der Theke war peinlich berührt. Er trug eine Mütze und Gamaschen und hatte einen kleinen, kurzgestutzten Schnurrbart. Er lief rot an. Pringle bestellte eine Runde Getränke und sagte:

»Tolles Wetter für die Ernte.«

»Das stimmt«, sagte der Mann.

Sie sahen zu, wie zwei junge Männer in purpurnen Anzügen und spitzen, senfgelben Schuhen Shove-Halfpenny spielten. Harriet verschüttete etwas von ihrem Getränk auf das Brett.

»Tut mir so leid«, sagte sie und lächelte die Spieler an, die ärgerlich guckten. Einer von ihnen wischte das Getränk mit einem bunten Taschentuch ab, und die beiden setzten ihr Spiel fort. Pringle lehnte sich über die Theke. Er sagte:

»Ist Cheadle weit von hier?«

Der Mann sagte: »Kann ich nicht sagen. Ich bin fremd in dieser Gegend.«

Den Höhepunkt nicht weniger Generationen von Großgrundbesitzertum in der Umgebung implizierend sagte Pringle: »Ich habe ein Haus hier.«

»Ach ja?«, sagte der Mann, aufmerksam aber nicht besonders neugierig gemacht. Er pfiff und hüpfte, kurz hinter der Theke eine Art verfälschten Charleston vollführend, seitlich hin und her. Pringle lehnte weiter über der Theke und nippte an seinem Getränk. Die beiden jungen Männer beendeten ihre Partie Shove-Halfpenny. Sie traten von dem Brett zurück und zündeten sich eine Zigarette an.

»Los«, sagte Pringle. »Ich fordere dich heraus, Hector.«

Er sagte das mit einem fast erschreckenden Ausbruch nervöser Herzlichkeit und kam, sein Getränk auf der Theke zurücklassend, zu dem Brett herüber. Barlow nahm das Staubtuch und wischte die Kreidezeichen der vorhergehenden Partie ab. Harriet sagte:

»Nein. Hector und ich spielen gegen dich und William. Sophy kann den Schiedsrichter machen.«

»Ich bin der Schiedsrichter«, sagte Sophy.

Atwater begann und platzierte zwei Halfpennys. Die Partie war ziemlich ausgeglichen. Barlow und Pringle spielten etwa gleich gut. Atwater gelang es, zumindest jeweils eine Münze in einem Zwischenraum unterzubringen. Harriet sandte oft alle fünf Münzen bis zum Ende des Bretts, aber landete auch mehr als einmal einen Glücksschub mit allen fünf. Die unteren Zwischenräume waren schnell ausgefüllt, aber danach verlangsamte sich das Spiel, und der dritte Strich für den Zwischenraum ›Annie‹ wollte und wollte nicht kommen. Barlow schickte seine fünfte Münze mit einem geschickten Schub hoch. Sie landete im Zwischenraum ›London‹.

»Endlich«, sagte er.

»Sie liegt auf der Linie«, sagte Pringle.

Barlow lehnte sich über das Brett und starrte eine Zeitlang auf das Halfpenny-Stück.

»Nein«, sagte er, »soweit ich sehen kann, tut sie das nicht.«

Er sah sich nach Harriet um, die, da sie nicht an der Reihe war, den Tisch verlassen hatte und nun Dartpfeile auf die Scheibe warf, während die zwei gelbbeschuhten Männer, die Shove-Halfpenny gespielt hatten, ihr mit finsteren Blicken zusahen. Barlow wandte sich an Atwater.

»Was meinst du?«, sagte er.

Atwater sagte: »Ich glaub nicht, dass sie wirklich auf der Linie liegt. Es ist schwer zu sehen bei diesem Licht.«

»Was meinst du, Sophy?«, sagte Barlow. »Du bist der Schiedsrichter.«

Sophy sagte: »Also, ich kenne die Regeln dazu nicht genau.«

Barlow sagte: »Es kommt hier nicht auf die Kenntnis der Regeln an, sondern auf das Sehen. Siehst du den Abstand, oder siehst du ihn nicht?«

»Also, ich weiß nicht«, sagte sie.

Barlow sagte: »Du bist bekloppt.«

Pringle sagte: »Es macht überhaupt keinen Unterschied. Danach, wie es hier unten gespielt wird, liegt sie auf der Linie, wenn darüber irgendwelche Zweifel bestehen.«

Atwater sagte: »Ist das hier die Art von Brett, bei dem die Messinglinien hochgehoben werden können?«

Um ein solches Brett handelte es sich in der Tat. Atwater hob die Linie von der Seite her hoch. Sie berührte die Münze nicht. Pringle sagte:

»Das heißt gar nichts. Nach den Regeln, wie das Spiel in diesem Teil der Welt gespielt wird, liegt sie auf der Linie, wenn es darüber irgendwelche Zweifel gibt.«

»Warum hat man dann Linien, die hochgehoben werden können?«

»Das weiß ich nicht.«

»Das scheint mir eine komische Art, es zu spielen.«

»Das mag wohl sein. Aber so ist es nun mal.«

»Also, wenn du es so sagst.«

»Frag jeden der Leute hier.«

»Das werde ich nicht tun«, sagte Barlow. »Ich mag es nicht, mit Fremden zu sprechen. Man weiß nie, wie sie es aufnehmen.«

Harriet kam von der Dartscheibe zurück. Sie sagte:

»Bin ich nicht wieder an der Reihe?«

Sie hatte einen Dartpfeil in der Hand. Sie sagte:

»Ich scheine etwas mit der Spitze von diesem Ding gemacht zu haben. Es hat die Scheibe verfehlt und ist auf den Boden gefallen.«

Sophy nahm den Pfeil in ihre Hände.

»Also, du hast die Spitze abgebrochen«, sagte sie.

»Das ist es«, sagte Harriet.

»Wir haben das Spiel verloren, Harriet«, sagte Barlow.

»Ach, Hector, was bist du für ein Esel.«

Barlow sagte: »Ja, natürlich, es war alles meine Schuld, nicht wahr?«

»Ja«, sagte sie. »Du bist ein Esel.«

Im Nebenschankraum begannen einige Dorfbewohner in einer deprimierten Weise auf drei Noten zu singen: *»O zeig mir den Weg nach Haus, denn ich bin müd und möchte ins Bett …«*

»Noch eine Runde, bevor wir gehen«, sagte Barlow.

»Also dann, meine Damen und Herren«, sagte der Mann hinter der Theke. »Polizeistunde bitte.«

Sophy lehnte einen letzten Drink ab. Die anderen bestellten Bier.

»Trinken Sie aus, meine Damen und Herren«, sagte der Mann hinter der Theke.

Pringle sagte: »Wir haben noch fünf Minuten. Nur keine Hast.«

»Haben wir nicht«, sagte Atwater. »Es ist genau Punkt. Wir sind auf dem Land.«

Der Mann kam hinter der Theke weg.

»Polizeistunde bitte«, sagte er.

Harriet sagte: »Sie dürfen eine Dame nicht drängen, wenn sie trinkt. Das könnte tödliche Folgen haben.«

Der Mann fand das gar nicht amüsant. Er nahm Harriet das Glas aus der Hand. Pringle, Barlow und Atwater stürzten ihre Pints hinunter.

»Nehmen Sie es«, sagte Harriet. »Nehmen Sie es. Aber hören Sie um Gottes Willen auch auf meinen Rat und trinken Sie es nicht. Ich würde nicht einmal mein Auto mit dem Zeug waschen.«

»Wir schließen jetzt«, sagte der Mann. Er fand keinen von ihnen im Geringsten amüsant. Er steckte die Gläser ineinander und trug sie hinter die Theke. Dann hielt er die Tür auf, damit sie hinausgingen.

»Gute Nacht«, sagte Pringle.

»Bis dann«, sagte der Mann.

Sie traten hinaus auf den Grasstreifen vor der ›Ziege‹. Draußen war es mondhell. Die Leute, die in der Kneipe gewesen waren, standen noch auf ein letztes Wort in Gruppen herum, um Fragen hinsichtlich der lokalen Moral zu klären. Als sie hinaustraten, verließen zwei Personen eine der größeren Gruppen und kamen auf sie zu. Sie waren ein Mann und eine Frau, ein älteres Ehepaar. Sie wandten sich an Pringle, und der Mann sagte:

»Was ich sag, is', Mr. Pringle, dass es nich' so weitergehen kann, weil es tagein, tagaus das Gleiche is', und unsere Ethel is' ein anständiges Mädchen, und dann war sie mal nachts nich' vor elf Uhr zu Hause, und dann, was da so vor sich geht – das is hier nich' London, Mr. Pringle; in einem kleinen Ort reden die Leute, und was der eine sagt, sagt dann der andere auch, und wir müssen auf unser Mädchen aufpassen.«

»Wer sind Sie?«, sagte Pringle. Er hatte das letzte Pint Bier hastig hinunterstürzen müssen und war nicht sofort bereit, sich auf eine hitzige Diskussion einzulassen. Er schluckte unter Schmerzen. Dann erholte er sich und begann zu zucken. Die Frau sagte:

»Es is' so, Mr. Pringle, letzten Sonntag sah ich, wie meine Schwägerin vor sich hin lächelte, und ich fragte sie: ›Warum lächelst du, Hazel?‹, sagte ich. ›Gedanken‹, sagte sie, und sie sagte: ›Da is' ein Mädchen hier in der Zeitung, die is' von zu Hause weggelaufen, nachdem sie gesehen hat, was da so vor sich geht in den Filmen‹, sagte sie. ›Das is' es, was eure Ethel demnächst tun wird‹, sagte sie.«

»Worum geht es denn?«, fragte Harriet.

»Ethels Eltern denken, wir haben einen schlechten Einfluss auf sie«, sagte Pringle. »Okay, nehmen Sie das Mädchen wieder zurück, wenn Sie das wünschen.«

»Unsinn«, sagte Harriet. »Ohne Dienstmädchen können wir nicht sein. Biete ihr eine Lohnerhöhung an, Raymond.«

»Verzeihen Sie, Miss«, sagte Mr. Chalk. »Das is' keine Frage der Löhne. Ethel kriegt einen fairen Lohn.«

Harriet ging näher an ihn heran. Sie ergriff seinen Arm und sagte:

»Nein, natürlich ist es das nicht, Mr. Chalk. Ich weiß genau, wie Sie darüber denken, und ich würde mich ganz genauso verhalten, wenn sie meine Tochter wäre. Aber die Arbeit ist hart, und Mr. Pringle wird Ethel zehn Shilling mehr pro Woche zahlen.«

»Recht is' Recht und Unrecht is' Unrecht«, sagte Mrs. Chalk.

Pringle sagte: »Also, ich verspreche nichts.«

»Na, Raymond«, sagte Harriet, »sei nicht ein solcher Geizhals. Denk daran, du bist unser Gastgeber, und wie wenig Komfort wir sowieso haben. Du kannst dir leicht zehn Shilling mehr pro Woche leisten.«

»Recht is' Recht und Unrecht is' Unrecht«, sagte Mrs. Chalk. Sie war ärgerlich, dass Harriet weiterhin den Arm ihres Mannes drückte. Pringle sagte:

»Gut, es käme sehr ungelegen, wenn Ethel gehen würde. Also sagen wir: fünf Shilling extra.«

»Raymond, du bist so habgierig«, sagte Harriet.

»Fünf Shilling?«, sagte Pringle.

Mrs. Chalk sagte: »Sie können das hier nicht bestimmen.«

»Also, Mutter«, sagte Mr. Chalk.

»Nun?«, sagte Pringle.

Der Mond war hinter einer Wolkenbank hervorgekommen,

und das Mondlicht war so hell, dass Atwater Mr. Chalks Gesicht ganz deutlich sehen konnte. Er war ein kleiner Mann mit wachen Augen. Atwater beobachtete, wie er zwinkerte. Mrs. Chalk war halsstarrig.

»Recht is' Recht und Unrecht is' Unrecht«, sagte sie. Sie warf Harriet einen bösen Blick zu.

»Ich hoffe, das stellt Sie zufrieden«, sagte Pringle.

»Das ist okay, Chef«, wagte Mr. Chalk zu sagen.

Harriet gab Mr. Chalks Arm einen letzten Klaps. Mr. Chalk hielt seinen Kopf ein wenig schief, als sie ihm eine gute Nacht wünschten.

Sie machten sich auf den Weg zu dem Haus. Als sie ein kleines Stück gegangen waren, schaute Atwater über seine Schulter zurück. Er sah, dass Mrs. Chalk immer noch auf ihren Mann einredete.

23

NAOMI Race kam zwei oder drei Tage nach Atwater an. Sie brachte eine Menge Gepäck und einen Hund mit. Als Pringle ihr das Zimmer zeigte, das sie haben sollte, dachte sie, er mache Witze; aber am Ende blieb sie doch, denn sie hatte keine anderen Pläne gemacht. Nach einiger Zeit hatte sie sich an das Haus gewöhnt, bestand aber darauf, zwei weitere Stühle für ihr Schlafzimmer zu bekommen. Also nahm Pringle einen Stuhl Atwater weg und den zweiten aus dem Zimmer, das Barlow und Sophy bewohnten. Danach schien Mrs. Race zufrieden, obwohl sie oft darüber murrte, dass es kein heißes Wasser gab. Ihr Hund war dauernd im Weg und nicht stubenrein; aber schließlich hatte sich jeder auch daran gewöhnt.

Manchmal spielten sie Tennis. Mrs. Race und Barlow spielten gegen Sophy und Pringle. Mrs. Race pflegte zu sagen, dass sie Tennis in der Schule gelernt habe, kurz nachdem es anstelle von Crocket als Modesport eingeführt worden sei. Sie servierte angeschnittene Tiefaufschläge, die Pringle nicht anzunehmen vermochte. Sophy sah stets Barlow an, wenn er servierte, statt auf den Ball zu achten. Sie beobachtete ihn mit seltsam kuhäugigem Beifall, so als ob sie sich in einer Trance befinde, und sie wurde erst wieder wach, nachdem der Aufschlag verloren war. Folglich gewannen die anderen trotz Pringles angeschnittener Schmetterbälle am Netz häufiger. Pringle verlor nur ungern. Einer der Gründe dafür war, dass er wusste, er konnte Barlow schlagen, wenn sie Einzel spielten. Außerdem ärgerten ihn Mrs. Race' Aufschläge. Es gab keine Schutznetze um den Platz herum, und manchmal verschwanden Bälle in den Büschen.

»Wir haben mit vier Kästen angefangen«, sagte Pringle, »und jetzt sind nur noch vier Bälle übrig.«

Er fluchte oft und sehr laut. Ethel sah vom Küchenfenster aus, wo sie das Geschirr spülte, missbilligend zu. Sie mochte

Harriet von allen am liebsten. Von den Männern genügte keiner ihren Ansprüchen.

»Dieser Ball war auf der Linie, oder?«, sagte Barlow.

»Nein«, sagte Pringle. »Er war aus.«

Harriet, die auf einer Decke neben dem Tennisplatz lag und mit ihrem Maniküreetui spielte, sah auf.

»War er nicht. Er war auf der Linie«, sagte sie. »Versuch nicht zu mogeln, Raymond.«

»Er war aus«, sagte Pringle.

»War er nicht«, sagte Harriet.

Barlow sagte: »Ich glaube, er war aus, ehrlich gesagt. Die Sonne hat mich etwas geblendet.«

Sie wiederholten den Aufschlag. Es gab zwei lange Ballwechsel, und zwei weitere Bälle verschwanden in den Büschen – einer nach einem beherzten geschnittenen Drive von Pringle und der zweite von Sophy hoch in die Luft und weit weg gelobbt. Mrs. Race weigerte sich, das Match fortzusetzen, wenn man nicht mit wenigstens drei Bällen spielen könne. Daraufhin wurde der Satz aufgegeben. Pringle suchte in den Lorbeerbüschen nach Bällen, und bald ging Sophy ihm nach und half ihm. Atwater markierte die Stelle in Thomas Brownes »Urn Burial« mit einem Stück Silberpapier von Harriets Zigarettenschachtel und folgte Barlow ins Haus. Als er durch die Terrassentür trat, stand Barlow vor der Staffelei, auf der Pringles neuestes Werk lag. Sie sahen es sich beide eine kurze Zeit an. Barlow sagte:

»Armer Raymond. Kein Talent. Er kann nicht einmal schreiben.«

Er untersuchte das Gemälde aufmerksam.

»Ich muss oft an die Lehrer in der Schule denken«, sagte er. »Männer, die ein Vermögen damit hätten machen können, als Komiker auf der Bühne eines Varietétheaters zu stehen, zogen es vor, kleine Jungs in Mathematik zu unterrichten.«

»Sie hatten zweifellos ihre Gründe.«

»Zweifellos.«

Harriet kam vom Garten herein. Sie zog die Decke über den

Boden hinter sich her. Sie legte die Arme um ihre Schultern und sah sich mit ihnen das Bild an. Sie sagte:

»Ihr seht es euch verkehrt herum an.«

Barlow schob einen Arm unter ihre Knie und trug sie zum Sofa.

»Was sollen wir jetzt tun?«, fragte er.

Harriet sagte: »Warum gehen wir nicht alle schwimmen?«

»Kommst du mit schwimmen, William?«

»Ja, ich komme mit.«

Barlow ging wieder zur Terrassentür. Pringle und Sophy suchten noch immer nach Bällen. Mrs. Race saß in einem Liegestuhl und fächelte sich frische Luft zu. Barlow rief:

»Kommt ihr alle mit schwimmen?«

Mrs. Race war die Einzige, die hörte, was er sagte. Sie rief zurück:

»Ganz bestimmt nicht.«

»Kommt ihr mit schwimmen?«, rief Barlow noch einmal. Sophy und Pringle kamen auf ihn zu. Sie hatten ziemlich viele Bälle gefunden. Einige davon waren zwei Tage zuvor verloren gegangen und sehr nass. Pringle sagte:

»Tun wir was?«

»Schwimmen gehen.«

Sophy schüttelte den Kopf und lächelte. Im Meer zu baden gehörte nicht zu den Dingen, die sie mochte. Barlow hatte sie nur einmal dazu überreden können, ins Wasser zu gehen, und sie war dann sofort wieder herausgekommen und hatte gesagt, dass das nichts für sie sei. Seitdem hatte sie keinen Versuch mehr unternommen, aber sie war ganz zufrieden damit, zum Strand hinunterzugehen und den Übrigen beim Baden zuzusehen. Pringle sagte:

»Nein, ich nicht. Ich fühle mich nicht danach.«

Harriet sagte: »Raymond, du bist doch nicht ärgerlich, weil ich gesagt habe, du mogeltest beim Tennis, oder?«

»Natürlich kümmert mich nicht, was du sagst.«

»Ich glaube doch.«

Pringle berührte ihren Kopf mit seiner Hand.

»Nein, tut es nicht«, sagte er. Es schien ihm zu gefallen, dass sie ihn gefragt hatte, ob er ärgerlich sei. Harriet sagte:

»Also, wir gehen alle schwimmen. Kommst du wirklich nicht mit?«

»Nein, ich will jetzt nicht.«

Er war nicht länger schlechter Laune, aber er wollte nicht schwimmen gehen. Er sagte:

»Ich werde diese Bälle vor das Feuer in der Küche legen. Wir werden wieder mit ihnen spielen können, wenn sie etwas trockener sind.«

Er ging ins Haus. Harriet sagte:

»Ich hab ihn doch nicht für den Rest des Tages in eine schlechte Laune versetzt, oder?«

Barlow sagte: »Er ist ganz in Ordnung. Geh nach oben und hol dein Badezeug. Das von William und mir ist in der Spülküche.«

»Ist er nicht perfekt, wenn es um Dinge wie Tennisbälle geht?«, sagte sie.

24

Atwater blieb nicht lange im Meer, denn es begann kalt zu werden, als der Abend kam. Er ging aus dem Wasser, trocknete sich ab und zog seine Hose an und sah dabei Barlow und Harriet zu, die im seichten Wasser standen und sich stritten. Barlow hatte einen langen Körper und kurze starke Beine. Das Salzwasser schien keine Wirkung auf sein schwarzes Stoppelhaar zu haben, das immer noch so aussah, als sei er überhaupt nicht mit dem Kopf untergetaucht, obwohl er doch häufig unter Wasser geschwommen war. Wenn man Harriet in ihrem Badeanzug sah, fiel einem auf, dass sie ein ganz klein wenig zu dick wurde, dachte Atwater. Während er die beiden beobachtete, versetzte Harriet Barlow einen Stoß mit ihrer Hand, so dass er rückwärts ins Meer fiel. Dann wandte sie sich von ihm ab und schwamm ins tiefere Wasser hinaus. Barlow rieb sich das Wasser aus den Augen und folgte ihr. Atwater sah ihnen zu und warf an einer anderen Stelle ein paar Steine ins Meer. Danach zog er sich vollständig an, legte sich mit dem Rücken auf die Kiesel und wartete auf sie. Barlow kam als Nächster heraus. Er sagte:

»Verdammt, ich bin zu lange im Wasser geblieben. Ich friere.«

Auch Harriet kam einige Augenblicke später heraus, und sie gingen zurück zum Haus.

25

Das auto war hoffnungslos defekt. Pringle sagte immer wieder, dass er jemanden kommen und nachsehen lassen müsse. An einem Tag schrieb er auch wirklich einen Brief an eine Werkstatt in der Nachbarschaft. Sie verbrachten ihre Zeit mit Spaziergängen und Schwimmen im Meer, und Barlow malte viel. Pringle befand sich in einem besseren nervlichen Zustand als lange Zeit zuvor. Harriet war amüsant, aber ruhelos. Sie sah immer noch schlunziger aus, als das in London der Fall gewesen war.

26

PRINGLE war den ganzen Tag über in guter Stimmung gewesen. Barlow sagte:

»Was ist mit ihm passiert? Es ist so, als hätte einer der Kritiker gesagt, es liege eine gewisse Originalität in seiner Behandlung des Wassers.«

»Als er Pauline de Chabran im Claridge Hotel angerufen hat?«, fragte Atwater.

»In der Woche, in der er zu Mrs. Beamish sagte, ihre Partys seien die schlechtesten in Europa.«

»Aber er ist nie auf einer gewesen.«

»Das war es, was sie so ärgerlich machte« sagte Barlow. Er fragte: »Wirst du am Montag mit uns kommen, wenn wir zurückfahren«

»Ja.«

»Musst du arbeiten?«

»Ja.«

Barlow sagte: »Es tut mir leid, dass wir gehen. Es tut mir leid, nicht mehr mit Harriet zusammen zu sein, zum Beispiel.«

»Sie wird doch bald nach London kommen.«

»Ja, sie wird bald in London sein«, sagte Barlow. »Weißt du, ich hab darüber nachgedacht, ob ich Sophy heiraten sollte. Oder glaubst du, Miriam wäre die Bessere? Julia kennst du natürlich nicht.«

Pringle kam ins Wohnzimmer. Er rauchte eine Zigarre. Er sagte: »Sie müssen endlich aufwachen, die Leute hier im Dorf. Die verstehen die modernen Methoden nicht.«

»Und wer ist es jetzt?«

»Die Frau in dem Zeitungsgeschäft.«

»Die mit der Stahlbrille?«

»Sie sagte, wenn es mir nicht passe, dass die Zeitungen spät kämen, warum wohne ich dann nicht irgendwo anders.«

»Sie sieht nicht schlecht aus, diese Frau«, sagte Barlow. »Vom Typ her.«

»Und dann ist da noch der Metzger«, sagte Pringle. »Aber ich hab sie beide aufgeweckt.«

Barlow sagte: »Es ist seltsam mit der Frau in dem Zeitungsgeschäft. Wenn man ihr die Brille abnähme, wäre sie gar nicht so übel.«

Pringle war zweifellos in sehr guter Stimmung. Nach dem Dinner schlug er einen Spaziergang zu den Hügeln vor. Barlow hatte Leinwände vorzubereiten und wollte deshalb nicht mitkommen. Sophy fühlte sich unwohl, nachdem sie zu viele Pfirsiche gegessen hatte, und ging früh zu Bett. Harriet sagte, sie sei zu träge, und Mrs. Race wollte ihr Buch zu Ende lesen. Also gingen Atwater und Pringle allein los. Sie wanderten durch das Dorf und bogen dann auf einen sandigen Weg ab, der zu den Hügeln führte. Pringle war in sehr fröhlicher Stimmung und sagte »Schöner Abend« oder »Es wird doch nicht regnen?« zu allen Leuten, denen sie begegneten. Er sagte, er glaube, er sollte immer auf dem Land leben. Es sei ein natürlicheres Leben als in einer Stadt. Außerdem wolle er Zeit haben, um viel zu malen. Sie gingen den Hügel hoch, bis sie das Meer sehen konnten. Es gab einige wenige Bäume auf der Spitze des Hügels. Sie setzten sich unter sie und rauchten und sahen aufs Meer. Pringle sagte:

»Ich würde nicht gerne mit einer Frau wie Sophy zusammenleben. Ich meine diese Pfirsiche und so weiter. Selbst Hector denkt das.«

Atwater sagte: »Ich könnte nie mehr als Freundschaft für eine dicke Frau empfinden.«

Sie beobachteten, wie ein Paar rechts von ihnen den Hügel heraufkam. Die Frau hatte ein rotes Gesicht, und der Mann trug eine karierte Mütze, einen Anzug aus blauer Serge mit enger kurzer Hose und sehr helle Socken. Sie erreichten die Spitze des Hügels und setzten sich auf einen Baumstamm auf der anderen Seite der Baumgruppe. Der Mann legte seinen

Arm um die Taille der Frau. Er nahm seine Mütze nicht ab. Pringle sagte:

»Die Liebe hat etwas Universelles.«

»Zweifellos.«

»Glaubst du nicht auch?«

»Doch, ja.«

»Nimm das Paar da drüben.«

Er nahm es und blieb eine Zeitlang bei dem Thema. Atwater hörte sich eine Menge von dem an, was Pringle sagte, und als es ihm unmöglich wurde, noch länger zuzuhören, dachte er über Susan nach und darüber, ob er sie am Montagabend sehen können würde oder ob sie immer noch verreist sei. Die Sonnenstrahlen prallten von den Türmen der Pumpstation auf einem entfernten Hügel scharf ab. Pringle kam zum Ende des mehr allgemeinen Teils seiner Stegreifüberlegungen und sagte jetzt zu Harriet:

»Was hältst du von ihr?«

»Wie meinst du das, was ich von ihr halte?«

»Also, was hältst du von ihr?«

»Als Frau?«

»Glaubst du, dass sie eine gute Ehefrau abgeben würde?«

»Mir scheint, das hängt davon ab, was du unter ›gut‹ verstehst.«

»Du musst doch wissen, was ich unter ›gut‹ verstehe.«

»Im Gegenteil.«

»Aber was hältst du davon, sie zu heiraten?«

»Ich werde es nicht tun.«

»Sie wäre natürlich zu zivilisiert für Hector. Er mag eher Frauen, die unkomplizierter sind.«

»Rede ihm das nicht ein. Er macht sowieso schon viel zu vielen Frauen Heiratsanträge.«

»Mach keine Witze«, sagte Pringle. »Harriet und ich werden wahrscheinlich heiraten.«

»Wirklich?«

»Ja.«

»Herzlichen Glückwunsch.«

»Danke«, sagte Pringle. »Wir mögen einander sehr.«

Atwater sagte: »Es macht die Ehe stets zufriedenstellender, wenn ihr beide euch sehr mögt.«

»Das tun wir.«

»Es freut mich sehr, das zu hören.«

»Ich glaube, auf eine Art hat sie Glück.«

Das Paar saß schweigend auf dem Baumstamm. Unter dem Einfluss der ungestümen Rottöne des Sonnenuntergangs waren die beiden näher zusammengerückt. Atwater sagte: »Es tut mir leid, dass ich am Montag wieder zurück muss.«

»Ich bin froh, dass es Platz für dich gab«, sagte Pringle, »obwohl es sehr schade war, dass Dr. Apfelbaum nicht kommen konnte, denn Hector und ich wollten mit ihm über den Kunstmarkt sprechen. Na ja, ist nicht zu ändern.«

»Vielleicht hast du später dazu noch eine Gelegenheit.«

»Das bezweifle ich.«

Atwater sagte: »Sollen wir jetzt zurückgehen?«

Sie standen auf. Pringle warf die Kippe seiner Zigarette weg und sagte:

»Ich glaube, sie wird eine gute Ehefrau abgeben.«

Die beiden Liebenden saßen nicht länger auf dem Baumstamm, sondern lagen seitlich auf dem Boden und sahen einander ins Gesicht. Der Mann hatte immer noch seine Mütze auf.

Pringle sah zum Meer hin. Er sagte:

»Am frühen Morgen hat man ein ganz besonderes Licht auf diesen Hügeln. Ich werde noch einige Zeit hierbleiben, denke ich, und weiter malen. Und dann werde ich im Frühjahr eine neue kleine Ausstellung haben.«

Atwater und Pringle gingen über die Felder zurück. Es war jetzt dunkel, und manchmal hatten sie Schwierigkeiten, Lücken in den Hecken zu finden, durch die sie durchklettern konnten. Einmal trat Pringle in ein Kaninchenloch und glaubte, er habe sich den Knöchel verstaucht, aber selbst dann blieb er in sehr guter Stimmung. In einigen Hügelsenken hing

Dunst, fast Nebel. Sie erreichten das Ende des Gartens und mussten über den Graben springen und über den Drahtzaun klettern. Sie sahen das Aufleuchten eines Sommerblitzes, als sie den Garten betraten, und im Schatten wirkte das Haus weniger hässlich. Sie gingen über die Blumenbeete auf das Wohnzimmer zu. Pringle schob die Terrassentür auf und trat ein. Atwater folgte ihm. Das Zimmer war dunkel. Pringle sagte:

»Hast du Streichhölzer?«

Atwater zündete ein Streichholz an und ging hinüber zum Kaminsims, wo die Öllampe stand. Pringle sagte:

»Warum in aller Welt sitzt ihr im Dunkeln da?«

Atwater zündete die Lampe an und wandte sich dem Zimmer zu. Barlow und Harriet saßen auf dem Sofa. Beide sahen ein wenig zerzaust aus, und Pringle, der nie besonders schnell darin war, Situationen zu erfassen, sagte:

»Warum sitzt ihr da im Dunkeln? Es ist ein wunderschöner Abend draußen.«

Er stellte die Lampe auf den Tisch und drehte die Flamme ganz auf. Harriet begann, sich die Schuhe anzuziehen. Ihr Haar war in großer Unordnung. Sie konnte einen Schuh nicht finden.

»Also wirklich«, sagte Pringle. Plötzlich dämmerte es ihm.

»Wo zum Teufel ist mein Schuh«, sagte Harriet. Sie kniete sich auf den Boden und sah unter das Sofa.

»Also wirklich«, sagte Pringle. Er war jetzt ärgerlich. Sehr ärgerlich. Atwater fragte sich, was passieren werde. Harriet fand ihren zweiten Schuh und zog ihn an. Sie legte die Hände auf ihre Hüften und wackelte sich ihr Kleid wieder passend zurecht. Sie sagte:

»Kann mir jemand eine Zigarette geben?«

Atwater gab ihr eine Zigarette und zündete sie an. Er nahm selbst eine und schaute auf Barlow. Dessen Haare standen hoch, wie die Harriets, und das gab ihm ein seltsam überraschtes Aussehen, was allerdings wegen der seltsamen Rauheit der Textur des Haars weniger auffiel. Jetzt sah es aus, als ob er es *en brosse* trage.

»Ich hatte immer schon den Verdacht«, sagte Pringle.

Barlow sagte nichts, aber er nahm seine Pfeife aus der Tasche und begann, sie zu füllen. Es schien nicht viel zu sagen zu geben. Harriet ordnete ihr Haar. Dann gähnte sie und sagte:

»Also, ich gehe jetzt ins Bett, Kinder. Ich bin müde.«

Sie füllte ihr Zigarettenetui auf und schlug die Tür hinter sich zu.

»Du bist ein Schuft«, sagte Pringle.

Barlow sagte: »Was?«

»Ein Schuft«, sagte Pringle. »Ein Schuft.« Zuerst verstand Barlow das Wort nicht. Dann sagte er:

»Ich weiß. Wir sind beide Schufte. Das hast du erst gestern gesagt, als wir über Olga sprachen.«

Pringle war völlig außer Atem. Er steckte seine Hände in die Taschen und nahm sie immer wieder heraus. Atwater hatte ihn noch nie so sehr zucken gesehen. Barlow versuchte, seine Pfeife anzuzünden.

»Sieh mal«, sagte er. »Das hier tut mir sehr leid.«

»Ich hab es schon seit einiger Zeit kommen sehen«, sagte Pringle.

Barlow hielt mit dem Anzünden seiner Pfeife inne und sah auf. Er sagte:

»Also, warum zum Teufel hast du mich nicht gewarnt? Ich bin noch nie im Leben so überrascht worden.«

Pringle sagte: »Seitdem ich dich kennengelernt habe, hast du immer einen schlechten Einfluss auf mich gehabt. Ich habe sogar das Gefühl, dass auch meine Malerei schlechter und schlechter geworden ist.«

»In welcher Hinsicht?«

»In jeder Hinsicht.«

»Ich bin mir sicher, du hast unrecht.«

»Ich weiß, dass ich recht habe.«

Barlow sagte: »Wie du die Farbe aufträgst oder welche Themen du wählst?« Er war wirklich interessiert und hatte aufgehört, seine Pfeife anzuzünden.

»Ich hab dich noch nie gemocht«, sagte Pringle. Seine Stimme war jetzt so hoch, dass er fast schrie. Barlow zündete ein neues Streichholz an.

»Das finde ich sehr bedauerlich«, sagte er.

»Bedauerlich?«, sagte Pringle. »Bedauerlich?«

»Wie auch immer, ich werde morgen abreisen.«

Jemand öffnete die Tür und kam ins Zimmer. Es war Mrs. Race. Sie hielt eine lange Zigarettenspitze in der Hand und trug ein seltsames grünes chinesisches Kleidungsstück. Sie sagte:

»Müsst ihr alle einen solchen Lärm machen?«

Pringle sagte:

»Ja, wir müssen einen solchen Lärm machen. Ich verlasse für zwei Minuten mein Haus, und als ich zurückkomme, finde ich diesen Mann auf dem Sofa zusammen mit der Frau, mit der ich verlobt bin. Seid alle verflucht. Ich mach so viel Lärm, wie ich will.« Er sagte zu Barlow:

»Ich werde dich morgen so früh, wie du möchtest, zum Bahnhof fahren.«

»Welche Züge gibt es morgen?«, fragte Barlow.

Mrs. Race sagte:

»Es gibt keine. Es ist Sonntag. Außerdem, ihr wisst beide so gut wie ich, dass das Auto defekt ist und auch so bleiben wird, bis der Mann von der Werkstatt kommt und es repariert. Er hat versprochen, Sonntagabend zu kommen. Ob er Wort hält oder nicht, ist eine andere Sache.«

»Montag dann«, sagte Pringle.

»Montag«, sagte Barlow.

Mrs. Race sagte: »Wenn ich jetzt zurück ins Bett gehe, kann ich dann von euch allen die Garantie haben, dass ihr etwas weniger Lärm macht?«

Pringle sagte: »Nein, kannst du nicht. Dies ist mein Haus, und ich werde so viel Lärm machen, wie ich möchte.«

Mr. Race zuckte die Schultern. Sie sagte:

»Ihr Männer seid immer so gereizt.« Sie sagte gute Nacht zu Atwater und ging wieder nach oben.

Es entstand eine Pause. Dies war eine jener Situationen, in der es, rein vom Standpunkt der Entwicklung aus betrachtet, keinen großen Unterschied machte, ob man im Recht oder im Unrecht war. So empfand es jedenfalls Atwater. Pringle sagte:

»Ich gehe jetzt und schließe das Haus ab.«

Er verließ das Zimmer. Sie hörten, wie er Türen abschloss und Riegel vorschob. Barlow sagte:

»Ich glaube, ich bin ins Fettnäpfchen getreten.«

»Das glaube ich auch«, sagte Atwater.

»Was denkst du so?«

»Dass du verrückt bist.«

Sie hörten, wie Pringle in der Küche Töpfe und Pfannen umstieß und fluchte. Es gab einen fürchterlichen Lärm, als etwas umfiel, das der Mülleimer gewesen sein musste. Pringle legte mehrere Hebel um und schlug ein Fenster zu. Barlow sagte:

»Ich hab mich wie ein Trottel benommen.«

Atwater sagte: »Ja, das stimmt.«

In der Küche fluchte Pringle und rasselte mit irgendwelchen Dingen. Dann rief er:

»Hierher. Hallo.«

»Was?«, sagte Atwater.

»Komm hierher.«

Atwater ging in die Küche. Es war niemand da, also ging er weiter in die Spülküche. Dort fand er Pringle. Er hatte sich mit seiner Jacke in den Hebeln und dem Griff verfangen, mit denen das Wasser abgestellt werden konnte. Er stand in einer verrenkten Haltung auf dem Spülbecken. Atwater kletterte auf das Spülbecken und zog an der Jacke. Sie zogen beide und zogen noch mal. Pringle fluchte.

»Zerreiß mir die Jacke nicht«, sagte er.

»Tue ich nicht.«

»Doch, wenn du weiter so ziehst.«

»Nein, ich glaube nicht.«

»Doch, tust du.«

Es sah so aus, als ob Pringle entweder aus seiner Kleidung geschnitten werden oder die ganze Nacht auf dem Spülbecken stehenbleiben musste, bis es möglich war, einen Klempner kommen zu lassen. Pringle blieb eingeklemmt zwischen allerlei Hähnen und Rädchen. Atwater sagte:

»Soll ich Hector holen?«

Pringle fluchte. Sie zogen wieder mehrere Male. Dann kam Barlow herein, um zu sehen, was passiert sei und warum Pringle einen solchen Lärm mache. Er sagte:

»Kann ich helfen?«

Atwater sagte: »Ja.«

Atwater und Barlow hoben Pringle hoch, um sein Gewicht von der Jacke zu nehmen. Indem sie in dieser Position erneut zogen, gelang es ihnen, sie zu befreien. Allerdings nahm diese Aktion mehrere Minuten in Anspruch. Dann zündeten sie die Kerzen an, die auf dem Tisch in der Spülküche lagen, und gingen zu Bett. Pringle war ganz weiß im Gesicht. Niemand sagte gute Nacht.

Atwater ging in sein Zimmer. Er schloss die Tür.

Er bemerkte, dass mehrere große Spinnen auf seinem Kopfkissen waren. Er fing eine nach der anderen mit seinem Zahnglas und warf sie aus dem Fenster. Aber er kümmerte sich nicht um die Motten, die sich um die Kerze versammelt hatten. Im Bett lag er noch eine kurze Zeit wach und dachte über die Ereignisse nach. Dann schlief er ein.

27

An diesem Morgen herrschte keine gute Atmosphäre in dem Haus. Barlow verließ es nach einem frühen Frühstück, um zu malen. Er hatte den Imbiss so zeitig eingenommen, dass Atwater ihn bereits auf seinem Weg ins Badezimmer mit einer Staffelei unter dem Arm das Haus verlassen sah. Atwater zog sich an und kam zur gleichen Zeit wie Sophy nach unten. Außer ihnen war niemand da. Sophy sagte guten Morgen und lächelte. Atwater fragte sich, wie viel Barlow ihr erzählt hatte; aber er dachte, dass sie Streitereien zwischen Barlow und Pringle gewohnt sei, und sagte nichts über den vorhergehenden Abend. Sophy schenkte ihm Kaffee ein und sagte:

»Also sind Barlow und Raymond wieder aneinandergeraten?«

Unter keinen Umständen nannte sie Barlow bei seinem Vornamen. Atwater sagte:

»Ja, das stimmt.«

»Sind sie nicht kindisch?«

Sie schien ganz zufrieden und glücklich und hatte sich von ihrem Unwohlsein wegen der Pfirsiche erholt. Sie saß da und lächelte in sich hinein, und nach dem Frühstück nahm sie ihren Nähkorb und begann, einige von Barlows Socken zu stopfen.

»Sind sie nicht alle spät dran?«, sagte sie.

Dann erschien Harriet. Sie hatte sich stark geschminkt und machte einen gelassenen Eindruck. Sie sprach viel und aß mit großem Appetit. Dennoch herrschte eine unangenehme Atmosphäre. Mrs. Race kam nie vor dem Lunch nach unten, und von Pringle gab es keine Spur. Nach dem Frühstück manikürte Harriet ihre Fingernägel, und Sophy stopfte Barlows Socken. Sie machte das nicht besonders gut, und Barlow musste seine Socken gewöhnlich hinterher wegwerfen, weil sie zu klumpig geraten waren. Aber die Tatsache, dass sie sie überhaupt gestopft hatte, gab ihnen beiden ein Gefühl des Vertrauens zueinander. Atwater las das Exemplar der »Vogue«, einschließlich der Anzeige über Haarentfernung, da er inzwischen alles Übrige fast auswendig kannte und es noch zu früh am Morgen war, um mit »Urn Burial« fortzufahren.

Harriet sagte: »Wollen wir nicht zu den Klippen gehen und uns dort hinsetzen. Ich hab heute keine Lust, im Haus zu bleiben.«

Sophy sagte, sie habe Barlow versprochen, ihn um zwölf an dem alten Sägewerk zu treffen, und es lohne sich deshalb kaum, dass sie mitkomme. Sonst, sagte sie, wäre sie liebend gerne zu den Klippen gegangen.

»Du musst mich begleiten, William«, sagte Harriet.

Sophy stopfte noch eine kurze Zeit länger Socken, ehe sie losging, um Barlow an dem alten Sägewerk zu treffen, denn sie wusste, dass er es nicht mochte, wenn sie zu früh ankam. Atwater und Harriet machten sich auf den Weg.

Es war sonnig und kühl, und sie gingen in Richtung Meer. Harriet trug keinen Hut und keine Strümpfe, aber sie hatte ihr Gesicht sehr erfolgreich geschminkt. Sie gingen ein kleines Stück die Straße entlang und kletterten dann über den Drahtzaun, der sie seitlich begrenzte, und wanderten quer über die Hügel. Die Luft war erfrischend, leicht metallisch und skandinavisch. Nachdem sie mehrere Wiesen überquert hatten, fanden sie eine Stelle, wo sie sich in die Sonne legen und von wo aus sie den Strand unter ihnen in beiden Richtungen überblicken konnten. Sie legten sich auf das Gras und sahen aufs Meer hinaus. Ein Geruch von Seetang, der vom Strand zu ihnen aufstieg, lag in der Luft. Sie konnten einige Boote sehen. Harriet sagte:

»William, ich bin so unglücklich.«

»Wirklich?«

»Alles geht immer schief.«

»Ja?«

»Hast du mal eine Zigarette?«

Er gab ihr eine Zigarette und sah ihr zu, wie sie dalag und rauchte. Sie hatte schöne Beine, die braun waren von der Sonne, und die Sonne hatte auch etwas von ihrem Haar gebleicht, so dass zwei oder drei Locken heller waren als der Rest. Sie sah Atwater mit halb geschlossenen Augen an.

»Meinst du nicht, dass ich ein ziemliches Schlamassel angerichtet habe?«

»Ja, der Meinung bin ich.«

Sie lachte und rollte sich auf den Bauch.

»Sieh mal«, sagte sie, »da ist Raymond.«

Atwater richtete sich auf und sah zum Strand hinunter. Pringle wanderte langsam an ihm entlang. Er trug einen Anzug und hatte seine Hände in den Taschen und machte sehr lange Schritte, die ihn kleiner erscheinen ließen, als er in Wirklichkeit war. Harriet sagte:

»Meinst du, es wäre besser, wenn er sich einen Bart wachsen ließe?«

Sie beobachteten jetzt Pringle, anstatt aufs Meer zu schauen. Er wanderte weiter, bis er fast direkt unterhalb von ihnen war, wo sie ihn sehen konnten, aber er nicht sie. Er stand dort einen Moment lang, nahm dann seine Armbanduhr ab und steckte sie in seine Tasche. Er begann, sich auszuziehen. Während er sich seiner Kleidung entledigte, faltete er sie und legte sie zu einem ordentlichen Haufen zusammen.

»Raymond sollte sich nicht am helllichten Tag so an dem zugänglichsten Teil des Strandes ausziehen«, sagte Harriet. »Jeder könnte vorbeikommen. Absolut jeder. Einige Leute könnten Anstoß nehmen.«

Atwater sagte: »Er hat sein Handtuch vergessen.«

Sie beobachteten, wie Pringle sich weiter auszog. Schließlich war er nackt. Er stand da mit den Händen auf der Hüfte und sah aufs Meer. Er war weiß bis zum Hals hoch. Sein Kopf war braun und groß und ließ ihn kopflastig erscheinen. Die Sonne färbte sein Haar sehr rot.

»Er hat einen schlechten Körperbau«, sagte Harriet.

Pringle stand eine Zeitlang da und streckte sich. Dann ging er zum Meer. Er schritt sehr zögerlich, weil ihm offensichtlich die Fußsohlen wehtaten, als er über die Steine lief. Als er das Wasser erreicht hatte, hielt er inne und sah zurück in die Richtung, in der das Haus lag. Harriet sagte:

»Er erinnert sich jetzt an sein Handtuch.«

Aber Pringle ging in Meer hinein. Er hob die Beine hoch, so als ob er auf der Stelle marschiere, und platschte das Wasser weg von seinen Knöcheln. Plötzlich wurde es tiefer und ging ihm bis zur Taille. Er beugte sich nach vorn und begann zu schwimmen. Die Sonne fiel auf seinen Arm, als er weiter hineinschwamm und dabei ein großspuriges Seitenschwimmen vollführte. Das Meer sah sehr blau aus, und am Horizont hatte sich ein Nebelschleier gebildet. Sie beobachteten ihn eine kurze Zeitlang. Sein Kopf war wie eine seltsame rote, auf dem Wasser treibende Frucht. Dann schwamm er in die Sonne hinein und war nur noch schwer zu erkennen. Harriet stand auf und streckte sich. Sie sagte:

»Lass uns zum Wald gehen.«

»Warum?«

»Es ist schön da.«

»Wirklich?«

»Ja.«

Atwater stand vom Gras auf. Er guckte hinunter auf das Meer, aber Pringles Kopf war nicht mehr zu sehen. Der Nebelschleier am Horizont verdichtete sich. Mehrere kleine Segelboote kamen in seinen Blick, auch ein schwarzes Schiff mit einem Schornstein und Rauch. Sie wandten sich von den Klippen ab, stiegen durch eine Hecke und setzten ihren Weg über ein Stück Ackerland fort. Es hatte tiefe Furchen, so dass sie von der Spitze einer Scholle zur Spitze der nächsten hüpfen mussten und dabei entweder zu lange oder zu kurze Schritte machten. Harriet stolperte und nahm seinen Arm. Sie sagte:

»Bist du in jemanden verliebt, William?«

»Ja.«

»Wirklich?«

»Ich hab's doch gerade gesagt, ja.«

»Ich auch. Aber ich sehe ihn nie. Also was soll's?«

»Ich weiß es nicht.«

Sie erreichten das Ende des Ackers und betraten den Wald, wo die Sonne schräg durch die Zweige schien. Sie kamen an eine Lichtung, eine Senke mit einem Wall auf beiden Seiten. Harriet setzte sich hin, und Atwater setzte sich neben sie. Sie sagte:

»Meinst du, dass sich eines Tages alles zum Guten wendet?«

»Nein.«

»Ich auch nicht«, sagte sie. Sie lachte wieder.

Atwater sagte: »Wie wird es mit alldem weitergehen?«

»Ich weiß es nicht«, sagte sie. »Noch nicht.«

»Was meinst du denn?«

»Ich weiß es nicht.«

Sie hielt ihre Augen halb geschlossen. Atwater nahm wieder wahr, dass ihr Gesicht zwar stark geschminkt war, dass sie das aber gut gemacht hatte. Er legte seinen Arm um sie und küsste sie. Sie lachte und lag in seinen Armen und schloss die Augen. Es war völlig still im Wald, außer dass sie hin und wieder die Brandung des Meeres hörten.

»Es ist sehr schön, hier zu liegen, oder, William?«

»Ja.«

»In wen bist du verliebt?«

»In keine, die du kennst.«

»Wirklich nicht?«

»Nein.«

»Triffst du sie je?«

»Sie ist verreist.«

»Wirklich?«

»Ja.«

Sie lag in seinen Armen und fühlte sich warm und fest an, als er seine Hand über ihren Körper gleiten ließ. Es lag ein Duft von Blättern in der Waldluft, und das Gras war weich, und es war angenehm, auf ihm zu liegen, trotz all der Insekten, die darüber herumsummten.

»In wen bist du verliebt?«, fragte er.

»In einen ganz komischen Mann.«

»In wen?«

»Du hast ihn nie kennengelernt. Er ist ein Süßer.«

»Wirklich?«

»Ja«, sagte sie. »Aber er lebt in Spanien.«

Die Luft war schwer von dem übersüßen Duft der Blätter. In der Nähe sangen Vögel. Das Sonnenlicht schien durch die Zweige.

»Du bist ein schlimmes Mädchen, Harriet.«

»Ich weiß.«

Er küsste sie.

»Aber was tust du da?«, sagte sie.

In dem Wald schien alles sehr weit entfernt. Die Insekten summten ohne Unterlass um sie herum.

»William.«

»Harriet.«

»Das ist albern.«

»Überhaupt nicht.«

»Warte einen Moment.«

»Das ist besser.«

»Wem gehört dieser Wald«, fragte sie.

Er lachte und lag in ihren Armen und küsste sie. Das Universum schien auf eine bemerkenswerte Weise abwesend.

Und dann machte die Realität sich wieder geltend. Die Vögel sangen noch immer ein wenig, und sie hörten die Brandung des Meeres vom Strand her. Harriet kicherte. Sie schüttelte ihr Haar.

»Hast du einen Taschenkamm?«, fragte sie, als sie aufstand.

»Verflucht, muss du denn kichern?«

»Hast du einen Kamm?«

»Nein.«

»Ich denke, wir sollten jetzt zurückgehen.«

»Ja.«

Sie verließen den Wald. Es war kühler geworden, und der Lärm vom Meer her klang intensiver. Einige Wolken hingen am Himmel. Atwater sagte:

»Wir nehmen besser die Straße. Es wird bald regnen.«

»Wirklich?«

»Offensichtlich.«

Sie gingen durch den Wald und über eine Wiese und erreichten die Straße.

Harriet sagte: »Geh nicht so schnell.«

»Warum nicht?«

»Mein Schuh tut mir weh.«

»Zum Teufel mit deinem Schuh.«

Sie lachte und sagte:

»Wisch dir besser den Lippenstift aus dem Gesicht, bevor du ins Haus gehst.«

Als sie in die Nähe des Hauses kamen, begann es in großen Tropfen zu regnen. Der Himmel war grau geworden. Ein starker Regen zog herauf.

»Wir hatten Glück, dass uns der nicht erwischt hat«, sagte Harriet.

Atwater sagte: »Ja, das stimmt.«

28

Barlow und Sophy saßen im Wohnzimmer. Sie machten einen glücklichen Eindruck. Barlow hatte ein ausgezeichnetes Bild gemalt. Er zeigte es Atwater. Harriet ging nach oben, um ihr Haar zu kämmen. Barlow sagte:

»Ihr seht heute Morgen beide so wissend aus. Was habt ihr gemacht?«

»Wir haben auf den Klippen gesessen und aufs Meer hinausgeschaut.«

»Hat es Spaß gemacht?«

»Es war nicht übel.«

Atwater setzte sich auf einen Holzkasten, in dem der Rotwein angekommen war, und zündete sich eine Zigarette an. Barlow wischte mit einem Lappen und Terpentin Farbe von seinem Daumennagel. Harriet hatte sich das Haar gekämmt und kam herunter. Sie sagte:

»Wir haben Raymond im Meer schwimmen sehen. Er hatte sein Handtuch vergessen.«

Mrs. Race sah durch die Tür. Sie hatte den »Daily Mirror« in der Hand.

»Ist der Lunch fertig?«, fragte sie.

Atwater sagte: »Wir warten auf Raymond. Ich vermute, er ist bald zurück. Wir haben ihn im Meer schwimmen sehen.«

Mrs. Race setzte sich aufs Sofa und las den »Daily Mirror«.

Sophy stopfte Barlows Socken, und Atwater nahm die »Vogue« in die Hand. Er öffnete sie, legte sie aber wieder hin und schaute aus dem Fenster auf den Regen. Harriet zog das Grammofon auf. Mrs. Race sagte:

»Der arme Raymond ist ein sehr schlechter Gastgeber, dass er uns so auf sich warten lässt.«

Sie warf den »Daily Mirror« auf den Boden und seufzte. Barlow sagte:

»Ich meine, wir sollten noch ein bisschen länger warten.«

Mrs. Race fragte: »Hast du ihn heute Morgen schon gesehen?«

»Noch nicht. Ich habe das Haus früh verlassen, um zu malen. Hat jemand mit ihm gesprochen?«

Niemand hatte mit ihm gesprochen. Barlow sagte:

»Glaubst du, es wird peinlich werden?«

Ihn hatte ein wenig der Mut verlassen. Mrs. Race sagte:

»Es wird vielleicht sehr peinlich werden.«

»Ich meine, glaubst du, er wird Schwierigkeiten machen?«

Mrs. Race sagte: »Mir scheint, die macht er doch dauernd. Er macht Schwierigkeiten und ist grob.«

Sie hatte augenscheinlich schlecht geschlafen. Sie nahm die Zeitung wieder auf. Alle warteten und lauschten dem Grammofon. Von Pringle gab es weiterhin keine Spur. Barlow sagte:

»Ich meine, wir sollten noch ein bisschen länger warten, unter diesen Umständen.«

Harriet sagte: »Vielleicht ist er ja auch ertrunken.«

»Oder seine Kleidung ist ihm gestohlen worden«, sagte Sophy. »Es würde mich nicht wundern.«

»Hätte er das nicht allzu gern?«, sagte Harriet. Sie lachte und sah Atwater an, der ihren Blick mit hochgezogenen Augenbrauen beantwortete.

»Er wird seine ganze Kleidung wechseln müssen, wenn er zurückkommt«, sagte Sophy. »Sie wird völlig durchnässt sein.«

Sie warteten. Alle waren hungrig. Als die Uhr schlug, stand Mrs. Race auf. Sie sagte:

»Ich gehe jetzt und esse zu Mittag. Es wird das Erste sein, das ich heute zu mir nehme, es sei denn, man zählt die Aspirin-Tablette mit, die ich um elf eingenommen habe. Ihr andern könnt ja tun, was ihr für das Beste haltet.«

»Wir können uns ja auch zu ihm setzen, wenn er dann kommt«, sagte Barlow. »Das ganze Essen ist kalt. Es ist leichter, den Lunch am späten Nachmittag einzunehmen, wenn es sich um einen kalten Lunch handelt.«

Er machte sich Sorgen um Pringle. Harriet sagte:

»Es ist natürlich absurd, so lange mit dem Lunch zu warten. Wir gehen jetzt sofort rüber.«

Atwater folgte ihnen ins Esszimmer. Der Tisch war gedeckt. Das kalte Rindfleisch stand am Ende des Tisches, und oben auf ihm lag ein Umschlag. Harriet sagte:

»Das ist vermutlich die Rechnung des Metzgers. Ethel findet immer einen ganz besonderen Weg, unsere Aufmerksamkeit auf solche Dinge zu lenken.«

Barlow langte über den Tisch und holte sich den Umschlag. Er öffnete ihn. Es war nur ein einzelnes Blatt Papier darin. Er las es. Als er es gelesen hatte, reichte er es an Atwater weiter. Atwater las es. Dann las er es noch einmal durch. Es handelte sich um eine Nachricht von Pringle. Sie besagte, dass er schon seit Monaten an Depressionen leide. Dass er das Gefühl habe, im Leben versagt zu haben. Zu alldem seien noch die Ereignisse des vorhergehenden Abends gekommen. Deshalb denke er, dass er an diesem Morgen nicht vom Schwimmen im Meer zurückkommen werde. Er bat sie, den Brief zu vernichten. Er fügte hinzu, dass sich zwei Fünf-Pfund-Noten in der rechten oberen Schublade seiner Frisierkommode neben seinem Bett befänden. Er bat sie, mit dem einen Schein Ethel zu bezahlen (und das Wechselgeld Harriet zu geben) und den anderen an seine Schwester zu schicken.

Atwater setzte sich und las den Brief zum dritten Mal.

»Was hältst du davon?«, fragte Barlow.

Atwater sagte, dass er nicht wisse, was er davon halten solle. Er hatte aber noch nie so klar wie in diesem Moment erkannt, welch ein Fehler es gewesen war, zu Pringle aufs Land zu fahren und bei ihm zu wohnen. Er reichte die Nachricht an Harriet weiter, die direkt neben ihm stand. Harriet las sie und las sie dann laut vor. Eine kurze Zeitlang sagte niemand etwas. Es schien nichts zu sagen zu geben, das die Situation wesentlich erleichtern würde. Schließlich sagte Harriet:

»Ich denke nicht, dass er es ernst meint. Es ist einfach nur sein Minderwertigkeitskomplex, der sich hier zeigt, glaubt ihr nicht?«

Sophy war am meisten überrascht. Das Kino hatte sie an heftige Gemütsbewegungen gewöhnt, aber als es ihr bewusst wurde, dass Pringle Selbstmord begangen hatte, weinte sie ein wenig. Sie kannte keine Details von den Ereignissen des vorhergehenden Abends. Nur, dass Barlow und Pringle sich gestritten hatten. Sie hatten sich oft gestritten, und sie und Barlow würden das Haus sowieso am Montag verlassen, denn sie musste zurück zu ihrer Arbeitsstelle in dem Geschäft. Aber sie mochte jeden, und deshalb weinte sie ein wenig. Ihr Körper wurde von sanften Zuckungen durchschüttelt, während sie weinte.

»Ich hatte eine Vorahnung, dass so etwas Ähnliches passieren würde«, sagte Mrs. Race. »Ich wusste es von Anfang an. Es ist mir unverständlich, warum ich gekommen bin.«

Barlow sagte: »Ich glaube, das ist alles meine Schuld.«

Er sah sehr, sehr niedergeschlagen aus.

Atwater war hungrig; aber er hielt es für gefühllos, etwas zu essen, während die Leiche ihres Gastgebers den Ärmelkanal hinuntertrieb. Er sagte:

»Was sollen wir jetzt tun?«

Mrs. Race sagte: »Ich weigere mich zu glauben, dass das nicht einer seiner plumpen Scherze ist. Ich hege keinen Zweifel, dass er auftauchen wird, wenn wir jetzt den Lunch einnehmen.«

Barlow sagte: »Aber, ich meine, wir können den Lunch nicht einnehmen.«

»Schlägst du vor, dass wir nie mehr was essen sollen?«

Harriet sagte: »Der Tisch ist gedeckt. Wir können jetzt essen und es Lunch nennen. Oder wir können um halb acht essen und nennen es dann Dinner.«

Mrs. Race sagte: »Wenn wir etwas gegessen haben, werden wir eher in der Lage sein, mit der Situation fertigzuwerden. Dessen bin ich mir sicher.«

Sie setzten sich und begannen zu essen. Sie sprachen sehr wenig miteinander. Atwater war hungrig, aber dadurch, dass er die Bissen so in den Mund steckte, als ob er innerlich unbeteiligt sei, versuchte er, den Eindruck zu erwecken, dass er nicht viel äße.

»Ich glaube, er kommt zurück«, sagte Harriet; aber sie schien gleichzeitig völlig eingeschüchtert von der Situation.

Barlow sagte: »Wir müssen nach dem Lunch etwas in dieser Sache unternehmen.«

»Kannst du mir bitte die Rote Beete reichen, Sophy?«, sagte Mrs. Race. Sie blickte gerade vor sich hin. Sie aßen schweigend.

Atwater sagte: »Wir könnten nach dem Lunch nachsehen, ob seine Kleidung noch daliegt.«

»Das heißt, wenn er noch nicht zurück ist.«

Barlow schnitt ihnen allen etwas Brot ab. Sophy verschluckte sich, und nachdem Harriet ihr auf den Rücken geklopft hatte, begann sie wieder zu weinen. Sie borgte sich Barlows Taschentuch aus, da sie vergessen hatte, ihr eigenes mit herunterzubringen, und etwas von der Ölfarbe an ihm übertrug sich auf ihr Gesicht. Barlow sagte:

»Ich glaube, wenn er nicht zurückkommt, sollten wir die Polizei informieren.«

Atwater wickelte seinen Käse aus dem Silberpapier. Mrs. Race aß Kirschen. Sie sah an diesem Tag unglaublich alt aus. Barlow sagte:

»Ich glaube, es ist sehr viel meine Schuld.«

Nach dem Lunch machten sie keinen Kaffee. Pringles Medizin stand an seinem Platz am Kopfende des Tisches, und als Harriet aufstand, stieß sie aus Versehen die Flasche um. Sie fiel zu Boden und zerbrach. Sie räumten die Splitter mit der Kohlenschaufel weg, aber die Arznei hatte einen Fleck auf dem kleinen Teppich hinterlassen, einem ganz besonderen Teppich, der Pringle von dem Mann, der ihn entworfen hatte, zur Abgeltung von Schulden überlassen worden war.

Sie warteten eine kleine Weile, um das Essen zu verdauen, und wanderten dann zum Strand. Es regnete immer noch, aber es war nur noch ein leichter Nieselregen, und Mrs. Race war die Einzige, die einen Schirm trug. Sie brauchten länger bis zu der Stelle, wo Pringle sich ausgezogen hatte, als Atwater und Harriet zu dem Punkt gebraucht hatten, von wo aus sie ihn gesehen hatten, denn es führte kein Weg von den Klippen hinunter, und sie mussten das ganze Stück am Strand entlanglaufen. Die Kieselsteine waren glitschig vom Regen. Sie gingen um eine kleine Landzunge herum, die an diesem Teil des Strandes eine geschützte Bucht bildete. Die Kleidung lag noch da und war sehr nass vom Regen. Sie gingen hin und schauten auf sie. Sophy hielt ein Taschentuch, das sie vorsichtshalber mitgenommen hatte. Atwater sagte:

»Sollen wir sie mit zurücknehmen?«

»Was meinst du?«

Mrs. Race sagte: »Wir nehmen sie besser mit zurück.«

Jeder nahm ein Kleidungsstück, Harriet die Hose, die sie mit den daran befestigten Hosenträgern über ihre Schultern geschlungen hielt, und Sophy all die kleinen Sachen, die mühselig zu tragen waren. Sie gingen über die glitschigen Steine an der Küste entlang zum Haus zurück. Barlow war niedergeschlagen. Er sagte immer wieder:

»Wisst ihr, das ist alles meine Schuld.«

Mrs. Race sagte: »Wenn du das noch einmal sagst, schlage ich dich.«

»Ich meine, wir sollten jemanden darüber informieren.«

Atwater sagte: »Wen? Und was sollen wir sagen?«

»Die Polizei oder so.«

Mrs. Race sagte: »Wer hat, abgesehen von Kriminalromanen, je davon gehört, dass jemand zur Polizei geht. Was könnte sie auch schon tun?«

»Besonders, da es sein Wunsch ist, es wie einen Unfall aussehen zu lassen«, sagte Atwater.

Harriet sagte: »Wahrscheinlich ist er um die Klippe herumgeschwommen und dann den ganzen Weg zum Bungalow-Hotel gelaufen, wo er geblieben ist, um uns einen Schrecken einzujagen.

Aber es schien nicht so, als ob sie auch wirklich glaubte, dass Pringle das getan hatte. Atwater sagte:

»Jedenfalls ist das Auto noch defekt. Wir werden morgen auf unserem Weg nach Hause jemanden informieren.«

Danach sprach niemand.

Als sie das Haus erreichten, brachten sie Pringles durchnässte Kleidung in sein Zimmer. Atwater fragte sich, warum Pringle einen Anzug angezogen hatte, wenn er sich zu ertränken beabsichtigte. Oft trug er nur Shorts und ein Hemd, aber aus irgendeinem Grund hatte er heute viele Kleidungsstücke angelegt – um mehr Unannehmlichkeiten zu verursachen, wie Atwater vermutete. Wie auch immer, mit welcher Kleidung er ins Wasser gehen wollte, war schließlich seine Sache. Die nasse Kleidung roch unangenehm, und Atwater schloss die Zimmertür hinter sich. Mr. Race sagte, sie wolle sich etwas hinlegen. Atwater ging nach unten, wo er sah, dass Ethel die Reste des Lunchs wegräumte. Als Atwater sie auszahlte, schien sie es zu bedauern, dass sie ihren Job nicht weiter ausüben konnte. Harriet nahm das Wechselgeld in Empfang und ging hinauf in ihr Zimmer, um einen Brief an irgendwelche Juden zu schreiben, die sie in Leicestershire kannte und die sie wahrscheinlich für ein, zwei Wochen aufnehmen würden. Atwater setzte sich und begann mit dem Entwurf eines Briefes an Pringles Schwester, die mit einem der Direktoren einer Ölfirma verheiratet war. Atwater erinnerte sich, dass Pringle stets gesagt hatte, sie halte ihn für einen sehr seltsamen Menschen. Deshalb vermutete er, dass sie nicht allzu überrascht sein würde, wenn sie den Brief erhielt. Jedenfalls hoffte er, dass er ihr keinen Schock bereitete. Er las den Brief Barlow vor, ehe er ihn zusammen mit der Fünf-Pfund-Note in den Umschlag steckte und diesen dann verschloss. Er dachte, wie reich die Menschen auch immer sein mochten, sie würden sich freuen, eine unerwartete Fünf-Pfund-Note zu erhalten.

29

Der Sonntagnachmittag verging langsam, und mit der Zeit wurde es leichter, sich an die Vorstellung von Pringles Selbstmord zu gewöhnen. Nach einem weiteren starken Guss hatte der Regen aufgehört. Es war warm, so dass Dampf von dem nassen Rasen aufstieg, und Wasser tropfte von den Lorbeerbüschen herab. Das Tennisnetz, das abzunehmen oder auch nur von den Befestigungen zu lösen sich niemand die Mühe gemacht hatte, hatte nachgegeben und sich aufs Gras gesenkt. Barlow und Sophy waren im Garten und sprachen über ihre Rückkehr nach Hause. Es war ein Sonntagnachmittag der traditionellen Art: Die Kirchenglocken klangen melancholisch von weit her über die Felder. Atwater saß im Haus und las George du Mauriers Roman »Trilby«, den Barlow kurz zuvor Sophy zum Geburtstag geschenkt hatte. Er kannte ihn schon, aber unter den gegebenen Umständen schien er das passende Buch zu sein. Zwar schlug das Verhalten der Charaktere in ihm eine vertraute Note an, aber es war ein Ton, den zu ertragen ihm nicht allzu schmerzhaft erschien. Während er las, kam Mrs. Race ins Zimmer. Ihr Aussehen entsprach noch immer vollkommen ihrem Alter. Sie hatte sich hingelegt, aber sie hatte ihre Frisur wieder zurechtgemacht und sah insgesamt weniger ungepflegt aus als am frühen Nachmittag. Sie sagte:

»Warst du mit unserem verstorbenen Gastgeber eigentlich gut bekannt?«

»Ich kenne ihn schon seit etwa drei Jahren.«

»Erstaunt dich diese Sache?«

»Nicht besonders.«

»Ich bin sehr, sehr ärgerlich«, sagte Mrs. Race. »Sehr ärgerlich. Ich könnte Harriet eine knallen. Aber wenn sie es nicht gewesen wäre, dann wäre es jemand anderes gewesen. Dem muss man ins Auge sehen.«

»Es tut mir sehr leid, dass das passiert ist«, sagte Atwater. Er sah nicht ein, warum er Mrs. Race gegenüber seine Gefühle weiter ausführen sollte.

»*Jeder* könnte natürlich ertrinken«, sagte Mrs. Race.

»Jeder.«

»Hast du das seiner Schwester geschrieben?«

»Mehr oder weniger.«

»Du hast seine Nachricht vernichtet?«

»Ja.«

»Ich meine, wir sollten diese Sache irgendwann melden.«

»Das können wir tun, wenn wir morgen in die Stadt fahren. Heute geht es nicht. Das Auto ist defekt.«

»Es ist sowieso nichts zu machen, wenn wir es melden.«

»Wem melden wir es?«, sagte Atwater. »Dem Polizisten, der den Verkehr regelt?«

»Was machst du während des Rests deines Urlaubs?«

»Ich wollte morgen sowieso zurück zu meiner Arbeitsstelle.«

»Du hättest also vielleicht gar nichts von dieser Sache mitgekriegt?«

»Ja.«

Mrs. Race seufzte.

»Keiner ist besonders rücksichtsvoll gewesen«, sagte sie.

»Nein.«

»Wo sind die anderen?«

»Sophy und Barlow sind im Garten. Harriet ist oben und schreibt Briefe.«

»Ich mache jetzt einen kurzen Spaziergang und versuche, einen klaren Kopf zu bekommen.«

Atwater las weiter »Trilby«, und Mrs. Race machte ihren Spaziergang. Er las eine Zeitlang. Dann legte er das Buch beiseite. Es sei psychologisch interessant, dachte er, dass die Romanfigur Little Billee den Arbeiterclubs so viel Freude abgewinnen konnte, und sehr schade, dass Pringle nicht in der Lage gewesen war, eine ähnlich unangreifbare Art der Entspannung zu finden. Der gute alte Pringle. Er hatte all die schlechtesten

Eigenschaften von Little Billee und Svengali zusammengenommen, ohne den weltlichen Erfolg des Ersteren oder die hypnotischen Kräfte des Letzteren zu besitzen. Andererseits hatte er einen amüsanteren Zirkel von Freunden als jene. Es war irgendwie schade, dass er nicht mehr lebte. Atwater dachte noch über sie alle nach, und darüber, wie Pringle Trilby selbst bedrängt haben würde, wenn er sie gekannt hätte, als Barlow aus dem Garten kam. Sophy war nicht bei ihm. Er sagte:

»Was ist deine Meinung über diese Sache?«

»Ich meine, dass er etwas sehr Dummes getan hat.«

»Glaubst du, dass es meine Schuld war?«

Atwater stand auf. Er hatte plötzlich das Gefühl, sich erbrechen zu müssen. Das Einzige, was er jetzt wünschte, war, sofort abzureisen, ehe er Pringle ins Meer folgte. Aber er sagte:

»Ist der Mann schon gekommen, um das Auto zu reparieren?«

»Nein. Er sagte, es könne spät werden.«

»Wird er denn kommen?«

»Er ist, was man einen verlässlichen Mann nennt.«

»Dann werden wir also morgen abreisen können?«

»Sollten wir nicht heute Abend mit dem Auto in die Stadt fahren und jemandem melden, dass er nicht zurückgekommen ist und dass wir seine Kleidung gefunden haben?«

»Wenn das Auto repariert ist, kannst du ja in die Stadt fahren, falls du das möchtest.«

»Ich kann nicht Auto fahren.«

»Ich auch nicht.«

»Wie kommen wir dann morgen hier weg?«

»Harriet muss uns fahren. Oder sie wird erwürgt.«

»Wäre es nicht besser, wenn sie heute Abend in die Stadt führe?«

»Ich würde es ihr vorschlagen, wenn ich du wäre.«

»Soll ich?«

»Wenn es dich glücklicher macht.«

»Würde sie fahren?«

»Ist das wahrscheinlich?«

»Die Chalks werden nach dem Haus sehen, bis seine Schwester kommt.«

»Ja.«

Barlow sagte: »Es überrascht mich nicht wirklich, dass er es getan hat.«

»Wir werden für das Auto in der Nähe des Bahnhofs eine Garage finden müssen und es dort zurücklassen«, sagte Atwater.

»Das war ein sehr guter Brief, den du an seine Schwester geschrieben hast.«

»Sie hat immer damit gerechnet, dass etwas dieser Art passieren würde.«

»Ich ebenfalls«, sagte Barlow. »Aber es ist absurd, dass ich die Ursache davon sein sollte. Ich meine, er schien mich immer zu mögen.«

»Ich stimme fast Naomi Race zu. Sie sagt, er habe uns alle im Stich gelassen.«

»Sagt sie das wirklich?«

»Mehr oder weniger.«

»Natürlich, in einer Art hat er das getan.«

»Du bist auch der Meinung?«

»Aber andererseits habe ich das Gefühl, dass ich mich wieder schlecht gegenüber Sophy verhalten habe. Jedenfalls denke ich, ich sollte sie wirklich heiraten. Aber was hättest du getan, wenn du dich mit Harriet in der gleichen Lage befunden hättest?«

»Es scheint mir wenig gewinnbringend, über hypothetische Situationen dieser Art zu diskutieren. Ich meine, du hast dich unklug verhalten.«

»Aber was hättest du getan?«

»Ich hab wirklich keine Ahnung.«

»Ich vermute, du wärest genauso unklug gewesen.«

»Das ist und bleibt reine Ansichtssache.«

»Glaubst du, es wäre gut, wenn ich seriös würde und Miriam heiratete?«

»Es hätte dir vielleicht einmal eine Menge Ärger erspart. Jetzt ist es zu spät.«

Barlow sagte: »Ach, man weiß nie. Das hier ist genauso eine Sache, die wieder passieren könnte.«

»Meinst du wirklich?«

»Man muss schließlich den Tatsachen ins Auge sehen.«

»Es tut mir sehr leid, dass es passiert ist.«

»Sophy ist äußerst bestürzt.«

»Das überrascht mich nicht.«

»Welch ein Esel ich doch war«, sagte Barlow. »Ich wünschte, es wäre nie passiert. Wie auch immer, ich glaube nicht, dass Miriam mich nehmen würde.«

Atwater setzte sich wieder. Er fühlte sich weiter unwohl, aber die plötzliche Übelkeit hatte ihn verlassen. Barlow sagte:

»Ich gehe bis zum Abendessen wieder in den Garten. Kommst du auch?«

»Nein.«

»Und wir werden die Sache morgen in der Stadt melden?«

»Gut.«

»Was machst du jetzt?«

»Ich lese ein Buch.«

Barlow ging hinaus. Atwater goss sich ein großes Glas Sodawasser ein und trank es aus. Dann goss er sich noch mehr ein und trank das auch. Er hasste sie alle, und sein einziger Wunsch war, Susan wiederzusehen. Wo zum Teufel war sie hingefahren? Was Harriet betraf… Er nahm sein Zigarettenetui aus der Tasche, aber es war leer. Das Zimmer war immer noch in Unordnung, und er suchte nach dem Zigarettenkasten, der gewöhnlich hier stand. Er konnte ihn nicht finden und gab die Suche auf. Er setzte sich wieder und dachte nach. Seine Konzentration auf das Problem brachte ihm die Erkenntnis, dass sich der Zigarettenkasten im Esszimmer befinden müsse. Er ging über den Gang. Die Esszimmertür war geschlossen. Er hörte, wie sich drinnen jemand bewegte. Er blieb stehen und lauschte. Dann trat er ein. Es überraschte ihn nicht allzu sehr,

Pringle zu sehen, der neben dem Tisch stand, aber er wunderte sich, warum Pringle einen Seemannspullover, Cordhosen und Watstiefel trug. Atwater schloss die Tür hinter sich. Pringle stützte sich mit einer Hand auf den Tisch und sah sich im Zimmer um. Atwater sagte:

»Hallo.«

»Hallo«, sagte Pringle. Er sah nicht auf.

»Suchst du etwas?«

Pringle drehte sich um. Er machte einen müden Eindruck. Er sagte:

»Ich hab einen Brief geschrieben und ihn auf dem Tisch liegengelassen, bevor ich heute Morgen weggegangen bin.«

»Hast du ihn oben auf dem Rindfleisch liegengelassen?«

»Ja.«

»Den haben wir leider vernichtet.«

»Ihr habt ihn gelesen?«

»Ja.«

»Alle?«

»Ja.«

»Ich hab mich entschlossen, es nicht zu tun«, sagte Pringle. »Ich wurde von einigen Männern in einem Boot aufgegriffen. Deshalb trag ich diese Sachen.«

»Wir haben deine Kleidung zurückgeholt«, sagte Atwater. Er war verlegen. Pringle sah sehr müde aus. Pringle sagte:

»Ich hoffe, ihr wart vorsichtig mit meiner Armbanduhr. Sie war in einer der Jackentaschen.«

»Sophy hat etwas Salatöl in das Uhrwerk geträufelt. Es war ziemlich nass.«

»Wer hat die Medizinflasche zerbrochen?«

»Harriet.«

»Absichtlich?

»Nein, unabsichtlich. Ich fürchte, der kleine Teppich hat ziemlich gelitten.«

»Es hat ihn ruiniert.«

»Ja, das stimmt.«

»Ich hab mich generell gegen Selbstmord entschieden«, sagte Pringle.

»Wir haben uns alle große Sorgen gemacht.«

»Zufälligerweise waren eine Menge Boote in der Nähe. Aber einige von ihnen haben mich überhaupt nicht beachtet.«

»Ich hab an deine Schwester geschrieben, aber den Brief noch nicht abgeschickt. Ich hab Ethel ausbezahlt. Harriet hat das Wechselgeld gekriegt.«

»Einer der Männer in einem anderen Boot sagte, er würde mich bei der Polizei anzeigen, weil ich ohne Badeanzug geschwommen sei.«

Pringle sah aus, als ob er sich kaum noch auf den Beinen halten könne. Alle Kleidungsstücke, die er trug, waren ihm zu groß. Sein rotes Haar war fürchterlich. Atwater sagte:

»Ich vermute, du möchtest etwas essen. Ich werde Sophy veranlassen, dir eine Rindfleischbrühe zu machen.«

Ehe Pringle antworten konnte, war von draußen eine Art Summen zu hören. Atwater trat zur Seite, als die Tür sich öffnete und Harriet hereinkam. Sie blieb im Eingang stehen.

»Hallo, Raymond«, sagte sie. »Warum trägst du solche Sachen? Gehst du zu einer Party? Können wir mitkommen?«

Sie ging durch das Zimmer und legte beide Hände auf Pringles Schultern und beugte dann ihren Kopf und lehnte ihn gegen seine Brust. Sie verblieb einige Sekunden in dieser Haltung.

»Wie komisch du riechst«, sagte sie.

Pringle schlang beide Arme um sie und senkte seinen Kopf auf ihren.

»Du bist ein altes Dummerchen«, sagte sie.

Atwater verließ das Zimmer und ließ Pringle und Harriet allein. Er ging in den Garten. Barlow und Sophy saßen in Liegestühlen in der hinteren Ecke des Rasens. Sophy flickte Unterwäsche, und Barlow hatte sein Exemplar von »Also sprach Zarathustra« bei sich, las aber nicht darin. Atwater sagte:

»Raymond ist zurück. Er ist wie ein Fischer angezogen.«

Barlow stand schnell von seinem Liegestuhl auf.

»Wirklich?«

»Ja, wirklich.«

»Gott sei Dank. Weißt du, ich glaubte, das alles sei zum großen Teil meine Schuld.«

Er seufzte und zündete seine Pfeife an.

»Zum ganz großen Teil meine Schuld«, sagte er.

»Ich dachte mir, dass er zurückkommen würde«, sagte Sophy. Sie lächelte.

»Du nicht auch, William?«, fragte sie.

»Ja«, sagte Atwater. »Ich auch.«

»Gott sei Dank ist er wieder zurück«, sagte Barlow. Er setzte sich wieder.

Sophy sagte: »Aber warum ist er wie ein Fischer angezogen?«

Mrs. Race kehrte von ihrem Spaziergang zurück. Sie kam über den Rasen zu ihnen. Sie trug einen gabelförmigen Stock und sah aus wie eine der Hexen in einer Aufführung von »Macbeth« in moderner Kleidung. Als sie nahe herangekommen war, sagte Atwater:

»Er ist zurück.«

»Wer ist zurück?«

»Raymond.«

»Heißt das, er lebt noch?«

»Er ist im Esszimmer und spricht mit Harriet.«

Mrs. Race sagte: »Gib mir eine Zigarette. Und steh auf, Hector. Ich möchte in diesem Stuhl sitzen.«

»Aber warum ist er wie ein Fischer angezogen?«, fragte Sophy.

30

»Ist er ins Bett gegangen?«, fragte Atwater.

Harriet sagte: »Er hat die Fleischbrühe aufgegessen. Er wird bald einschlafen. Er ist müde.«

»Ich werde auch bald ins Bett gehen«, sagte Atwater. »Ich lass nur erst mein Abendessen sich setzen.«

»Es war ein ermüdender Tag«, sagte Mrs. Race. »Ich muss zugeben, ich war überrascht, als ihr mir sagtet, er sei zurückgekommen.«

Harriet sagte: »Wir fahren morgen mit euch allen nach London. Wir sind beide der Meinung, dass das Londoner Leben uns für eine kurze Zeit guttun wird.«

»Für wie lange hat er das Haus gemietet?«, fragte Barlow.

»Für den ganzen Sommer. Wir kommen vielleicht später wieder zurück.«

Mrs. Race sagte: »Ich vermute, London wird noch sehr leer sein. Aber ich glaube, es ist klug von euch, das Haus hier für einige Zeit zu verlassen.«

Sie saßen im Wohnzimmer und rauchten. Der Wind vom Meer her hatte leicht zugenommen und erzeugte Zugluft an einer Seite des Raumes. Jemand klopfte an die Haustür. Sophy legte ihr Nähzeug, eine Unterhose Barlows, zur Seite und verließ das Zimmer, um nachzusehen, wer das war. Barlow sagte:

»Das Wetter scheint sich im Moment verschlechtert zu haben. Aber vielleicht klärt es sich später auf.«

Sophy kam zurück ins Wohnzimmer. Sie sagte:

»Der Mann ist gekommen, um die Kleidung abzuholen.«

»Welche Kleidung?«

»Die Kleidung, die sie Raymond geliehen haben.«

Harriet sagte: »Sie ist im Badezimmer.«

Sophy sagte: »Ach, ich hole sie«, und ging zur Tür.

Barlow fragte: »Wartet er draußen?«

»Ja.«

»Ich meine, wir sollten ihm etwas geben.«

»Ja«, sagte Atwater, »das ist wahr.«

»Wie viel sollten wir ihm deiner Meinung nach geben, Naomi?«

Mrs. Race sagte: »Also, was genau hat er getan?«

Harriet sagte: »Einer von ihnen hat Raymond aus dem Wasser gezogen. Aber wir wissen nicht, ob es dieser Mann war oder nicht.«

»Was noch?«

»Sie haben ihm die Kleidung geliehen, in der er zurückgekommen ist.«

»War das alles?«

»Mehr oder weniger.«

Mrs. Race sagte: »Was das Leihen der Kleidung angeht, würde ich sagen, eine halbe Krone wäre reichlich.«

»Der wichtigste Punkt ist «, sagte Barlow, »dass sie ihn auch aus dem Wasser gezogen haben.«

Mrs. Race sagte: »Warum erhöhen wir es dann nicht auf zehn Shilling?«

Barlow sagte: »Ich bin mir nicht sicher, ob nicht sieben Shilling und sechs Pence genug dafür ist.« Er sagte zu Atwater: »Wie viel meinst du denn?«

»Wir sollten wirklich Raymond selbst fragen, denke ich.«

Sophy kam mit der Kleidung herein. Sie sagte:

»Hier sind sie. Große Stiefel, ein Pullover und eine Hose.«

Sie stand da und hielt die Sachen in den Händen, von dem Gewicht der Watstiefel, die sie trug, zu einer Seite gebeugt. Harriet sagte:

»Konntest du hören, ob Raymond schläft, als du oben warst?«

»Ich hab nichts gehört.«

Sophy stellte die Stiefel auf den Boden.

»Soll ich sie dem Mann geben?«, fragte sie.

Mrs. Race sagte: »Hat Raymond dir irgendetwas darüber gesagt, was sie für ihn getan haben, als sie ihn aus dem Meer holten, Sophy?«

»Sie haben ihn einfach nur herausgezogen«, sagte Sophy. »Er sagte, sie hätten ihm wehgetan, als sie ihn über die Bootseite hoben.«

»Er ist ein großer Mann.«

Barlow stand auf.

»Was meint ihr?«, fragte er.

Harriet sagte: »Warum fragen wir nicht Raymond. Ich glaub nicht, dass er schon schläft.«

»Dann geh mal rauf.«

Mrs. Race sagte: »Ich meine, zehn Shilling wären wirklich genug.«

Harriet sagte: »Selbst wenn es nur zehn Shilling sind, muss Raymond sie uns geben.«

»Ich habe zwei Pfund«, sagte Barlow. »Aber die müssen mir bis Freitag reichen. Außerdem, ich habe keine Zehn-Shilling-Scheine.«

Atwater sagte: »Aber glaubt ihr denn, dass zehn Shilling genug sind? Ich bezweifle das.«

»Ich glaub nicht, dass es genug ist«, sagte Harriet. »Schließlich hat Raymond ihnen allen doch viel Mühe bereitet. Ich vermute, dieser Mann ist auch ein langes Stück hierhergelaufen.«

»Ich meine, etwa ein Pfund.«

Harriet sagte: »Wir sollten ihm etwas zu trinken geben, während wir darüber diskutieren. Geh und frag ihn, was er möchte, Sophy.«

Sophy ging hinaus, um den Mann zu fragen, was er wünsche. Barlow sagte:

»Ich glaube, am besten ist, du fragst Raymond, Harriet.«

Atwater sagte: »Ich habe ein Pfund, wenn ihr meint, dass das die richtige Summe sei. Ich könnte es später von Raymond zurückverlangen.«

»Ich persönlich«, sagte Mrs. Race, »halte das für zu viel.

Besonders, da Raymond später in dieses Haus zurückkommen wird. Es kann vielleicht wieder passieren.«

Sophy kam zurück. Sie sagte:

»Er trinkt keinen Alkohol. Aber er sagt, er hätte gerne eine Tasse Kakao.«

»Haben wir überhaupt Kakao?«

»Nein«, sagte Sophy. »Soll ich ihm Kaffee machen?«

Barlow sagte: »Ja, mach ihm Kaffee. Aber mach ihn nicht in der Maschine. Das dauert zu lange.«

Sophy verließ wieder das Zimmer, und sie hörten, wie sie den Kessel aufsetzte. Mrs. Race sagte:

»Es wäre wirklich besser, Raymond selbst zu fragen.«

Harriet sagte: »Warum gehst du nicht rauf und fragst ihn, William?«

»Wenn ihn schon jemand aufwecken muss, dann wäre es wahrscheinlich besser, du tätest es.«

»Gut«, sagte Harriet. »Ich gehe rauf und frage ihn. Aber er ist ärgerlich darüber, dass ich diese Medizinflasche zerbrochen habe. Er scheint zu glauben, ich hätte es absichtlich getan.«

Sie ging nach oben.

Mrs. Race sagte: »So ein Problem ist immer schwer zu lösen. Hinterher hat man stets das Gefühl, man hat entweder zu viel oder zu wenig gegeben.«

Barlow sagte: »Ich meine, zehn Shilling ist wirklich zu wenig. Andererseits scheint mir ein Pfund doch eine ganze Menge. Schließlich haben sie ihn ja nur aus dem Wasser gezogen.«

Atwater sagte: »Wahrscheinlich hat dieser ganze Zwischenfall in deren Vorstellung inzwischen eine Größe angenommen, die in keinem Verhältnis zu seiner Bedeutung steht. Das dürft ihr nicht vergessen.«

Sophy schaute zur Tür herein.

»Soll ich ihn fragen, wie viele Stücke Zucker er möchte?«, sagte sie. Barlow sagte:

»Ja, frag ihn das.«

Sie hörten Harriets Stimme auf der Treppe. Sie kam herein, begleitet von Pringle, der einen schwarzen Schlafanzug und einen sehr alten Bademantel von Jaeger trug. Seine Augen waren fast geschlossen, und Strähnen seines roten Haares standen wirr von seinem Kopf ab. Er hatte eine Brieftasche in der Hand. Harriet sagte:

»Er war unfähig zu verstehen, worum es überhaupt geht. Also dachte ich, am besten ist, er kommt runter und spricht selbst mit dem Mann.«

»Wer ist dieser Mann?«, fragte Pringle. Er rieb sich die Augen.

Mrs. Race sagte: »Es ist der Mann, der dir die Kleidungsstücke geliehen hat. Wir dachten, du würdest ihm etwas Geld geben wollen.«

»Welche Kleidungsstücke?«

»Die Kleidungsstücke, in denen du vom Meer zurückgekommen bist. Willst du ihm nicht etwas Geld geben?«

»Warum?«

»Ich weiß nicht.«

Pringle sagte: »Also, wenn ihr das meint, dann sollte ich das wohl tun. Wie viel soll ich ihm geben?«

Mrs. Race sagte: »Ich denke, zehn Shilling wäre genug. Die anderen meinen, ein Pfund.«

»Zehn Shilling?«, sagte Pringle. »Ein Pfund?«

Atwater sagte: »Verstehst du, in ihrer Vorstellung hat diese Sache ganz andere Proportionen angenommen.«

»Aber ich meine, ein Pfund ist enorm viel.«

»Dann gib ihm zehn Shilling.«

»Zehn Shilling ist nicht genug«, sagte Harriet. »Das musst du doch einsehen.«

Atwater sagte: »Wie viele Männer waren es?«

»Zwei«, sagte Pringle. »Aber nur einer von ihnen half mir ins Boot.«

Mrs. Race sagte: »Warum machst du nicht einen Kompromiss und gibst dem Mann fünfzehn Shilling.«

Pringle sagte: »Ja, das könnte ich machen.« Er schien jetzt völlig wach zu sein. Er suchte in seiner Brieftasche herum.

»Hat jemand von euch Wechselgeld?«, fragte er.

Barlow sagte: »Ich kann dir eine halbe Krone geben. Das ist das einzige Kleingeld, das ich habe. Die zwei Pfund müssen mir bis Freitag reichen.«

»Ich hab auch eine halbe Krone«, sagte Atwater. »Wenn du also zehn Shilling hast?«

Sophy kam wieder ins Zimmer.

»Er trinkt jetzt den Kaffee«, sagte sie.

Sie setzte sich und nahm ihre Näharbeit wieder auf. Pringle sagte:

»Würdest du ihm das geben, Sophy?«

Er gab ihr den Zehn-Shilling-Schein und die zwei halben Kronen. Sophy nahm das Geld und ging wieder hinaus. Als sie, mit der Kaffeetasse in der Hand, zurückkam, fragte Mrs. Race:

»Was hat er gesagt?«

Sophy sagte: »Er sagte einfach nur ›Danke‹.«

»Sonst nichts?«

»Nein.«

»Das war offensichtlich die richtige Summe«, sagte Pringle und ging, die Gürtelschnur seines Bademantels festziehend, nach oben. Er sagte:

»Und stört mich nicht wieder. Es kümmert mich nicht, wer es ist. Ich will niemanden sehen.«

»Er läuft wieder zu seiner alten Form auf«, sagte Barlow.

Mrs. Race sagte: »Ein paar Tage in London, und er fühlt sich bald wieder besser.«

31

»Wie war es auf dem Land?«, fragte Nosworth. Er sah kränklicher aus als vor Atwaters Abreise. Atwater sagte:

»So wie gewöhnlich. Wir hatten ziemlich gutes Wetter.«

»Ich habe diese Sache mit Ihrem Schreibtischstuhl Spurgeon gegenüber erwähnt; er will es im Verwaltungsausschuss vorbringen.«

»Danke.«

»Bedanken Sie sich nicht bei mir. Es war meine Pflicht.«

»Ist irgendetwas passiert in London?«

Nosworth schüttelte den Kopf. Auf Atwaters Schreibtisch lagen ein paar Briefe. Die ersten drei waren Bücherrechnungen. Der nächste eine Notiz von Verelst, der ihm mitteilte, dass er ins Ausland verreise und ihm die Adresse eines Hotels in Frankreich nenne, die er, wie er sagte, vorher Atwater wissen zu lassen vergessen habe. Der folgende war ein in Lolas Handschrift pingelig adressierter hellblauer Umschlag. Er öffnete ihn. Nosworth sagte:

»Dr. Crutch war mehrere Male hier, während Sie weg waren.«

Atwater las Lolas Brief noch einmal durch. Also das war jetzt alles vorbei. Auf eine Weise bedauerte er das. Er machte einen Vermerk auf seinem Notizblock, dass er ihn beantworten wolle. Er dachte, wie viel Freude es ihr gemacht haben musste, einen Brief dieser Art zu formulieren.

»Wie ist es ihm so ergangen?«

»Beim letzten Mal zeigte sich bei ihm ein merklicher Wandel zum Schlechteren.«

»Wirklich?«, sagte Atwater. Er steckte Lolas Brief in die Tasche. Nosworth sagte:

»Leider hatten Sie vergessen, ihm diese Broschüre zurückzugeben. Ich habe ihm jedoch gesagt, dass Sie heute wiederkämen, und er sagte, er werde vorbeischauen.«

»Wirklich.«

»Ja. Ich vermute, er wird irgendwann im Laufe des Nachmittags kommen.«

»Wie geht es Millers Krampfadern?«

»Er fehlt immer noch hin und wieder. Und es gibt die neue Bestimmung, dass die Exponate an jedem zweiten Montag abgestaubt werden müssen. Könnten Sie das beaufsichtigen?«

»Einschließlich der Typ-III-Schaukästen?«

»Ja«, sagte Nosworth. »Einschließlich der Typ-III-Schaukästen.«

»Was hält Spurgeon davon?«

»Er ist natürlich sehr verärgert. Als Ausgleich hat er sich aber geweigert, seinen Anteil an den Korrekturen der Druckfahnen des Katalogs, den wir alle sieben Jahre erneuern, zu leisten.«

»Dafür bewundere ich ihn.«

»Schließlich kommt einmal die Zeit, wenn man einen Protest anmelden muss.«

»Der Verwaltungsausschuss kann uns doch nicht wie Kulis behandeln.«

»Gerade jetzt, wo man so beschäftigt ist.«

»Das ist ganz unhaltbar.«

Nosworth sagte: »Ich muss all diese dänischen Gedichte übersetzen, und ich schreibe zudem eine Einleitung zu einem *catalogue raisonné* für die Palmanini-Sammlung.«

»Wann wird der erscheinen?«

»Im Herbst«, sagte Nosworth. »Und nebenbei bemerkt, einige Leute haben Sie kürzlich anzurufen versucht. Weibliche Stimmen.«

»Wie viele?«

»Ach, ganz schön viele. Aber ich hab mich geweigert, ihnen Ihre Adresse zu geben.«

»Haben sie eine Nachricht hinterlassen?«

»Eine von ihnen sprach davon, dass sie auf Wiedersehn sagen wolle.«

»Wissen Sie, wie sie hieß?«

»Keine Ahnung.«

»Gibt es sonst noch etwas?«

»Der Tscheche hat eine Menge Ärger verursacht.«

»Ärger?«

»Zusätzliche Arbeit«, sagte Nosworth. »Zusätzliche Arbeit.«

Er ging in sein eigenes Zimmer. Der Junge mit dem Blumenkohlohr kam herein.

»Dr. Crutch möchte Sie sprechen«, sagte er und schob das, was er gerade aß, von einer Seite seines Mundes in die andere.

»Führ ihn in das Wartezimmer.«

Atwater begab sich ins Wartezimmer zu Dr. Crutch. Es wurde ein ziemlich langes Gespräch. Später am Morgen schrieb er an Lola, seinen Bankmanager und mehrere Briefe über Ethnografie. Dann rief er Susan an. Der alte Nunnery sprach mit stark belegter Stimme ins Telefon und sagte, dass Susan nicht da sei.

»Kommen Sie und besuchen Sie mich trotzdem«, sagte er und hustete schrecklich ins Telefon hinein.

»Wann?«

»So gegen neun, zehn Uhr heute Abend.«

»Ich werde kommen.«

»Tun Sie das«, sagte der alte Nunnery. »Vielleicht gibt es auch etwas zu trinken.«

32

Die Haustür war verschlossen. Atwater klingelte mehrere Male, aber es passierte nichts. Dann ging er auf die Straße und blickte zur Wohnung der Nunnerys hinauf. Der Mond schien, so dass es ziemlich hell war. Als er hochschaute, erblickte er Mr. Nunnerys Kopf.

»Tut mir leid«, rief Mr. Nunnery. »Das Türschloss muss eingeschnappt sein. Ich werfe Ihnen den Schlüssel runter.«

Er verschwand. Atwater wartete. Mr. Nunnery kam nach ein paar Minuten zurück und lehnte sich weit aus dem Fenster, um über die Mauerkuppe sehen zu können, die entlang des oberen Teils des Hauses verlief. Von unten sah es so aus, als ob er sein Gleichgewicht zu verlieren drohe.

»Er kommt runter«, rief er. Seine Stimme klang wie von weit her, unerwartet, wie eine Botschaft vom Firmament. Er rief wieder: »Er kommt runter«, und Atwater dachte, dass nichts wahrscheinlicher sei. In eine Seite der »Morning Post« eingewickelt segelte der Schlüssel langsam aus dem Sternengewölbe herab und landete auf dem Kopf eines Blinden, der gerade an den Geländern der Gegend entlangtappte. Atwater versuchte, ihm die Situation zu erklären, aber das dauerte zu lange, und so gab er dem Blinden einen Shilling und ging nach oben. Mephistophelische Dämpfe hingen wie Nebelschwaden über den unteren Treppen, ließen aber in ihrer Intensität nach, als er den obersten Treppenabsatz erreichte. Die Wohnungstür stand offen. Er trat ein, legte seinen Hut im Korridor ab und klopfte an die Wohnzimmertür.

»Kommen Sie herein«, rief Mr. Nunnery. Er war allein und trank gerade ein Glas Portwein, während er mit einem Kreuzworträtsel beschäftigt war. Er machte den Eindruck, als ob er sich ziemlich schäme.

»Hallo, Atwater«, sagte er. »Trinken Sie etwas mit mir.«

Er holte ein Glas aus dem Schrank und goss Portwein hinein.

»Waren Sie verreist?«, fragte er.

»Ich war auf dem Land. Es war sehr schön.«

»Ich mache mir nichts aus dem Ländlichen«, sagte Mr. Nunnery. »Haben Sie bei Bekannten gewohnt?«

»Bei Raymond Pringle.«

»Dem Mann mit den roten Haaren, der früher dauernd Susan angerufen hat?«

»Ja. Dem Mann mit den roten Haaren.«

»Hat er ein schönes Haus?«

»Nein.«

»Wie ging es ihm?«

»Es schien ihm ziemlich gut zu gehen, als ich abreiste.«

»Ich vermute, er wird sich eines Tages umbringen«, sagte Mr. Nunnery. »Er sieht ganz so aus, als ob er es tun würde.«

»Ja, ich vermute, er wird es tun.«

»Trinken Sie noch etwas«, sagte Mr. Nunnery, und er fügte hinzu: »Von absonderlichem Design, sechs Buchstaben?«

»Barock.«

»Das ist es.«

»Wirklich?«

»Ganz sicher.«

Atwater sagte: »Wie geht es Susan?«

»Soweit ich weiß, geht es ihr gut.«

Mr. Nunnery schien an diesem Abend nicht in bester Form zu sein. Atwater hielt es für möglich, dass er sich in einem Zustand kontrollierten Betrunkenseins befand, was ihn ziemlich schwerfällig machte. Atwater sagte:

»Ich habe sie lange nicht mehr gesehen.«

»Sie war verreist. Sie ist es immer noch.«

»Wirklich?«

»Sie ist in Amerika.«

»Amerika?«

»Amerika«, sagte Mr. Nunnery. »Mit diesem Verelst.«

»Ach ja?«

»Ja«, sagte Mr. Nunnery. »Kein Reisegefährte, den ich mir selbst ausgesucht hätte. Aber so ist es nun mal.«

»Ich habe sie lange nicht mehr gesehen.«

»Sie hat natürlich immer schon nach Amerika gewollt.«

»Ich erinnere mich, dass sie das gesagt hat.«

Mr. Nunnery sagte: »Er ist schon okay, dieser Verelst, wirklich.«

»O ja.«

»Nicht dass ich ihn nicht mag, weil er Jude ist«, sagte Mr. Nunnery. »Man kann nicht ganze Rassen auf einmal zurückstoßen.«

»Er ist schon okay.«

»Man würde kaum merken, dass er Jude ist.«

»O ja, wirklich kaum.«

»Dennoch, ich hätte lieber gesehen, wenn sie mit anderen Leuten, die ich kenne, nach Amerika gefahren wäre.«

»Ich verstehe, was Sie meinen.«

Atwater hatte ein wenig das Gefühl, als sei seine Magengrube im Begriff herauszufallen. Er konnte es immer noch nicht glauben. Es war offensichtlich Unsinn. Der alte Narr war betrunken.

»Trinken Sie etwas Portwein«, sagte Mr. Nunnery, der erleichtert schien, sich die Information über Susan von der Seele geschafft zu haben. Er sagte:

»Sie sehen niedergeschlagen aus. Sie sind wahrscheinlich wie ich. Auf dem Land, das ist nichts für Sie.«

»Mir geht es gut.«

»Dies ist nicht gerade das, was man einen guten Portwein nennen würde«, sagte Mr. Nunnery. »Er ist aus einer Flasche, die Fotheringham hiergelassen hat, als er neulich abends bei mir war.«

»Wie geht es ihm?«

»Bemerkenswert gut. Aber er verliert vielleicht seinen Job.«

»Den üblichen Job?«

»Ich nehme an, man könnte ihn den üblichen Job nennen.«

Atwater sagte: »Es ist schade, dass ich Susan nicht mehr gesehen habe, bevor sie wegfuhr.«

Mr. Nunnery sagte: »Es ist alles ganz plötzlich gegangen, wissen Sie. Sie mag es, Dinge spontan zu entscheiden.«

»Glauben Sie, Fotheringham wird *wirklich* seinen Job verlieren?«

»Wenn sie ihn fünf Jahre lang ausgehalten haben, dann sehe ich persönlich keinen Grund, warum sie ihn nicht fünfzig Jahre aushalten sollten.«

»Hat er irgendwelche Pläne?«

»Ein Amerikaner namens Scheigan hat ihm einige Hoffnung auf eine Anstellung gemacht.«

»Ich kenne Scheigan. Er ist ein Verleger.«

»Unglücklicherweise kommt es nie zu einer Entscheidung, wenn sie zusammen ausgehen.«

»Fotheringham möchte etwas Intellektuelles.«

»Wie ich sagte, es kommt nie zu einer Entscheidung.«

»Scheigan fehlt es an Entschlusskraft.«

Mr. Nunnery schüttete den Rest aus der Karaffe in Atwaters Glas. Er sagte:

»Meiner Meinung nach trinkt Scheigan zu viel.«

Atwater sagte: »Wird Susan dauerhaft da drüben leben?«

»O nein. Sie wird bald wieder zurück sein. Zumindest hoffe ich das.«

Es entstand eine Pause. Atwater versuchte nicht einmal, sich zu überlegen, was er sagen könnte. Mr. Nunnery sagte:

»Wer sonst von meinen Bekannten hat in Pringles Haus gewohnt?«

»Kennen Sie Naomi Race?«

»Natürlich. Ich kenne sie von früher.«

»Barlow?«

»O ja. Er ist ein Maler.«

»Harriet Twining?«

»Das ist eine Frau, die ich mag«, sagte Mr. Nunnery. »Wie ist es ihr ergangen?«

»Sehr gut.«

»Das hört sich wie eine sehr fröhliche Gesellschaft an.«

»Das war sie auch.«

Es entstand wieder eine Pause. Atwater fragte sich, ob es der Portwein sei, der ihm dieses Gefühl gab. Mr. Nunnery zwinkerte. Er sagte:

»Was glauben Sie, wie der Winter wird?«

»Schlecht.«

»Ja. Ich auch. Schlecht.«

Atwater sagte: »Verelst kennt Amerika gut, nicht wahr?«

»Ich glaube, er hat einen Teil seines Geldes dort gemacht.«

»Ich selbst würde auch gerne dahin fahren.«

»Ich ebenfalls«, sagte Mr. Nunnery. »An der Wall Street, da könnte man schon was erreichen. Da gibt es noch einige Männer mit Drive, nicht die armselige Clique alter Frauen an der Börse hier bei uns.«

Atwater sagte: »Ich muss Sie jetzt verlassen.«

Er hatte plötzlich das Gefühl, nicht einen Augenblick länger bleiben zu können.

»Um Himmels Willen, gehen Sie nicht.«

»Doch, ich muss gehen.«

»Also, wenn Sie müssen«, sagte Mr. Nunnery, »dann müssen Sie. Es tut mir leid, dass kein Portwein mehr da ist.«

»Auf Wiedersehen.«

»Auf Wiedersehen«, sagte Mr. Nunnery. »Kommen Sie bald wieder. Man wird mir leider morgen oder übermorgen das Telefon sperren, da ich die Rechnung nicht bezahlt habe. Aber um diese Zeit bin ich gewöhnlich zu Hause.«

»Noch mal, auf Wiedersehen.«

»Warten Sie einen Augenblick. Was war noch das Wort, das Sie nannten?«

»Barock.«

»War es das?«

»Sie meinten, ja.«

»Ja, das war's«, sagte Mr. Nunnery. »Ich schreib es mir sofort auf. Für den Fall, dass ich es wieder vergesse.«

33

Atwater ging die übelriechende Treppe hinunter. Er trat auf die Straße und ging ein langes Stück zu Fuß. Er bedauerte, dass er sich nicht mehr daran erinnern konnte, wie Susan aussah. Jetzt, wo sie fort war und er sie nicht sehen konnte, wollte er sich vorstellen, dass er sie wieder treffen würde; aber das Einzige, was er sich in die Erinnerung zu rufen vermochte, war die Farbe ihres Kleides, das sie bei ihrer ersten Begegnung getragen hatte, und als er versuchte, sich sie selbst vorzustellen, verblasste auch das Kleid zu einem undeutlichen Schatten, so dass er in seinem Inneren überhaupt kein Bild mehr von ihr besaß. Sie hatten einander keine Briefe geschrieben, aber er dachte an die Modulationen ihrer Stimme am Telefon, so dass all die Dinge, die sie gesagt hatte, mit den verschiedenen Tonlagen, die er ihnen gab, jede Bedeutung verloren, die sie einst gehabt hatten. Es war also fort, das lächerliche, bezaubernde Wesen, seine absurd hoffnungslose und unmögliche Liebe, es war jetzt so weit weg, war es immer gewesen. Das absurd bezaubernde, hoffnungslose Wesen, das weggegangen war, damit er sie nie mehr wiedersehen und sich ihrer nur als eine absurd hoffnungslose Liebe erinnern würde. Er ging zweimal um denselben Platz herum. Er wurde müde vom Gehen und nahm einen Bus, der in seiner Nähe sein Tempo verlangsamt hatte. Er stieg zum Oberdeck hoch und setzte sich auf einen der vorderen Plätze. Sie war mit Verelst nach Amerika gefahren. Er sah durch das offene Fenster zu seiner Linken auf die Bäume des Parks. Oder hatte dieser betrunkene alte Narr von einem Vater alles durcheinandergebracht? Vielleicht war sie ja überhaupt gar nicht weggefahren. Ihm wurde die Busfahrt leid. Er stieg aus und ging wieder zu Fuß. Er dachte an all die Zeiten, als er mit ihr zusammen oder in ihrer Nähe hätte sein können, als er es aber vorgezogen hatte, etwas anderes oder auch einfach überhaupt nichts zu tun; an die Zeiten, als er einfach nur in seinem Zimmer gesessen und ein Buch gelesen hatte, statt mit ihr zu telefonieren. Aber dann waren da auch all die Zeiten, als er versucht hatte, sie zu treffen, sie aber lieber mit jemand anderem zusammen sein wollte; die Zeiten, in denen sie ausgegangen oder gelangweilt war oder die Verabredung nicht eingehalten oder sogar nicht besonders gut ausgesehen hatte. Es war richtig, so meinte er, dass sie ihn verlassen hatte und weggefahren war. Und dieser Bastard Verelst, der ja in Wirklichkeit gar nicht so übel war. Und doch, wie lächerlich und unmöglich es war zu denken, dass sie weggefahren sei. Während er gähnend im Museum gesessen oder sich mit Pringle gezankt oder Sex mit Lola oder Harriet oder irgendeiner anderen grässlichen Frau auf irgendeiner grässlichen Party hatte, war sie mit Verelst zusammen gewesen und jetzt mit ihm nach Amerika gefahren. Welch ein Narr er gewesen war. Welch ein Narr. Und doch, wie sie gesagt hatte, was wäre der Nutzen gewesen? Aber trotz allem konnte er nur an die Zeit denken, die er vergeudet hatte, wenn er nicht mit ihr zusammen war, oder an die andere Zeit, die ihm jetzt die einzige Zeit schien, in der er überhaupt lebendig war, und an die Zeit, die jetzt vor ihm lag, in der sie nicht bei ihm sein würde, in der er sie nicht einmal sehen oder in ihrer Nähe sein oder mit ihr sprechen oder sie ansehen konnte, in der alles, was er von ihr zu hören bekäme, das sein würde, was die erbärmlichen Leute, mit denen man bekannt war, in Klatsch und Tratsch und Spekulation über die Liebesaffären anderer erbärmlicher Leute verbreiten würden. Es hatte Treffen mit ihr gegeben, bei denen er das Gefühl gehabt hatte, dass die ganze Sache ein dummer Fehler und sie nicht so sei, wie er sie sich vorgestellt habe, und es hatte ihm keine Freude bereitet, dann mit ihr zusammen zu sein. Aber wenn sie dann gegangen war, hatte er immer gewusst, dass er sich geirrt hatte und dass sein Vorstellungsbild von ihr die Wirklichkeit war und ihre eigene Wirklichkeit die Illusion. Er war jetzt am Hyde Park Corner und dachte, dass die ganze Sache einfach nicht wahr sein könne. Und doch, warum sollte sie nicht wahr sein? Wenn sie ihm auch nicht explizit gesagt hatte, dass etwas dieser Art geschehen werde, so hatte sie doch unmissverständliche Andeutungen gemacht. Was für ein Esel er gewesen war. Und was Verelst und seinen verdammten Brief über irgendein verdammtes Hotel anging ... Wie auch immer, sie war weggefahren. Er ging die Piccadilly hoch. Wie unmöglich es war, sich ein London ohne sie zu denken. Und doch kannte er sie erst seit etwa fünf Minuten. Was hatte er in der Zeit, ehe sie sich kennenlernten, getan? Oder war dieser ekelhafte Portwein schuld, dass er sich so elend fühlte?

Es war eine klare Nacht, und schwergewichtige Männer in Smokings schlenderten zurück vom Dinner in ihren Clubs. Atwater ging weiter die Piccadilly hoch. An einer der Straßenecken stand ein junger Mann mit einem Bowler, der einen entrollten Schirm trug, und konsultierte gerade mehrere Frauen. Als Atwater die Gruppe passierte, streckte der junge Mann den Schirm nach ihm aus und ergriff mit der Krücke seinen Arm. Atwater sah ihn an und erkannte, dass es Fotheringham war. Fotheringham sagte:

»Hallo, William. Ich werde Ihnen schrecklich lästig fallen. Ich werde Sie bitten, mir zehn Shilling zu leihen.«

»Wirklich?«

»Können Sie ein absolut guter Samariter sein?«

»Ich denke schon.«

Fotheringham steckte den Schein in seine Hosentasche. Er nahm sein Zigarettenetui heraus und bot es Atwater an. Er sagte:

»Ich habe gerade mit einem der Direktoren einer kleinen Reederei diniert. Er verschafft mir vielleicht einen Job.«

»Wirklich?«

»Es war schrecklich.«

»Wo haben Sie diniert?«

»In seinem Club. Es war furchtbar. Ein sehr schlechter Club.

Keine Traditionen. Ich kann Ihnen gar nicht sagen, wie das Essen war. Aber vielleicht kommt ja ein Job dabei raus.«

»Ja?«

»Ja. Und wo sind Sie zu dieser Nachtzeit gewesen, wenn ich fragen darf? Oder wäre das zu indiskret?«

»Ich habe gerade den alten Nunnery besucht.«

»Ich war neulich abends bei ihm«, sagte Fotheringham. »Ich hab mir einige Fotos von Susan angesehen, die er hatte. Wissen Sie, sie ist eine sehr attraktive Frau.«

»Ja, das stimmt.«

»Ich kann mich nie entscheiden, ob sie oder Harriet Twining die Attraktivere ist.«

»Das haben Sie schon mal gesagt.«

»Auf eine subtile Art, Harriet, glaube ich.«

Atwater sagte: »Ach, meinen Sie? Ich glaube, ich ziehe Susan vor.«

Fotheringham sagte: »Also, das ist eine Sache, die nicht durch Argumentieren zu entscheiden ist.« Er sagte: »Die letzten paar Stunden haben mir ganz schön zugesetzt.«

»So scheint es.«

»Ich fühle mich, als ob ich gerade aus dem Zimmer meines Hausdirektors in der Schule gekommen wäre, nach einem Gespräch über *esprit de corps*. Kurz gesagt, ich brauche eine Aufmunterung.«

»Also, Schätzchen«, sagte eine der Frauen, »geht das mit dem Tratschen die ganze Nacht so weiter?« Sie trug einen schweren Pelzmantel, denn die Nacht war frisch, aber nicht wirklich kalt.

»Tut mir leid, tut mir leid«, sagte Fotheringham. »Ich bin in zwei Sekunden bei dir, Ivy.« Er sagte zu Atwater: »Es scheint, ich muss jetzt gehen.«

»Lassen Sie sich nicht von mir aufhalten.«

»Also, zehntausend Dank noch mal, William. Und ich geb Ihnen die zehn Shilling bald zurück. Vielleicht können wir am Freitag etwas zusammen trinken.«

»Freitag kann ich nicht. Montag.«

»Nein. Montags ist es bei mir immer schlecht. Aber ich werde es Ihnen mit der Post schicken.«

»Gut.«

»Doch«, sagte Fotheringham. »Doch.« Er verschwand die White Horse Street hinauf.

»Willst du nicht einen kleinen Spaziergang mit mir machen, Schätzchen?«, fragte eine ältere Frau, die einen sehr engen kleinen Hut trug. Sie hatte zu der Gruppe um Fotheringham gehört.

»Nein danke«, sagte Atwater. »Ich habe meine eigenen Schwierigkeiten.«

»Auch in dem Geschäft, wenn ich mich nicht täusche«, sagte sie.

Atwater sagte: »So weit wird es bald kommen, vermute ich«, und ging weiter die Piccadilly hoch. Er hielt bei Heppel an, um Zahnpasta zu kaufen. Die Nacht war merklich kälter, als es monatelang der Fall gewesen war, und es wurde ihm bewusst, dass es bald Herbst sein würde. Er erreichte Soho und ging durch mehrere Seitenstraßen.

»Lange nicht gesehen, Sir«, sagte der Portier, als Atwater durch die Tür trat.

»Ja«, sagte Atwater, »das stimmt.«

Der Portier rülpste hinter vorgehaltener Hand still in sich hinein und sagte: »Manieren.« Atwater nahm das Ticket für seinen Hut und betrat den Schankraum. Er war fast leer. Aber Pringle saß an der hinteren Ecke der Bar. Er schien verärgert zu sein. Er sagte: »Es wundert mich, dass du an deinem ersten Abend in London hierherkommst.«

»Und wie ist es mit dir?«

»Du nimmst doch wohl nicht an, dass das mein Wunsch war?«

»Wo ist Harriet?«

»Sie hat irgendeinen jungen Mann gefunden, mit dem sie schon den ganzen Abend tanzt.«

»Wirklich.«

»Er scheint zu erwarten, dass ich all seine Getränke bezahle.«

Atwater sagte, es tue ihm leid, das zu hören. Er setzte sich an einen der Tische an der Seite des Raums.

»Ich möchte einen Bückling«, sagte er zu dem Kellner. »Und wenn es zu spät für etwas Alkoholisches ist, bringen Sie mir einen großen schwarzen Kaffee.« Er war nicht besonders hungrig, aber er hatte vergessen, zu Abend zu essen, und ein Bückling würde ihm etwas zu tun geben. Pringle brachte sein Getränk von der Bar herüber und setzte sich an den Tisch. Er sagte:

»Undershaft ist zurück. Er war heute Abend hier.«

»Wie geht es ihm?«

»Handlungsunfähig.«

»Hat er seine Rückkehr gefeiert?«

»Das muss es gewesen sein.«

Atwater aß seinen Bückling. Walter Brisket kam herein, begleitet von einem sehr deutschen blonden jungen Mann, der eine schottisch-karierte Schleife trug.

»Hallo, William«, sagte er.

»Hallo.«

Brisket sagte: »Kennst du den Freiherrn von Waldesch?«

Atwater gab ihm die Hand. Von Waldesch neigte seinen Kopf ein wenig zu einer Seite und strich sich über das Haar an seinen Hinterkopf, das er kurz trug. Er war offensichtlich das Opfer von Zentralheizungen, denn er sah ziemlich ungesund aus, aber er war ein kräftig gebauter junger Mann und trug einen schönen Schmiss. Brisket sagte:

»Leider spricht er nicht gut Englisch, der arme Kerl, aber er ist wirklich ganz okay.«

Pringle sagte: »Seid ihr beiden schon oben gewesen?«

»Es war so langweilig da, deshalb sind wir heruntergekommen.«

»Ist Harriet noch oben?«, fragte Pringle.

»Ja. Sie tanzt mit etwas ganz Speziellem.«

Pringle sagte: »Undershaft sagt, Amerika sei ein erstaunliches Land. Sie nennen Bowler-Hüte ›Derbys‹. So etwas wie eine öffentliche Toilette als solche haben sie in ganz New York nicht.«

Atwater war fertig mit seinem Bückling und schob den Teller zur Seite.

»Man muss da dauernd Whisky trinken, oder?«

»Er sagt, es gibt jede Menge Gin, wenn man Whisky nicht mag.«

»Wie lange ist Undershaft schon zurück?«

»Etwa eine Woche oder zehn Tage.«

Pringle sagte: »Es hat nicht lange gedauert, bis er eine neue Frau hatte.«

»Wirklich?«

»Sie heißt Lola.«

Atwater sagte: »Was ist mit der Vietnamesin passiert?«

»Die neue Frau«, sagte Pringle, »sagt, sie kenne dich. Sie erzählte Undershaft, sie habe es so lustig gefunden, wie du deine Hosenträger mit Draht reparierst.«

»Wirklich?«

»Ja. Undershaft sagt, sie sei nett.«

»Das stimmt.«

»Er sagt, sie sei irgendwie anstrengend, aber attraktiv.«

»Wirklich?«

Brisket sagte: »Hört um Himmels Willen auf, über Frauen zu reden, und erzählt uns etwas Amüsantes.«

»Undershaft hat Scheigan getroffen, als er in New York war. Er ist über ihn gestolpert, als er von einer Party in Greenwich Village zurückkam.«

»Und dann?«

»Später hat ihm Scheigan gesagt, dass er uns alle kenne.«

»Hat er etwas ausrichten lassen?«

»Er hat Undershaft dringend gebeten, Harriet zu sagen, dass er sein goldenes Zigarettenetui zurückhaben wolle.«

Von Waldesch langweilte sich offensichtlich. Er holte einen

Zahnstocher aus der Tasche, unternahm jedoch nicht mehr damit als eine oberflächliche Exkavation. Um ihn still zu halten, bestellte Brisket ihm Kaffee. Von Waldesch saß da und lächelte mit einer Art selbstgewisser Scheu, die der Sophys ähnelte, in sich hinein. Brisket sagte:

»Undershaft hat Susan Nunnery in Amerika getroffen.«

»Wie ging es ihr?«, fragte Atwater. Er fragte sich, ob er über eine reale Person spreche oder über eine, von der er einmal gelesen oder deren Bild er gesehen hatte. Eine Million Jahre waren vergangen, seit er mit ihr zusammen war.

»Sie war dort mit einem Mann namens Verelst.«

»Ich kenne ihn.«

»Du kennst sie natürlich?«

»Sie ist auf ihre Art sehr attraktiv«, sagte Brisket. »Aber zu individuell, um wirklich *chic* zu sein.«

Atwater sagte: »Wie ist sie mit Verelst ausgekommen?«

Harriet kam die Treppe herunter. Sie hielt den Arm eines hochgewachsenen jungen Mannes, den Atwater noch nie zuvor gesehen hatte.

»Dies ist ein sehr netter junger Mann«, sagte sie. »Ich kenne seinen Namen nicht, aber er sagt, ein Freund von ihm gibt eine Party, und wir können alle mitkommen.«

»Ja«, sagte der junge Mann, ein wenig erschrocken über seine eigene, plötzliche Bedeutung. »Kommen Sie mit, Sie alle. Ich glaub nicht, dass es sehr aufregend sein wird oder so was. Aber dennoch, wir könnten mal reinschaun und sehen, wie es da so ist.«

Atwater sagte: »Wie ist Susan Nunnery mit Verelst ausgekommen?«

Brisket sagte: »Dies ist Freiherr von Waldesch, Harriet. Hast du ihn schon kennengelernt?«

Harriet sagte: »Sie kommen doch mit zu der Party, oder?«

Von Waldesch verbeugte sich von der Hüfte aus.

»Sehr wohl«, sagte er. Er schien enorm erfreut über die Einladung und ein wenig alarmiert von Harriet. Um seiner

Einwilligung zusätzlichen Nachdruck zu geben, fügte er hinzu: »Das ist richtig.«

»Und du, William?«

»Ja«, sagte Atwater, »gerne.«

Anthony Powell

Ein Tanz zur Musik der Zeit

Aus dem Englischen von Heinz Feldmann

»Das Werk ist wie trockener Sekt, kühl, humorvoll, durchdacht und genau gebaut. Es ist realistischer als das Werk von Proust, mit dem es so oft verglichen wird – und viel vergnüglicher.« *(Evelyn Waugh)*

»Very British – und besser als Balzac. Die schönste lange Romanreise der Weltliteratur … Elegante Übersetzungen …« *(Andreas Isenschmid, Die Zeit)*

»Viel Vergnüglicheres gibt es in der Romanliteratur des letzten Jahrhunderts wohl wirklich nicht …«
(Michael Maar, Süddeutsche Zeitung)

»Die Musik dieses Erzählers ist mitreißend … ein Gipfeltext des 20. Jahrhunderts …«
(Tobias Döring, Frankfurter Allgemeine Zeitung)

»Wer die heutige Melodie Englands verstehen will, sollte bei Powell nachhören.«
(Mara Delius, Die Literarische Welt)

»Die Entdeckung Anthony Powells gleicht, unübertrieben, einer Schatzhebung.«
(Tobias Schwartz, die tageszeitung)

»Eine ins Unendliche gedehnte Dinnerparty … ein Großversuch, das Leben zu begreifen …«
(Martin Ebel, Tages-Anzeiger)

»Unterhaltung vom Feinsten auf hohem Niveau … wunderbare Übersetzung …«
(Gabriele Weingartner, Die Rheinpfalz)

Gebunden, mit farbigem Vorsatz und Lesebändchen
Einzeln oder im preisgünstigen Paket (inkl. Handbuch)
Im guten Buchhandel oder direkt:
www.elfenbein-verlag.de

Anthony Powell

Ein Tanz zur Musik der Zeit

Aus dem Englischen von Heinz Feldmann

Bd. 1 – Eine Frage der Erziehung
Roman. 256 Seiten. ISBN 978-3-941184-36-7

Bd. 2 – Tendenz: steigend
Roman. 296 Seiten. ISBN 978-3-941184-37-4

Bd. 3 – Die Welt des Wechsels
Roman. 236 Seiten. ISBN 978-3-941184-38-1

Bd. 4 – Bei Lady Molly
Roman. 264 Seiten. ISBN 978-3-941184-39-8

Bd. 5 – Casanovas chinesisches Restaurant
Roman. 256 Seiten. ISBN 978-3-941184-40-4

Bd. 6 – Die Wohlwollenden
Roman. 288 Seiten. ISBN 978-3-941184-41-1

Bd. 7 – Das Tal der Gebeine
Roman. 280 Seiten. ISBN 978-3-941184-42-8

Bd. 8 – Die Kunst des Soldaten
Roman. 248 Seiten. ISBN 978-3-941184-43-5

Bd. 9 – Die Philosophen des Krieges
Roman. 280 Seiten. ISBN 978-3-941184-44-2

Bd. 10 – Bücher schmücken ein Zimmer
Roman. 280 Seiten. ISBN 978-3-941184-45-9

Bd. 11 – Könige auf Zeit
Roman. 320 Seiten. ISBN 978-3-941184-46-6

Bd. 12 – Der Klang geheimer Harmonien
Roman. 312 Seiten. ISBN 978-3-941184-47-3

Hilary Spurling: Einladung zum Tanz
Ein Handbuch zu Anthony Powells »Ein Tanz zur Musik der Zeit«. Aus dem Englischen übersetzt von Sabine Franke. 392 Seiten. ISBN 978-3-96160-001-4

In Vorbereitung:

Anthony Powell

Venusberg

Aus dem Englischen von Heinz Feldmann

»Es ist ein neues Land, oder?«
»Ja.«
»Zu wem hat es früher gehört?«
»Russland. Ich glaube, Deutschland hatte auch ein Stück davon. Ich bin mir aber nicht sicher.«

Der Journalist Lushington, von der Liebe enttäuscht, begibt sich als Korrespondent einer Londoner Zeitung auf Seereise in einen nach dem Ersten Weltkrieg gegründeten Staat an der Ostseeküste. Bereits an Bord macht er Bekanntschaft mit einigen der Personen, die später im Mittelpunkt seiner Beziehungen stehen sollen, darunter die geheimnisvolle österreichische Aristokratin Ortrud Mavrin und die beiden russischen Grafen Scherbatcheff und Bobel. Am Ziel angekommen trifft er ausgerechnet seinen Freund Da Costa, in den Lushingtons Exfreundin Lucy, die dieser allerdings selbst immer noch liebt, unglücklich verliebt ist …

In seinem zweiten Roman, im Original 1932 erschienen, setzt Anthony Powell (1905–2000) seine humorvoll-kritische Auseinandersetzung mit dem Gesellschaftsleben fort, diesmal nicht vor dem Hintergrund der Londoner High Society, sondern vor dem schillernden Panorama des multiethnischen Ostmitteleuropas der Zwischenkriegszeit mit seiner politischen Instabilität und seinen explosiven gesellschaftlichen Gegensätzen. Die romantisch-erotischen Verstrickungen der Hauptfigur, mit denen Powell auf den Tannhäuser-Mythos verweist, können dabei auch als zeittypische Sehnsucht einer ganzen Generation junger Männer gelesen werden. Und wie schon in »Die Ziellosen« scheinen auch in diesem Roman die Charakterzüge tragender Gestalten des »Tanzes zur Musik der Zeit« auf.

www.elfenbein-verlag.de